# 也無風雨也無晴

倪子勤 著

# 前言

故事內容全是杜撰，只是借用了時間、地點或校名。書中男主角一九四四年出生於中國北方，二十一歲到美國留學，以當時一窮二白的環境來說這是不可能的事。文革竄起橫掃大江南北，知青下放、插隊（上山下鄉），幾乎無人倖免，男主角卻能出國念書實在是「天方夜譚」。

藉用一九六四年到一九七〇年「兩彈一星」的成就，杜撰一個名為「經貿人才培育計畫」就讓男主角有了另一空間，出國讀書。

女主角一九四六年出生於上海，一九四九年隨軍職父親及母親來臺，在臺灣成長，直到出國念書。那時的留學生，學成後大多拿了綠卡在美就業，然後將他鄉變故鄉。

男女主角年輕時身處的時代是有些故事的。每個年齡層都有屬於自己的生長背景及價值觀，有些價值觀可與時推移，有些則屹立不搖，至於是哪些價值觀則由讀者心領神會。書中如有謬誤的情節就當生活調劑，哂笑一番或視為童話故事，再不然就當聊齋（鬼話連篇）。

這個故事十之八九與現今孩子們的認知範疇及價值觀是有差距的；至於懸車之年的族群或

耄耋之年的朋友也許有些共鳴吧！

書中有關心理學或心理諮商等方面的知識也以極淺薄的方式摻雜其中，無論懂或不懂心理學都無損對文字的了解。其中談到「夢」時參考了賴其萬先生、符傳孝先生翻譯《夢的解析》這本書。

二〇一九年十一月一日

一

沉睡多時的獅子，終於醒了，剛醒來伸個懶腰就撼動寰宇，無論金髮碧眼、棕髮棕膚或黑髮黃膚均拭目以待，似乎都想揭開這個千年古國的神祕面紗。整個機關磨拳霍霍，以大刀闊斧的姿態向前邁進，停頓上百年的基業要重出江湖，與世界接軌。

嗅覺靈敏的商人絡繹不絕的向東挺進，為的是如此契機，焉能錯過。

不苟言笑的官員也像川劇一樣迅速變臉，頓時朝野各個面善可親，昔日的猙獰只是不得不用來對付自傲的洋鬼子及侵略者。

主其事者，終於跟上腳步，什麼黨啊家啊犧牲奉獻都暫時擱在一旁，窮兮兮的國家再古老再有文化都擋不住先進武器及黃金美鈔。富國強兵先從經濟著手，處心積慮振奮經濟為要，國內國外一起耕耘，非弄出個名堂不可。

康妮隨著受邀的一群華僑企業家來到西北方的一個SF區；其實類似的參訪也曾在南方舉辦過，弟弟如篤和她都參加過，這次只因是該區負責人馮力發出的邀請。

康妮在臺出生長大，當時的思想教育十分成功，從小到大都知道國黨和共黨是漢賊不兩立，所有共黨都由萬惡的、窮兵黷武的壞分子組成。直到認識他之後才發覺原來是成功的宣傳教育。

康妮跟這群來自不同國家的華僑不太一樣，他們大都在非漢文化的國家成長，中文及相關文化略知一二，她卻不同，她對漢文化的認同及喜愛來自教育及生活的濡染，流利的中文及文字書寫本來就是一般大學生的基本能力。至於粵語、潮州話就說不上了，所以跟這些華僑就少了溝通交流的機會。

初春帶來一股清新的氣象，一切都如此蓬勃；參訪的人員陸續抵達翰林飯店，除了機票自費外，其他食宿均由邀請單位招待；每人獨自一個房間，會議廳亦設在翰林飯店的頂樓，免去舟車勞頓，策畫單位設想周到，誠意十足，讓這群華僑頓生好感。

會議廳早已布置妥當，會議桌成橢圓形式，附有麥克風設備，每張座位都有一份文件袋，內有手冊等資料。入口處擺放著綠意盎然的盆栽，其他地方點綴了幾盆花，除了會議的主題幾個大字外沒任何標語，整個會場大器簡雅。早些年南方招商會就將場所布置得花團錦簇，弄得各個眼花撩亂，結果言者諄諄，聽者藐藐，甚至還有不絕於耳的鼾聲，招商效果大打折扣。這次SF區的會議場所是經過精心設計的，四周牆面力除各種五花八門的政治標語，會議盡量單純化，效標化，讓華僑看到以經濟為主的投資環境。

受邀的僑胞在入口處報到後由穿著旗袍的接待人員帶到各自的座位，這群面貌姣好身材高䠷的女子們，門面十足，是精挑細選的親善天使。

隨著時間的滴答滴答，該來的都來了，開幕式即將展開。

八點五十左右相關人員們魚貫入場，每個都面帶微笑，西裝革履，康妮盯著幾位人員一一就位，就是沒看到他，心情開始滑落，這次她來SF區完全是衝著他才接受邀請的。

當時接到駐外單位的邀請函，原本不打算前來，因為類似的會議已參加過了，何況自己的年度行程計畫也無法配合，直到幾天後要回覆駐外單位時，看到他的名字才讓她眼睛一亮，決定前往參加，動機不言而喻。

九點整，他出現會場，康妮終於看到他了。

近年來他不時地出現在傳媒新聞，美國L城華文報偶有他的照片及新聞報導，對康妮來說並非一無所知，只是當下是目睹、親眼所見。

負責會議的執行祕書依程序進行會議，客套禮數的話大多如此，了無新意，倒是他笑容可掬，舌燦蓮花，口才精進到令康妮刮目相看，大夥也聽得心花怒放頗有共鳴。恁誰都希望炎黃子孫是有錢有世界發聲權的強大民族。馮長官不到半小時的一席話就凝聚了大家的認同及歸屬。

接下來是一一介紹二十五位海外僑胞及他們所經營的企業，其中只有兩位是女性，康妮是其中之一。

還好只有二十五位參加，不然可想而知。

介紹到康妮時，她也跟其他人一樣站起來，然後對大家嫣然一笑，在場的人員們也點頭示意，當然他也不例外。康妮正好坐在他的斜對面，兩人都只要移動眼角就可看到對方的神情。當其他人員滔滔不絕的報告時，康妮放眼望向他的位置，只見他正在翻閱資料手冊，手冊上有參加者的姓名及僑居地和企業介紹；時不時地也有幾隻眼睛飄向她，除了她是唯二的女性外，就是康妮有著一張細緻漂亮的臉，雖快半百看上去卻像三十好幾，對於類似的眼神早就習以為常；目前她期盼的是他的眼神……

第一階段的程序總算告一段落，接下來是茶敘時間，茶敘地點就在會議廳的後面，陣陣咖啡香瀰漫會場。

才坐了不到一個半小時，就有人打起哈欠來，此時的茶敘正是時候，各種精美的點心擺滿了一長桌，每道點心前都註明點心的名字，真是用心良苦，讓吃的人知道吃的是什麼有名的點心，當然最好的讚賞就是一掃而光。

為了表示誠意及共融，主辦單位的人員們也和華僑三三兩兩的或坐或站聚在一起，邊吃邊聊。

康妮對吃興趣不濃，她打開會議室的玻璃門走到室外陽臺抽菸；當初只為了紓解工作上的壓力偶爾抽一、兩支，隨著抽菸帶來的紓解及放鬆，也就越來越離不開菸。康妮正愜意的享受這片刻的吞雲吐霧時，無意間從反光玻璃看到他正盯著她看，是好奇她抽菸或是認出她來了。

馮力進入與經濟相關的工作單位已超過二十年，隨著開放及政府各種政策的推動，學經貿的他也從基層慢慢擢升到SF區的負責人之一，如今也是這方面炙手可熱的人才。當初請他主導該業務，完全是因他有國外學歷及外語能力，更重要的是不負重望做得有聲有色。海外華僑企業參訪團已辦了N次，成效有目共睹，想當然耳的就是持之以恆繼續廣邀海外企業家，讓企業家回來看看能投資什麼才有利可圖。被邀請的企業人士們都是由SF區主導小組圈選適當的人前來參加。

駐外單位送來的企業家名單馮力都瀏覽過，對他們經營的企業也掌握一些實情，當他看到康妮名字時並無多大的好奇，因為這不是他熟識的人。

雖然他心裡總有那麼一絲妄想，希望還能再見到她，理智告訴他，不太可能，因為她讀的是心理學，要就業也在相關領域，更何況她的年齡和眼前這位女士有點距離，這位康女士除身高容貌相似外，姓名和年齡卻兜不攏。他對她的形象早已深植心中很難忘懷，他記得那時盈盈笑語的她不是秀髮披肩就是綁個馬尾髮型，反正怎麼看都順眼；眼下這位梳著短髮看上去一副冷若冰霜的樣子，實在不像他認識的趙如芬。馮力還是忍不住多瞄了幾眼，心想這些僑胞個人的資料他並沒細讀，手冊上為了隱私省去不必要的個資，但是駐外單位會蒐集較為詳細的資料並建檔，唯恐邀請到兇神惡煞引狼入室，丟了烏紗帽事小，給國家帶來麻煩，鬧上國際可是醜聞一樁。

馮力離開了現場撥了通電話給辦公室的副祕書，請他把康妮的資料送過來，一來藉此機會跟她談談，聊表關心，二來解開心中的疑惑。

半小時後資料送達，馮力迫不及待地打開看，終於有了眉目。

短暫的休息後又開始上午的程序，無非就是講、聽、看。

上午的活動終於告一段落，十二點半移駕餐廳用餐，共四桌。

馮力自然將康妮圈在他那桌，康妮表面上不動聲色，心裡卻暗自高興，心想他也許有話跟她講吧！

豐盛的菜餚擺滿了一桌，杯觥交錯好不熱鬧，紅酒醺得大夥開懷暢飲，上午還默默無聲地當聽眾，這時喧囂聲不絕於耳，真是酒逢知己千杯少！

康妮雖有暢飲的本事，可絕不在此種場合表露，對敬酒勸酒她是捏拿得恰到好處，自己的一番事業跟酒文化並無關係，眼前的景象她只是虛應故事，不讓任何人看出她參加該參訪團的意圖。

馮力禮貌的敬了她一杯，她也回敬，直到散席兩人並無交集。

馮力和康妮都知道此種場合不宜問東問西，所以康妮並沒太失望，反正還有下午及明天。酒醉飯飽各自回房休息，下午二點半外出參觀。

下午遊覽車將大夥載往百年古蹟，這些遺跡康妮早已來過，已沒興頭，讓她心灰意冷的是馮力並不會跟著來；這種陪著參觀的差事只需職務不高的助理就綽綽有餘了，日理萬機的人怎麼可能閒閒無事呢！

康妮對壯麗的山川及文物頗為讚嘆，絕不是因馮力而移情作用，她很清楚自己對歷史文物的愛慕之情及對人的感覺是分開的，當年她第一眼看到馮力時就知道有故事要發生了。

經過一下午的參訪，彼此間開始熟習，晚餐也越吃越熱絡，大家相約夜遊SF區，雖然也約她一起去逛逛，她禮貌的回絕說是要休息。

實事上她或多或少都流露出孤芳自賞的傲氣，不熟人的邀請通常都婉言相拒，除了對賺錢興趣不減外，其他吃喝玩樂等事情都避之不及，尤其出門在外涉及此等應酬多半避之，如跟業務有關則全力以赴，這種現實取向的經營為她造就了一片江山。

這次大兒子康晉跟著康妮一起來，她並沒住在安排的客房，而是自費要了有兩間房的親子套房，住得舒適又自在。自從事業有了發展，康妮對生活也有一定程度的要求及享受，尤其是住的要寬敞明亮，室內色調最好是淡藍淡綠的色系，至於中式雕龍刻鳳的房間一向是承受不起。

康妮回到房間脫了鞋寬了衣，霎時就清爽多了，看到兒子躺在床上看服裝雜誌就問：「今天去逛？有心得嗎？」

「當然有，有很大的心得，我從事服裝設計，自然對服裝較敏感；這裡無論男女都穿得好素，色彩灰暗無氣息，他們以後會越來越有錢，之後就會注重穿著，我回去後找彼得（Peter）規劃，再跟他到一線城這些大都市進行拓展，到時候請媽媽配合資金，如何？」

「彼得他公司的服裝不太適合他們，那種強烈的對比色他們不喜歡，你要問在上海的舅舅和舅媽，請他們找內地的服裝設計師一起組個團隊，讓內地的設計師也到美國來看看，時尚還需要有中國元素，當中國起飛後搞不好全世界都吹中國風。」

彼得是康晉中學及大學同學，兩人對設計都有興趣，彼得家學淵源，祖輩是從事服裝買賣，到了父親這一代經營得有聲有色，康妮跟他們相熟，物以類聚都是生意人，大家的眼睛看到的都是滾滾財貨。

「好了！我要到陽臺去透透風，你把看到想到的都列表出來，至於資金我要考慮考慮，是借你呢？或投資當合夥人。」康妮對兒子在金錢上的態度向來是親兄弟明算帳，一派美國作風，絕不讓子女坐享其成。

康妮站在陽臺環顧SF區的夜景，可惜離璀燦尚遠，跟一線城市比起來遜色不少，不過白日裡尚可嗅到點翰墨古味，這點南方大城倒是聞不出來。放眼望去，正在興建的大樓如雨後春筍般的矗立四周，也許幾年後會是另番景象。

人生有時候也是如此，除了閑散不前外，只要卯足勁往前衝，通常都有跡可循，尤其是焚膏繼晷的那種毅力累積出來的勁道是不可小覷的；人事物的風光景象絕不是一蹴可幾的。

康妮本想在陽臺多看幾眼這個四季分明尚有樸拙底蘊的城市，她知道再隔幾年古樸將逐漸消失，取而代之的是閃爍耀眼的不夜城。可惜冷颼颼的夜風讓她受不了，只好折回房間。

近年來她最大的享受就是躺在床上看書報雜誌，外出時總是隨身攜帶一、二本，心神隨文字圖片遨遊，經年沉浸書海已修得慎獨，尤其孩子長大有自己的天空後，她非得學會漫漫長夜要如何打發，偶爾也會沉溺在和他相處的時光中……

今夜她只想看看書讓自己靜靜的進入夢鄉。

半睡半醒中，電話響了，兒子伸手接了電話。

「哈囉！請問找誰啊！」

「給我，也許找我吧！」

康妮拿起話筒還沒開口，就聽到似曾相似的聲音，看看時間才八點半。

「我叫馮力，請問妳是康妮女士嗎？」

「是的，請問有事找我嗎？」

「是的！不知我是否有榮幸能跟妳談談。」

康妮心裡是喜悅，這正是她所盼望的。

「好的，請問在哪裡見面。」

「我目前在飯店頂樓的咖啡廳。」

康妮跟兒子說，是馮力，你也一起來見個面吧！

咖啡廳是用屏風來做分隔的，坐在裡面可以透過絲絹的屏風看到外面的動靜。

馮力刻意選了隱僻角落的一張桌，他當然不希望被人看見，出來時也只是跟家裡輕描淡寫的說與朋友談點事，並沒交代朋友是誰。

家裡那口子什麼都好就是醋勁大。

馮力年輕時憑著一張斯文俊秀的臉吸引了康妮，如今邁入中年散發出一股成熟的魅力更讓女人動心，凡有業務來往的女同事暗地裡也都對他有好感，這點讓太太很不好受經常坐立難安，只要外出就盤問朋友是誰，弄得馮力心煩氣躁，直到大發雷霆後才消停。如果知道今晚是會前女友，一定又會問東問西，弄得夫妻關係越顯緊張。不過馮力外顯行為倒是沒出過軌，內在心思則不置可否，誠如古有云：萬惡淫為首，論跡不論心，論心世上無完人。

馮力對剛才電話裡那聲強有力的「哈囉」讓他思緒起伏不定，從音量推測是位壯碩男子的聲音，已經晚上了還有男子待在她房間，難道是跟她一起來的或根本就是她的男伴，越想越不是滋味，枉費他不曾讓任何人知道的癡心，霎時覺得自己還真蠢。

康妮輕妝淡抹後和兒子直接走向頂樓的咖啡區，馮力第一眼就看到他們並緊盯著康妮身旁的高大男子瞧，心裡暗自忖度「妳趙如芬真有辦法，居然還能找到如此年輕俊帥的伴」。當初抱著雀躍的心邀請她一談，現在整個人是意興闌珊，心想如果不是他認識的趙如芬有多好。那種失落的表情一覽無遺，連講話都略顯沮喪，和白天神采飛揚簡直是判若二人。

「康女士，在這呢！」馮力向他們招了招手，母子兩人就朝著他的方向走去。

康妮看到馮力後眼睛為之一亮，馬上介紹身旁的兒子。

「這是我兒子Jon。」然後小聲地對兒子說他是馮力長官。

馮力瞬間如釋重負，心情舒暢不少，一顆壓心頭的巨石消失殆盡，忙不迭地和他握手，聊幾句。

「歡迎！歡迎！一起喝個咖啡吃些點心，大家一起聊聊。」

「謝謝！我要到附近逛逛，你們慢慢談。」康晉說完就禮貌的朝馮力鞠躬道別。

「你兒子的中文說得不錯，父親是臺灣人吧！」

「嗯！」康妮隨便應一下，沒多說的必要。

馮力嘴角帶著微笑抱歉的說：

「打攪了，明天較忙沒空陪大家……我有點事想請教妳。要喝點什麼嗎？」

「選你喜歡的，我都無所謂。」

「兩杯咖啡好了。」

馮力總算近距離看到了她，當年清純的一張臉如今豐腴有韻，美麗如昔，一想到兩人耳鬢廝磨，情話綿綿的歲月，就縈繞不去難以忘懷。

此刻兩人的心情是複雜的，明知對方就是伊人在水一方，卻故作似有情似無情。歲月不僅添了滄桑也添了無語。

馮力終於打破沉默，進入話題。

「我早年在美國念書時認識一位臺灣來的女孩，她叫趙如芬，跟妳長得很像，所以唐突的打電話給妳，不知妳跟她是否有親戚關係，如有冒犯請見諒。」

其實馮力已從她的檔案中窺得一些梗概，才敢打這通電話約她，為的是確認康妮就是趙如芬，讓他納悶的是康妮怎會不認識他？他沒改名換姓，整個人也不至於走樣啊！

康妮心中早已料到他打電話的企圖，自然知道這通電話是為何而來；可是她不主動攀談，她也要確認馮力的態度。

康妮笑著問：「請問你在美國讀的是什麼？」

「國際貿易這方面的課程，順便也修了心理學的一些課，所以才認識她。她是讀心理學的。」

「我跟她是比較要好的朋友，當年她對我很好，我們也很談得來。」

馮力頓了一下又說：「直說無妨，我們曾經好過。」

經過這許多年馮力的心機直上雲霄，他是故意講給她聽，讓她知道他心中仍有妳趙如芬的影子。

康妮看著年已半百風采依舊的馮力已是棟梁之才就替他高興，如果當年留在美國繼續讀書發展頂多在大學當個教授吧！如今位高權重的他還存有那份舊情，已屬不易。

康妮調整了坐姿然後直盯著他，很清晰的說：

「馮力，我已改名康妮了。」

馮力顯得很興奮而不自覺脫口而出：

「我不可能忘記妳的樣子，只是長髮變短髮而已！還是那麼好看……」馮力突然覺得自己有些冒失，為了掩飾自己的失態馬上隨口再問：

「為何改名？改革開放後我在美國和臺灣都在打聽妳的消息，又不敢大張旗鼓的打探，唯恐影響妳的家庭。」

康妮嘆一口氣道：

「我來美國後一直都沒回臺，後來想回去看父母，但是不讓我回去，盤問不休，說我在C大時曾和一位男性共黨過從甚密，除非交代清楚劃清界線，那時我就放棄護照，申請A國籍順便改了名字，如此而已！」

馮力一聽共黨馬上澄清：

「共黨是指我嗎？我當時純粹是一名學生，除讀書外不曾參加過什麼政治活動；不過我父母則是忠貞黨員。」

馮力有點內疚：「我真對不起妳！拖累妳了。」

「這件事就別提了，已過去二十多年了。」

其實康妮對馮力是不是共黨並不在乎，以前如此現在更不在意。她真正在意的是他沒忘記當年。

馮力在資料上看到康妮有兩個小孩，但沒先生，不知如何開口，只好裝著不知道，以輕鬆的口氣問：

「幾個小孩？妳兒子長得像妳先生吧！」

康妮不假思索的說：「雙胞胎兒子，天資聰穎跟他們的父親一樣。」還是談談你吧！

「我三十四歲，嗯！拖到三十四歲才結婚，女兒上中學，太太在中學當校長。」馮力特別強調拖到三十四歲才結婚，是意有所指，他推測她兒子的大概年齡，可判斷當年她是畢業就結婚，至於為何離異他就難以猜出。

「妳呢？哪一年結婚的？」

康妮沒直接回答他的問題，只說在中美建交後就知道他已結婚且有一個女兒，也進了E單位工作。

馮力驚訝的質問康妮：

「那為何不跟我聯絡，我在柴契爾夫人訪中那年還託人去臺灣打探妳的下落，心想妳會不會讀完書回臺灣去了。」

康妮悠悠地說：

「我一直都在CA州，兩個弟弟來美讀書後父母也來美定居，臺灣已沒親人，後來因工作關係才又往臺灣跑。」

「先生難道不是臺灣人？是華裔或……」

康妮迅速打斷他一連串的好奇，直接就說：

「孩子還沒出生我們就分手了。」

馮力就不在結婚的事上打轉了，講了他從美國回來後的事。

櫃檯的鐘已指向十一點了，康妮早有倦意，馮力卻欲罷不能，滔滔不絕的述說國家崛起的艱辛，那種氣勢及口才真能撼動人心，相較昔日的靦腆不可同日而語。

康妮趁著他換氣喝咖啡的空檔，馬上接著說：

「時間很晚了，你公務繁重還是早點回去休息吧！」

「我見到妳興奮過度，話就多了，對不起。」

「我也很高興看到意氣風發的你。」

「何時回去？」

馮力識到機會難逢，很想和康妮多相處些時間，更想重溫舊夢聚聚聊聊，總之剎那的喜悅都不想錯過。

「下星期一，在上海搭機。」

「星期六中午吃個簡餐可以嗎？」

其實康妮的想法和馮力是一樣的，也想多聚聚，就約好時間，馮力大喜過望，原本以為康妮對他已沒當年的感情，現在答應得那麼爽快，自然讓他喜不自勝，近年來他是順風順水，做什麼想什麼都成。

馮力帶著飛揚的神采離開了飯店。

兩人約好見面地點，康妮上了馮力的車，這部車是公是私，康妮不會多問，上了車隨主人駕駛。

馮力在美國時就很羨慕開車的同學，他羨慕的不是有沒有車而是能操控駕駛盤的能力。他想駕馭的不只是汽車，還有更多的東西，所以學什麼都全力以赴，剛開始也深信人定勝天，這種基調兩人是南轅北轍，康妮就不相信人能勝過天，只認同盡力而為持之以恆不氣餒的毅力。直到兩人活生生的分手，馮力才意識到人的能力是無法超越宇宙，冥冥之中他也感應到兩人要分道揚鑣，雖心有不甘，又奈何？

馮力開車跟他做事是一樣的穩紮穩打，當初康妮跟他在一起時，就很有安全感，他不冒險不投機是個腳踏實地的人，他有耐心教她統計，她卻沒心學好統計，兩人在許多事情上如生活及學習上是有很大的差距，也就是這種差異如朦朧之美，反而促成彼此的火花。以馮力這種生活態度及實踐，他既能成就自己亦能成就別人。跟馮力比起來，康妮缺少社會或國家意識，只求自己及家人的利益，不過都在公義道德範圍內，也因如此，馮力對她不執著不墨守成規的適應能力很羨慕也很欣賞。

車子漸漸離開了市區朝著郊區駛去，沿路都是大興土木的建築工程。

一路上塵土飛揚，砂石滾滾，來來往往的汽車大卡車穿梭不停，好一派欣欣向榮的景象。一棟棟的高樓拔地而起，無論公、私行號各個磨拳擦掌誓為國家效力，為人為己謀利興財，整個大環境處處是生機，人潮和錢潮一波波湧入這悠久歷史的文化大國。

馮力一邊開車一邊指著外面的建築說：「右邊這大樓是未來的……那棟又是……。」如數家珍，可見他對工作的投入，蓋什麼大型或巨型建築都在他掌控規劃中，經濟起飛也得在嚴謹的擘畫中進行，這正是他當年在美讀書學到的東西。前半小時的車程中窗外是目不暇給的建築風光，車內是不絕於耳的振奮之辭，相互交替儼如電影情節，毫無冷場。

開了近一小時才到這棟仿古建築的餐館。

康妮對仿古的東西沒什麼好感，要嘛就原汁原味的歷史本質，頂多整修或扶傾於頹敗；目前這類現代版的雕龍畫棟，怎麼看都不倫不類。至於黃鶴樓、滕王閣、岳陽樓這些名樓，再剝損再重整仍有其華貴閃爍的內蘊。

康妮近年常往來於華人地區，不少中式餐館為了吸引西方人士，服務人員身著古裝，衣雖好看，服務人員卻少了古人之韻，端盤倒酒應對都無文化氣息；禮儀之邦自有悠久舉止，可惜如今只剩裝模作樣，糟蹋了古建築古服儀之宏美俊雅。

馮力停妥車後馬上下來幫康妮開門並要牽扶她，康妮見狀禮貌地說，謝謝，然後拿了皮包跨出車門，讓馮力英雄無用武之地。

餐館占地很廣，四周還沒什麼像樣的建築，周圍花木扶疏，綠意盎然，要爬十多個階梯後才到正門。馮力瞧見康妮腳蹬高跟鞋就想到以前兩人第一次散步她倒在他懷裡的一段趣事，善於察言觀色的康妮，馬上對著馮力說：

「我現在走得很穩，請放心，我喜歡穿高跟鞋，看起來不會比外國人矮半截。」

一語雙關，她獨力扶養雙生兒子，每一步都得踏穩才有生計，在國外要自力更生，能昂首闊步於日落大道，在以白人價值為上的國度不卑不亢，與之爭鋒是需要勇氣及毅力的，能如此才有一席之地。

馮力沒多想，順著她的話回：

「妳得天獨厚有高度，哪天想摘月亮都行！」

「你不改以前的毛病，喜歡調侃我！」

「豈敢！豈敢！我喜歡以前我們相處的模式，妳呢？」

「往事如煙，回首也好，不回首也好，總之我們都已中年，能再聚首也算圓滿。我們不都一直往前看嗎？你想看到國家富起來，我想到的是殷實的荷包和孩子的將來。」

兩人一前一後登上階梯，馮力以一種欣賞的眼光看著康妮的背影，她穿著剪裁合身的窄裙式洋裝，勻稱的身材配上足蹬的高跟鞋，整個人顯得更修長，走路的姿勢比以前端莊多了。記得那時她走得很快，忽左忽右的在他旁邊，每日裡都是朝氣十足充滿能量，連帶的他也神采奕奕，只要有她在旁就精神抖擻通體舒暢。如今瞧著眼前的她卻是婀娜多姿萬種風情，心裡又是一陣翻騰。

短短的幾分鐘，馮力就思潮迭起，魂牽夢縈，傷神啊！

餐廳正門口站著一位男性服務員，一看到他們就訓練有素的開門說「歡迎光臨，請裡面坐」。康妮跟服務員道了聲謝謝。在歐美請、謝謝、對不起是基本禮貌，在亞洲則不然，禮貌是對上司不是對一般民眾的。

這些服務人員都是當地子弟，如要問個地方或去處都能侃侃而談，四面八方的景物也能說上一段；地方首長要造福桑梓就要先安頓在地的子民，馮力配得上當地「長官」的名號。

整個餐館窗明几淨，桌椅櫃檯的擺設也都素靜清爽，沒有掛了整排的宮燈，也沒有檀香桌上散發出來的裊裊人工香氣，整個環境清幽宜人，是談心說事的好地方，如此精心的設計，要價自然不菲。馮力特意選上這家餐廳，一方面他知道康妮的品味，另方面因遠離塵囂沒什麼閒雜之類的人來打攪，足見其用心。

經理看到馮力後馬上從櫃檯後的房間出來跟他打招呼，指著預定好的位置請他們就坐，桌上已鋪好了桌巾，看到桌巾兩人相視一笑，想起以前在木桌椅用餐時的情形，那時窮學生的趙如芬卻不馬虎，堅持用餐要鋪張紙巾，日後馮力也受到影響不再囫圇吞棗，對餐飲禮節也略微知曉，現在已成為不可或缺的基本素養。兩人坐定後，穿著唐裝的女服務生送來菜單，馮力拿起菜單看了看遞給康妮：

「喜歡吃什麼，別客氣，盡量點吧！」

「你的地盤你最清楚，點什麼，我就吃什麼，點四樣就可以了，除非你覺得吃不飽。」康妮並沒伸手去拿遞過來的菜單。

恭敬不如從命，點了五個菜和一道湯，紅酒就免了。

服務員不甘心他們長途跋涉卻只點五樣菜，就推薦了一些名菜，康妮看到馮力很猶豫於是心有不忍，讓他再點一樣，她跟他相處不改初衷總是發揮同理心，讓他暢快得意，即使相隔了二十多年，仍是當初那個隨時隨地為他著想的趙如芬。

菜未上桌，馮力先啜了口茶，潤了潤嗓子，又開始大放厥辭。如是換了別人，康妮早就嫌煩嫌聒噪，可是面對的是心繫的人，心裡的感受自然不同。

兩人邊吃邊談，康妮對馮力的問話總是簡單的一兩句就一筆帶過，馮力則細說從頭，他有太多的事要和她分享。

馮力從康妮的談話中發現她好像心事重重。

「如芬，妳生活得還好吧！」

「馮力，叫我康妮吧！我已不是如芬了。」

「在我心裡，妳永遠是以前那個慧黠的趙如芬。」

「過去的事別再提了，往前看才可以看到錢景，錢財的錢。」

馮力心想她怎麼會變得如此市儈，這二十多年她經歷了什麼？與其說好奇，不如說關心來得比較恰當。

「我知道妳很能幹，如果有用得著我的地方，我很願意為妳服務，千萬別客氣，我是真心的。」康妮當然知道他是真心的，不過精彩難忘的那一幕已經結束，現在這一幕沒有男主角，也不需要，如今她在自己的世界中打轉，不跟任何男士有瓜葛。

馮力離開後她再也沒心思眷戀在感情上，整日為生活謀劃，一頭栽進賺錢的機器中，愈陷愈深難以自拔，所有的努力變成厚實的存款及房地產，唯有金錢是她的追求目的。讓家人過著舒適的生活比什麼不著邊際的愛情來得實際，這些年她悟出的生活哲學。

兩個雙胞胎兒子是上天給她的禮物，看著他們成長茁壯，所有的付出都值得。俞老師的提醒讓她認真考慮，父子相認不宜耽誤。

眼前的馮力有身分有地位，如果牽出在美的這一段情史不知會不會毀了前程？更何況還有孩子，如被安個始亂終棄的罪名，所有的一切都毀於一旦，不可不慎，寧可三思而後行，也不可躁進。

康妮看著眼前的馮力，心中料到他要演講了！馮力將自己的生活和職場生涯有條不紊的慢慢道來。在工作上他迂迴盤旋好一陣子，直到進入E部門才慢慢展露頭角。

他遇到改革開放好時機及信任他的上司，部門裡的成員也都有使命感，大家共同努力擘畫經濟藍圖，然後絞盡腦汁逐步去實施，今日的成就不是他個人的而是眾志成城的戰績。康妮對兒子有這樣的父親，是驕傲的，引以為榮的。

康妮仔細端看半百的馮力，有一種沉穩的練達，身材比年輕時寬廣結實，臉上有些微的風霜，頭髮一看就知道是染過的，無一絲白髮，聲音倒是比以前低沉，興許是操勞過度吧！

隔了二十多年，馮力眼中的康妮仍舊是他心中的難忘佳人，豐潤的臉頰及身材取代了當年的纖細，整個人愈發顯得成熟美，唯一不解是她的眼眸略顯幽暗。

馮力將自己回來後那半年消沉的事說得鉅細靡遺，順便伸出手讓康妮瞧瞧曾經砸進破碗盤的碎片縫了十幾針的雙手，兩手掌仍有縫過癒合的痕跡，康妮用眼看了看並沒觸碰他的手，如是以前一定是兩手捧在心窩前講些心疼不捨的情話。如今雖然對他仍有那份情，可是不願再有任何讓人誤會的曖昧舉止，尤其身在SF區，雖非京畿腳下但仍能感應到，人在衙門當差不得不慎。

馮力也看得出康妮的避諱，他很想知道的是她對他是否還有情，這麼多年過去了，她結婚離婚又有孩子，如今是否還有伴？

「恕我冒昧，我想知道妳現在有沒有朋友，我指的是男伴。我發自內心的關心妳，希望別誤會我的好意。」

康妮感受到一陣暖意，幽幽地回道：

「我和孩子的父親分手後就沒再找伴了，大部分日子都心曠神怡，生活自在得很，無拘無束的支配全屬於自己的時間，沒這種經驗的人很難體會。」

「我只希望妳過得快樂就好，我是身不由己，整日案牘勞形，羨慕妳啊！」

「你大才為大眾服務，有人小才為小眾服務，我無才只求保命就好，別羨慕我。」

「妳能有這一片天空，還說無才，是謙虛還是嫌天空不夠大？」

康妮笑了出來說：

「你還是和以前一樣又在挖苦我。」

「不是挖苦妳，是佩服妳在美國賺美國人的錢不夠，又在臺灣、內地到處有事業，真行！

精準地說應該是能幹吧！」

馮力哪裡知道她內心的寂寞，唯有東跑西闖賺錢填滿空虛，日復一日讓自己不要沉溺在往事中。

「我過著庸俗的日子，沒啥理想，只為自己及家人，從來不會想到為別人或為社會出點力，很自私的，以前如此，現在亦是如此。」

「也許妳為善不欲人知。」

沒想到馮力還真說準了，她一直是某善會的金主，當年修女照顧身無分文懷孕的她，讓兩個孩子住在修會辦的「德蘭中心」近三年，直到她貸款買了二手屋才將孩子帶回來轉入幼兒園。

大恩不言謝，她事業有成後持續回饋，不曾停止，兩個兒子長大後也去「德蘭中心」當義工，幫忙清理環境或修繕工程。

康妮雖有刻骨銘心不得圓滿的感情，其他方面則福至心靈常遇貴人協助，事業順遂，少有挫折，真所謂失之東隅，收之桑榆。

馮力試探了多次還是問不出康妮何時結婚的，顯然有些悵然，不過目前既然沒有男友，這就讓他放心暢談。他知道人在官場不能太恣意妄為，凡是都得小心為上；常言道無風不起浪，有浪丈三尺，明哲保身是官場不二法門。
這頓中飯吃了近三小時，兩人都覺得時間過得太快，天下無不散的宴席，希望這次的聚會是開啟往後的一把心靈鑰匙。
康妮緩緩的站了起來，走向門外。
「我到外面透個氣，你等我一下。」於是拿了菸和打火機，逕自打開門到開放式的走道抽起菸來，她待在室內太久，渾身都覺得沉悶，總要適時的抽根菸吞吐一番才暢快。
馮力偶而也會抽幾根，尤其是應酬時也沒少過，不過愛人和女兒是不准他在家抽菸，今天機會難得，他也跟了出去走到康妮面前，她拿出菸盒示意他要不要也來一根。
兩人站在走道盡頭，康妮放眼遠眺，吞吐之間一派悠閒；馮力覺得這個牌子的菸不嗆，很適合女性，只是不知她何時開始抽起菸來的……
「妳什麼時候開始抽菸的？」
「在臺灣讀大一時和同學一起抽過幾次，好玩新鮮而已，後來三十幾歲才開始抽，減減壓順順氣倒也舒坦，慢慢成了習慣，不過每年肺部檢驗也都沒問題。」說清楚講明白免得讓他胡思亂想瞎操心，以為她有什麼難言之隱借菸消愁。
康妮喜歡獨自一人抽菸，藉機放空自己，在辦公室在家在外都大剌剌的抽個一、兩根，換個氣提振一下精神，兩個兒子也會買條菸孝敬她。

在美國如她這般無婚姻生活的女性，不少是靠酗酒買醉或生張熟魏來打發空虛的日子，康妮卻不屑這種作賤自己的方式，她下了班無應酬就待在家，星期日上教堂，再不然就是點數整理帳簿存款簿，這月又賺了多少？哪裡損失多少？總之就是不碰讓人墮落糜爛的事物；有道是古井無波，心如止水。

康妮兒子是受西方文化薰陶的，對媽媽這種潔身自好的生活很難理解，不過他們很慶幸有這樣的母親，讓兄弟倆過著比一般人富裕的生活，買幾條菸聊表心意就能讓媽媽感到窩心，真是划算。

兩人抽完菸回到室內又坐會，才拎了各自的東西準備離去，沒想到突然下起一陣不大不小的雨，站在門口的服務員馬上遞了把傘給馮力，就說用完放在停車棚，待會有人會去收。

馮力撐著傘和康妮步下臺階，兩人小心翼翼的走向停車棚，互相看了對方一眼，彼此心照不宣，這場雨來得也太巧了吧！

那年初遇時的一場雨和今天的雨勢差不多，那時是從圖書館步下十來個石階，而今是從飯店走下石階。

馮力撐著傘，康妮走在他右邊，此時此刻又好像回到從前；當年互不相識的兩人並肩於傘下，彼此都偷瞄對方幾眼，綺年玉貌的趙如芬心裡滿懷遐想，馮力也不遑多讓。如今已是舊識的兩人卻有著現實的隔閡，無可奈何春去也。

走到車棚放好傘，開了車門繫好了安全帶，馮力嘆了口氣，不發一語，康妮望著車窗外的雨，心有所思，兩人都沉甸甸的。舊時情景依稀可觸，無奈心境早已隨風而逝。這陣雨憑添了重逢的酸楚，馮力看著越來越大的雨勢，並不想馬上離去，詢問康妮的意思。

「等雨小點再走可以嗎？」

「當然可以！」兩人坐在車內聽著稀里嘩啦的雨聲，周圍並無其他車輛。

「Connie，我送妳的那把傘應該扔了吧！」突如其來的這句話讓康妮嚇了一跳，尤其是叫她的英文名字，記得那時膩在一起時他才會用 Connie 跟她傾吐心思，綿綿細語，在這節骨眼莫非……心似雙絲網，中有千千結。

「傘大概還在吧！至於放在哪可能還要找一番吧！」康妮故意淡化那把被她當作珍寶且收藏好的傘。她不願意讓他有非分之想，可是馮力並沒如此想。

「我結婚後就把我們的照片和妳寫給我的信交給我姊姊保管了。有時心情沮喪時我會回想以前的事，舒緩一下。」馮力接著又說：

「有一陣子做夢，夢到我拿棍子當武器驅趕追逐我的惡狗，結果惡狗咬住棍子不放，撕咬成一片片的碎布，我才發現不是棍子是那把傘。這大概是佛洛伊德說的潛意識吧！」

康妮心裡想，到底他有沒有做這樣的夢，或只是藉傘沉醉如飢如渴的甜蜜往事；真有做這個夢當然也不意外，康妮自己不也做過相關的夢。

夢有時是一種心願的渴望，有時是很在意的未遂之事，經年累月漸漸的遁頓入意識的深峻處。總之，心靈在夢中可自由翱翔，帶給人各種白天意想不到的思潮，能做夢是再正常不過的事。

康妮注視著馮力笑著說：「這夢跟你的工作有關，惡狗也許是紛雜繁重的業務，你事事求好心切，日積月累的重擔浸入心脾，沒處釋放只好從夢裡宣洩囉，不過會做夢足以顯示你睡得很熟，夢通常是在深度睡眠中進行。」

當年林林總總的生活記憶，也許只是視覺能量的存在，可是這種視覺卻不易消失。

康妮心裡很清楚馮力想要訴說表達的事，她則要撇開牽扯到兩人感情的舊事，她不能讓馮力自掘陷阱回到過去，雖然她依舊愛著他，可是藕斷絲連當人情婦這種事是不道德的。她要的是光明正大能公諸於世的愛情，當她知道馮力已婚後就當機立斷快刀斬亂麻的不跟他聯絡。她太了解他了，他們彼此都視對方為真愛，用情至深。他拖到三十四歲才在父母央求下成家，她是曾經滄海難為水，除卻巫山不是雲。如今前來SF區，為的是尋一個父子相認的時機罷了。

「馮力開車吧！」康妮不想重溫初識的那一幕，催著離開。

來時的喜悅已被這場突如其來的雨給攪亂了，兩人沉默了好一段時間，馮力才開口：「真對不起，沒想到觸景生情，讓妳我都不好受。」

康妮的確是黯然神傷，之前只是想到才難過，今天卻是歷歷在目的實景重現，這滋味不是好受的。為了不讓馮力懊惱，故作輕鬆的說：「別放在心上，其實這頓飯我吃得很愉快，聽你講那許多事也讓我增長不少知識。」她把話岔開，不想陷在雨和傘的泥淖中。

「說實在，我公務在身出國不便，以後妳來，記得一定要通知我，不吃大餐，喝杯咖啡總可以吧！」馮力想盡辦法要挽回失聯多年的情誼，如果再度失去她將是他人生最大的敗筆。壓抑情愛不如昇華為友情，至少還有相望對談的內心交流，或者不說什麼也能從眼神中讀到默契。

「盡量吧！我一年頂多來兩次，大部分是到上海，你公出訪美歡迎來我家，家裡蠻寬敞的。」

馮力聽到康妮如此說，擔心的陰霾隨之而去。

康妮把名片給了馮力，另外用筆加註私人電話，她很盼望馮力能來家裡一敘，但是嘴裡不說，只等父子團聚的機緣快點來到。

剛才的那一陣雨來得快去得也快，回程的路上顯得清爽多了，車速也快了，進入市區後心情也調整過來了。

到翰林飯店時馮力握住她的手，她也以適度的力道回應，兩人外表不動聲色，看起來一付恬然自安的模樣，內心卻澎拜不已，彼此從緊握的手傳達了不便說的心聲，兩個人都極力克制自己的情感。

她曾期望這雙手會為她頂住天地，為她拭去風霜，為她打造一個溫馨的家園，為她……，結果是愁腸百結的春閨夢。至於馮力呢？也沒好過，破碗扎手流的血尚能抑住，心口的血始終沒止過，充其量也只能壓抑，好在日理萬機，日子也就在繁忙勞碌中一天過一天。

康妮鬆開了他的手，嫣然一笑的說：

「謝謝你，這趟參訪，真是不虛此行，能跟你見面是我最大的收穫。」

康妮很難得說出真誠懇切的話，平日都是些虛與委蛇的瞎話。

「Connie，恕我直言，我一直都把妳放在心上，希望妳也把我當作知心朋友，讓我能為妳做點事。」

「我以前就當你是我最知心的朋友，難道你現在才發覺嗎？真不夠意思。」

「妳又來了，碰上妳，我就是下風吃癟。」馮力笑著說。

「馮力！我愛你就像愛我兒子一樣。」
「我也愛妳，就像愛我女兒一樣。」
總算在戲而不謔中道了聲祝福。

## 二

對馮力來說，圖書館是最好的去處，只要沒課他就帶著書到圖書館來消磨，隨身攜帶的中英文字典被他翻來覆去磨損得面目全非。

在美讀書中英字典是不可或缺的工具書，聽、說、讀、寫的基礎就是要有紮實的字彙。馮力學習的毅力非同小可，除了天資聰穎外，更多的是他夜以繼日的苦讀，除了跟室友阿里會講些生活上的雜事外，其他沒什麼可談心的朋友。系裡的同學也僅限於點頭之交，不過他的統計和數學成績斐然，修起經濟課程就順利多了。偶而系裡的女同學會請他指點迷津，他也藉此機會問些艱澀的辭彙和俚語，總之各取所需。他所有的出發點都是學習不是交友，不到一年的英語先修課程，在讀、寫上他近中上程度，至於口音就沒那麼標準。

之前在國內他已是經濟系大二學生，來美後先上了語文課程，通過專業及語文口試筆試達標，才將以前在國內讀到大二的部分商業課程抵銷，然後再重新修經濟貿易的課，預計三年修完。他沒有多餘的時間及財力耗損，來美唯一目的就是全力以赴順利完成學業。

處在物質充裕目眩神迷的環境，要保持清醒是重要的；無論是物質貪戀、嗑藥或情色，稍一不慎就是萬劫不復；馮力對這類的事是見不善如探湯，自認定力夠，不足懼也！像他這般孜孜不倦於學的人，在同儕眼中簡直就是一個無趣的人，空有滿腹知識，卻虛度人生最燦爛的時光。

日復一日的走在教室和圖書館之間的馮力，一進入圖書館就找固定偏角落少人經過的位置，坐定後拿出書、字典、筆，然後心無旁鶩的看書作筆記畫重點，對周遭的事物一概不入心不入耳，分秒必爭的專心致志於學習。

任何時間只要圖書館開放，馮力沒課就一定在此，其他同學則視考試而定，一到考試或交報告，圖書館就人滿為患，找張好位子就得憑運氣了。

進來讀了一個半小時的馮力看了看牆上的鐘，開始收拾桌上的書，準備去上十點的課。他輕輕地把椅子移入桌下放妥，正準備離開時看了看左右，這會怎麼都坐滿了人，不經意地朝後面也看了一下，突然看到斜對面有位東方女孩，好奇的多看了幾眼，不看則已，一看就讓他驚豔，那位東方女孩並非國色天香，只能稱得上秀麗而已，但整個人散發出來的氣質吸引了他。

女孩黑色的長髮綁了馬尾，皮膚白皙，穿了件有小花的紫色洋裝，左手翻著書，右手抄抄寫寫，閒然自得的模樣煞是好看，她的周圍並無亞洲人，看樣子是獨自一人；馮力不敢盯著她看，故意向四周張望順順氣，然後又瞧了幾眼，才不捨地離開圖書館，心想明天也許還會看到她，匆匆地趕去上課。

馮力原本一心一意來圖書館讀書，現在卻多了一個上心的事，不到半小時就左顧右盼的尋覓那位驚鴻一瞥的東方女孩。

兩個星期過去了，那女孩始終沒出現，馮力從滿懷希望到失望，最後自我安慰地告訴自己「書中自有千鍾粟，書中自有顏如玉」，書讀好才有黃金屋，才有他想追逐的東西。至於那位東方女孩是哪一國人都還沒確定呢？如非華人就甭想了，何況女友小紅還等著他呢！

這陣子圖書館從早到晚總有絡繹不絕的學生進進出出，那天人特別多，以往的位置已有一組人在作小組討論，馮力只好另找空位。坐定後才發現這一區女同學較多，金髮碧眼，黑髮棕膚都有，唯獨少了黃皮膚的亞洲人。不知是女孩天性或是巧合，這區總有些雜音在周圍飄忽，大多是外語對馮力沒啥影響，漸漸地他聽到由後面傳來一男一女的交談，聽不懂但可確定是內地的一種方言，他低下頭閉上眼仔細「竊聽」對了！是粵語廣東話。他心中一顫，會是那東方女孩嗎？剛湧上的喜悅馬上澆熄，從談話的語氣感覺兩人很熟很親。看樣子她是名花有主了。多情卻被無情惱。

沒隔多久，聽到那對男女朋友移動椅子的聲音，似乎要去上課，他也裝著舒展手臂回頭看了看他們，原來不是那東方女孩，心裡暗笑自己的定力怎麼消失得無影無蹤。雖然理性告訴他，不能涉及戀愛，感情卻時不時的觸動他的神經，那一瞥總是縈繞不去，甚至盤旋入白日夢，真不是滋味。

時間是最好的療方，三星期過去了，希望也慢慢淡了。

靜下心打開書，又開始沒日沒夜的用功。

那天室友阿里跟馮力一起到圖書館看書，阿里的女友請他幫忙找有關心理學的參考書。隔行如隔山，學工程的阿里根本不知如何找起，在心理學類的書架處問了一位也在找書的東方女孩，經她指引很快就找到了，辦了借閱，回到座位時跟馮力說有位東方女孩幫忙的，馮力一聽急著問：

「在哪？」

「在圖書館藏書的右側。」

馮力站起來朝阿里說的方向走去，弄得阿里一頭霧水。

馮力也故意在那個區找書，皇天不負苦心人，他要找的人好端端的坐在近心理類書籍的附近，好在那女孩並沒看到他。

「阿里，真感謝你幫了我一個大忙……」

晚上回到宿舍，馮力一五一十地把這三星期的事從頭說給阿里聽，阿里聽得津津有味，幫著馮力出餿主意也好，謀畫未來也好，總之，千里之行，始於足下。

第一是確定她是哪裡人。

第二才是如何接近她。

阿里找來女友普雅助陣，她是心理系大二的學生。

阿里將那女孩的身高、膚色、長相、頭髮式樣粗略描述一番，馮力覺得不夠又畫蛇添足，另加一些沉魚落雁的形容詞，他的焦躁呈現在臉上。

普雅對阿里的室友馮力並不陌生，知道他無趣到只會讀書，不過有這樣的室友，阿里不容易沾染惡習，最怕近墨則黑學會玩世不恭，頻頻換女友的人生態度。如今馮力動了凡心，居然會思春了，令普雅好奇，也想趁機戲弄他一番。

「你說的好像是仙女吧！我知道或看過的是普通一般人，這種絕代美女，你應該到仙界去找，不是問我喔！」

馮力也意識到自己是情人眼裡出西施，急中生智回答她：

「我看妳就是這種漂亮的女孩，所以就把用在妳身上的美麗加在她身上了。」

馮力轉向阿里。

「你是在仙界遇到她的嗎？」

「她在仙界遇到我的。」

「好了，阿里你別自戀了。」

「你們說的東方女孩可能是趙如芬，英文名是 Connie。她是從臺灣來的，心理系一年級，聽說以前在臺灣只讀了一年大學，來美再從頭念。」

「馮力，她說的語言和你一樣嗎？」有關這類的問題，外國人常常混淆不清。

「應該一樣，不過不是所有華人都會說中文，有些說粵語、有些說潮州話；臺灣人的中文程度不錯。」馮力對臺灣只是略知皮毛，實際如何是禁忌，只知兩邊是對立不相往來，雙方視如寇讎。對馮力來說，這真不是一個好的開始。

普雅開始發揮所學，有了用武之地。

「人際吸引（interpersonal attraction）的基礎有一項特質是外表的吸引力，馮力你的外表就很有吸引力。女孩大多數喜歡外型很帥的男人，這樣可以增加自己的身價或形象，到哪都增色。當然男人也如此看待女人的外型，漂亮顯眼的女孩較吃香。另外兩人有共同點就更容易成為朋友了，你們有相同的語言或還有相同的文化吧！」

「馮力你會追到她的，就像普雅追到我，她聰明漂亮非我莫屬。」

阿里的幽默風趣馮力是不及的，他和女友感情甚篤，經常笑鬧不停，兩人對人都很誠懇也就是普雅說的共同點。

「阿里！驕兵必敗，我沒許諾要當你永遠的女朋友。」

「我不需要永遠的女朋友，我需要永遠的愛人，永遠的愛人是我太太，妳就是我阿里的最愛。」

有情人能成眷屬是多麼美好的事啊！馮力還沒想到那麼遠，只求一親芳澤。

普雅是很有見識的女孩，在教育不夠普及的印度，尤其是女孩，嫁人是最好的出路也是唯一的選擇。她出眾的學習能力受到父親的鼓勵和家族的支持才能來美讀書，成績總是拿Ａ，這種學習精神和馮力有幾分相似，她自然願意幫馮力出主意。

「不要單刀直入，這種條件不差的女孩總有點矜持，你要懂得欲擒故縱，以退為進，萬不能操之過急，我會幫你留意她的。」

普雅將一些基本的方法告訴馮力，讓他斟酌進行，切實地說，馮力也不是言聽計從沒心機的人，他也有自己的想法和顧慮，當然他不會跟任何人表露內心的意圖。

既然知道那女孩是修心理學的，以後進了圖書館就找適當的位置坐下看書，不管她來或不來都無需太在意，反正機會是為準備好的人存在的，信心十足只待良機。

學期結束前，馮力看到她幾次，每次來都是邊看邊寫，有時會一手托著腮幫子若有所思，馮力偷窺的技巧純熟，從未被發覺，自然也就越看越喜歡。

七、八月的暑假學校空間變寬廣了，圖書館仍舊敞開，但只有稀稀落落的學生。

他心儀的那位東方女孩整個暑假都未出現過，不知是回臺灣或到親戚家，心中多少有點惆悵，一想到身處勢不兩立的成長環境，是否會被她拒絕？她有沒有要好的男朋友？她會不會轉往其他州立大學去讀？這一連串的問號都沒有截鐵斬釘的答案。

阿里和普雅都回印度，他們家境都屬中上階級，來去美國還算方便，馮力並不希望他們問東問西，好在普雅很懂這心理，提供訊息後就不再過問，她只需觀察就可略知梗概，真是聞一知十的聰明女孩。

整個暑假馮力也有一些必須寫的報告，只是不足為外人道，在圖書館他放心的寫，周圍沒其他人，寫寫停停，為的是給家裡一個交代，讀了哪些科目，學到啥，有沒有交上什麼朋友之類的雜七雜八的瑣碎之事，寫完後繳給負責的王先生帶回去。

王法海先生專門負責海外這些學生的生活狀況，只要有風吹草動就立即打道回府，絕不允許搞失蹤或見風轉舵背棄國家這等大逆不道的事件發生。

這些菁英們互不認識，都分散在不同學校或系裡就讀，各個都很低調，和當年勤工儉學不一樣，當前政策並沒開放留美。美國倒是很歡迎中國學生來念書，很大方地給獎學金，希望學成回國能親美，師法美國的政策。

中國只想培養人才掌握世界訊息，哪裡會因這些留美人士而改弦易轍。在當時留美還列在黑類，資本主義是腐化的。至於學成歸來的這些年輕人是否得到重用還不得而知。

也因為沒開放留美，所以這些出來的人都是專案處理，跟政治有關的言行都在限制範圍內，馮力更是小心翼翼絕口不提相關的事。他也篤定地認為四年讀完就回去，不會有任何懸念妨礙他報效國家。

人算不如天算，萬物各有定數。

誰知道原本平靜的心卻被無意中看到的女孩投下一顆石子，漣漪不斷，攪動心緒不得安寧。馮力自問：怎會如此不堪一擊，驚鴻只一瞥，愛到死方休，真有纏綿這等事麼？讀書寫報告對馮力來說，是輕而易舉的小事，難不倒他，可是在腦裡心裡竄來竄去的東方女孩影像卻像澆不熄的火苗，總在曖昧中緩緩上升。

漫漫暑假好好琢磨琢磨，何去何從，要壯士斷腕慧劍斬情絲呢，亦是水到渠成順其自然，總之這一切目前都操之在馮力，跟那女孩無關。

既然知道那女孩是心理系的，馮力就借幾本心理學的書看看，增長自己專業以外的知識，儲備共同的話題。

當年在國內，跟小紅走到一塊根本沒花什麼心思；普雅說的「人際吸引」還真有道理，小紅是天生麗質非常吸睛的女孩，說話輕柔動作細緻，舉手投足都有一份古典飄逸的美。喜歡她的男生不計其數，但是跟馮力比也就知難而退。小紅和馮力是初中同學，小紅後來又學了護理，兩人從同學進展到戀人，周圍的朋友都公認他倆是郎才女貌天生一對，馮力自己也不否認，兩人結婚是遲早的事。

誰知道半路殺出程咬金，弄得馮力湖海生波，一時還沒定數。

馮力借了本《普通心理學》的書來看，書上開宗明義寫到「心理學是行為科學，探討人的心理與活動」，簡單清晰的幾句話就開啟了他的閱讀興趣。

馮力在國內上過基礎生物課，對「心理學的生物基礎」並不陌生，這會才明白，要了解人的外顯行為和心理狀態，有時需要藉用生物器質來詮釋。例如突如其來的事件會讓內分泌腺受到刺激，心跳加快，呼吸急促，甚至恐懼、發抖等，就像他第一眼看到那位東方女孩時，眼球和心跳就有了變化，隔了幾天還因滿腦子她的倩影，差點從圖書館的石階摔下來，當時雖然穩住，事後卻愈想越恐懼。真是應了生理與心理交織後出現的行為。

至於書上提到的心理學家們的論述，也擴大了他的視野，什麼心理分析治療、社會學習論、人格理論，其中特別是自我實現的特質讓他覺得很受用。

他用書上的特質來評量自己，發現自己正向特質多於負向，如決定要做的事就會用力去完成，誠實面對自己而願意改變。

書中提到「誠實面對，願意改變」，他不否認喜歡小紅，可是當他在圖書館看到那位東方女孩時，他是心動的、渴望的，他能很清楚的分辨這種感覺和跟小紅在一起是完全不一樣。

小紅和他像兩條平行線一直往前行，他從未想過要了解小紅的心理，更沒想要討她喜歡，雖有親吻的行為，可是從沒有讓他久戀不忘或回味無窮，如今他開始確定喜歡和愛之間是有不同的感覺。

愛開始在他心中萌芽，這種愛不是友情不是親情，是男女之間那種微妙的情愫。他來美已兩年了，可是很少想到小紅，那位女孩才看了幾眼卻頻頻扣動他的心弦，讓他無法靜止。

原本單純的學生生活，注入了感覺的思辨及理想生命的追求。他意識到自己要做抉擇了，是壓抑下去然後放棄這種冉冉冒出來的情絲，或做自我掌握的一搏，這難題讓他出奇平淡的生命有了躍動，無論成功與否都值得試試！

他到心理系館的公告欄看了一些選課欄目，也看到選課名單，在來之前已圈出空當的時間，然後做了決定，他選了一門（人格心理學），上課時間是星期五上午九點到十二點，如無變卦將和趙如芬同修。

終於盼到開學，馮力特別整理了儀容和服裝，以往他不太注重儀表，自從聽普雅及書上談到人際吸引中論「外貌」一章所說的效應實在有其道理，自己既然有先天優勢，就不能等閒視之。

馮力仍舊如往常一樣，只要沒課就先去圖書館看書，至今未看到那女孩，她來不來圖書館對馮力來說已不重要了，因為萬事俱備，只欠東風。

第一天的人格心理學，馮力抱著無比的期待，看了看時間已是八點四十了，他走出圖書館發現外面下著雨，好在他帶了一把傘。

趙如芬也從圖書館出來，可是手上卻沒傘，雖然雨勢不很大，如要到S大樓上課肯定會淋濕衣衫，那種狼狽的樣子不是第一天上課該有的模樣，她一向在意儀表，因為人的第一印象就是外表。

她站在圖書館外廊，到處找有可以共撐傘的人，幾個西方男孩女孩自行成對一一離去，這時看到一位亞洲男孩正要打開傘，如芬趕緊走過去用英文問：

Could I go to S building?

Yes, I am also to S building for lessons.

兩人共撐著傘朝S大樓走去。如芬端量該男孩，一米八左右，可能是香港或新加坡人吧！日本男生沒那麼高，臉也不太像桃太郎。

馮力心中暗喜到了極點，簡直樂透了，真是得來全不費工夫。

一路上馮力也不多說話，欲擒故縱的伎倆正式上場。

到了S大樓後，如芬不想錯過這位長相俊朗的男生，開口問了對方大名。男孩說FON LEE，如芬心想這是中國人的名字嘛，馬上接著問：「哪裡人？」

「我是中國人，妳呢？」

如芬伸出手來：「我是臺灣來的，我叫趙如芬，我要到S208教室上課，你呢？」

「我叫馮力，我也是在S208上（人格心理學）。」

可想而知，如芬有多高興，一場雨一把傘讓她結識這麼一位俊挺的男同學。

到了教室，他故意選了離她遠的位置，專心上課及作筆記，即使碰了面也禮貌點點頭，絕不主動攀談，他不能讓計畫功虧一簣。

第一節課，趁教授還沒來時，大家都禮貌地跟左右講幾句話，如芬也左一句「嗨」又一句「嗨」，旁邊的美國女孩指著馮力問道：

「那個亞洲男生是妳男朋友嗎？很帥！」

「是剛認識的。」

「我叫茱蒂（Judy），我很想認識他，妳可以介紹嗎？」

「當然可以！」

天啦！還沒開始就有情敵了！如芬自信可以勝過美國妞。

上完課大家各自散去，馮力也大步走出教室，並沒有要等如芬的意思，如芬有點失落，想想以後還有機會，不急著表態。

到了第三周時，茱蒂開始獻殷勤，拿杯咖啡給馮力並且沒話找話，問東問西，如芬特別注意馮力的反應，就好像是心理學的作業，「觀察、紀錄、分析」，然後找出其特質，作為將來與他談話的模式。

如芬觀察到，每次下課後馮力總是一人快步離去，她突然想到，在一窮二白的中國，各種鬥爭不曾停過，大家都過著艱苦的日子，為何他能出來，他到底有著何種身分，居然能到美國留學，是有任務的職業學生？或者已經結過婚等等……

如芬一想到這些就不寒而慄，警覺到他該不會是共黨設下的「美男計」！也許他是有任務在身的學生，初生的愛慕之心在糾結中拉扯。

隨著課程的演進及討論，有兩次他們被分在同一組，一次是「完形心理學」，另次是「意義治療」的小組研討。在討論的過程中，馮力注意到如芬會以肢體語言表達她對同學的看法或直接詢問對方一些細節及觀點，唯獨對他提出來的任何意見都面無表情沒有反應，馮力對她這種一付心不在焉的樣子著實不好受，不知她是何種意圖，為何獨獨對他等閒視之，不屑一顧。

馮力用的是欲擒故縱，如芬這古靈精怪的女孩也使上了「欲得周郎顧，時時誤拂弦」。

一向下課就走人的馮力居然站在教室外等如芬。看到後馬上走向她，「我們可以一起用午餐嗎？」

出乎如芬的意料，他居然要約她一起吃飯，這時的如芬很糾結，想到他神祕的身分有些恐懼，又想到自己明明喜歡他，為何不把握當前這麼難得的機會，至於疑惑的地方就暫時擱在一旁，讓時間來解謎吧！

如芬為了掩飾內心的喜悅，矯情地說，我自己有準備午餐，不便去餐廳。

馮力雖然也有帶三明治，原本打算約她一起去學生餐廳用餐的，這份三明治就留著當晚餐，這下可好，她也帶了午餐，於是馮力很誠懇地徵求她的同意，願不願意找個地方坐下來一起吃，如芬說圖書館後方有木頭桌椅區，就到那吃如何？

兩人朝圖書館後方走去，路上並沒交談，馮力故意走在她後面，發覺她身材纖細修長不輸美國女孩，一張宜古宜今的臉，散發出東方人才有的韻味，還沒到木椅區馮力就開始遐想。

找到一張有樹蔭的桌子，如芬將餐巾紙攤開鋪在桌上，順便又拿了張紙拭擦他們要坐的椅子，看在馮力的眼裡，說好聽是愛乾淨，說難聽是折騰，於是二人各自拿出自己的午餐。

如芬因在餐館打工，每晚剩下來又沒吃過的食物，就由廚工們自行拿取，如芬亦不例外，昨晚她拿了一張薄餅裹些肉醬就當第二天的午餐，較多時候是生菜之類的菜餚，餐館老闆是她在教會認識的一位長者，這份工作也是神父介紹的，信教的好處就在有人脈。

如芬是很有心機的女孩，心機用在對的事情上有助成功，她將捲餅分了一半給馮力，並對他說：「你的三明治也分點給我，這樣午餐就多了一份，如何？」馮力自然不好拒絕，捲餅實在比三明治好吃多了。

馮力看著如芬默不出聲的吃東西，就想起以前和小紅靠在一起邊吃邊聊的情景，如今換了時空，在異國和似近似遠的這麼一位漂亮卻不親的女同學吃飯。

吃完後如芬問：「為什麼找我一起吃飯？」

「喔！吃了那麼好吃的肉餅都忘了要問妳的事，希望妳別見怪更不要生氣。小組討論時，妳熱衷給其他同學回饋，為什麼從不給我回饋，甚至讓我覺得自己的看法是很幼稚的，與其說我很納悶不如說我很難過，其實我很想知道妳對我的看法，我指的是討論的主題，不是我這個人。」馮力說得有點心虛。

如芬一點也不覺得奇怪，無緣無故約吃飯必有一樁事想要弄清楚，如芬不假思索的說：「因為你的見解無懈可擊，不知要說什麼，不如不說。」

馮力哪裡相信這說詞，為了日後能繼續相處，只好姑妄聽之，苦笑自嘲自己遇到了伯樂，一句伯樂讓兩人狂笑不已；短暫時光，相談甚歡。

「我真希望以後能和你一起用餐。」馮力看著如芬，一面故作怯生的說。

「好啊！就在這，下雨就另找地方囉！」心中暗喜的她，回得還真爽快。

隨著時序，落葉蔓延整個校園，踩在上面沙沙作響，那天如芬正要趕往餐館打工時，茱蒂跑過來告訴她，她有了男朋友，是學工程的，不知妳和馮力有沒有約會，如芬不知如何回答，敷衍了幾句，只說大家是同學，有需要約會嗎？口是心非常是戀愛中男女的心態，既不承認也不否認，任誰都不保證有情人終成眷屬；給自己留點後路總是明智之舉。

原本如芬的午餐只為裹腹，現在則用了點心，肉多了點，份量也多了點，只為給她喜歡的人吃香吃飽，一星期只有三節課在一起上，其他各修各的課，中午時才到木椅區用餐。

相處一段時間後，馮力覺得每次用餐都鋪上餐巾紙太麻煩，劈頭就說了句：

「妳不嫌煩啊！」

如芬一本正經的說：「人窮志不窮，沒錢無所謂，但不能沒品味的邋邋遢遢過日子。」

馮力總算有點了解對面這位讓他動心的女孩不是好打發的，有個性有魅力，當然，能得到她的青睞也足以顯示他自有吸引人的條件。

自從跟如芬在一起後，馮力也越發覺得自己的生活有了樂趣，有時候看書看到竟然分神，滿腦子都是她的倩影，顯然他已陷入情網。

晚上收工後如芬回到住所，看見桌上有封信，室友潔西卡（Jessica）說是一位亞洲男孩拿給她的，打開一看是馮力寫的，約她星期二晚上去散步，如芬每星期打工三天，星期二休假，這麼好的約會怎能不去

從未約會過的如芬刻意的修飾一番，穿上半高跟的鞋子，心想女孩穿高跟鞋會顯得優雅。晚上七點左右準時出現在馮力等她的地方，他們沿著附近石板鋪成的小徑慢慢地走著，沒走多久，如芬的半高跟鞋就陷入石縫中，她用力一拔，結果重心不穩，整個人倒在馮力懷中，如芬頓時羞得滿臉通紅，馮力卻笑開懷順手將她摟住，說了句：「我不在意妳的身高，妳太高我就高攀不起了。」

「我才一米六五，哪有太高，我只想不要跟你差太遠……」

馮力聽後發諸於心的笑了笑並牽起她的手，她卻掙脫他的手……然後挽著他，讓差點受挫的馮力，馬上緊緊地將她拉得更靠近自己，走著走著人越來越稀少，隨著天色的黑暗，如芬哼起一首很有味道的流行歌曲〈蘇州河邊〉，當然馮力是不曾聽過。

夜留下一片寂寞　河邊不見人影一個
我挽著你　你挽著我　暗的街上來往走著
夜留下一片寂寞　河邊只見我們兩個
星星在笑　風兒在妒　輕輕吹起我的衣角
我們走著迷失了方向　儘在暗的河邊徬徨
不知是世界離棄我們　還是我們把他遺忘
夜留下一片寂寞　世上只有我們兩個
我望著你　你望著我　千言萬語變作沉默

此情此景讓馮力心神盪漾，浪漫沉醉，剎那間又心生惆悵，良辰美景豈能長久……

第一次約會散步是如此的浪漫，之後即使遇上雨天他們也不放過，除非考試才待在宿舍看書。如芬通常是看不下書的，對考試總是抱著應付的心態，馮力曾為此勸過她，可是無效。所以說一個人的心態是扭轉事情的契機，別人的勸說或是書上的金玉良言只能參考，不足以改變當事人。馮力個人的抱負水準遠遠超出如芬，有時讓同儕也望塵莫及，難怪他學任何事都能達到成效；至於他和如芬的感情也有十足的把握，能否結髮則不樂觀。

進入了十一月中旬，感恩節即將來到，能回家的都回家、有親朋好友可團聚的也都走人，同鄉會的吆喝，留學生的聯誼會，各種聚會只要如芬想參加都不難，可是馮力沒這些資源團體，比較起來如芬還是願意跟他一起過感恩節，對海外留學生來說，最該感恩的是那隻供人享食的火雞。

如芬的室友潔西卡到男友家過節，第二天才回來。

如芬邀請馮力來住處吃飯，兩人去超市買了雞腿替代火雞，聊勝於無也算吃了感恩節大餐。當天對他們來說的確吃了一頓大餐。

馮力第一次到如芬住處，在美國待久了，看慣男女朋友出沒對方的住所，所以也沒藏頭藏尾的小家子氣息，大大方方的侵門踏戶進入她的房間。

房間不大，放了兩張床、兩張書桌及椅子外就再無空間，兩人吃飽後就開了照明小燈，併排坐在床上，背靠在牆上，談天說地，兩人總有說不完的話，這時馮力唱了一首家鄉民謠，如芬一句也聽不懂，問馮力歌詞是說什麼？馮力說：只能意會不能言傳，說實在的馮力也不好意思說，那是下里巴人民間說情求愛的歌謠，如芬看著馮力對著她唱時流露出的眼神，雖不中亦不遠，也略知一二。只說好聽，不知是曲好聽還是詞有意，讓馮力自己去揣摩。

寂靜、昏暗，相互依偎的兩人，彼此親吻擁抱，對如芬來說，這第一次親吻經驗，居然是那麼美好甜蜜。畢竟是受漢文化影響，兩人適可而止，和衣而臥，如芬睡在潔西卡床上，不一會就入睡了，馮力躺在她的床上，久久不能入眠，今夜用什麼樣的心情去詮釋他的情懷？

夜闌人靜，馮力終於進入從未有的溫柔夢鄉。

東方既白，如芬坐在床上看著還在睡的馮力，心裡想著她跟他的將來是否也像現在一樣，各自睡在不同的地方，過著不同的生活。

九點多馮力終於醒了，彼此講了一些貼心話後，如芬就下逐客令，馮力拿起外套正要走出去時，如芬叫住他，拿了把梳子幫蓬鬆亂髮的馮力梳理了一下頭髮，輕柔的梳理一番，梳好後又用手撥弄前額讓頭髮看起來自然點，一股暖流沁入馮力的心扉，於是他緊緊環抱住如芬並輕輕的吻著她的面頰，直到她說回去吧！

大家都過著周而復始的生活，除了感情逐漸升溫外，其他都平淡得出奇，以前和小紅在一起時，小紅以他為天，唯他馬首是瞻。如芬則不同，有不同意見時一定說清楚弄明白，但不會咄咄逼人，有時會給對方下臺階，她對馮力總是傾心相助，當然他也感受到她的這份情義，兩人相處如沐春風，無形中增強了膩在一起的時間。

茱蒂和男友亨利（Henry）倒是吵吵鬧鬧，時好時壞，在男友提議下想利用暑假約幾個朋友一起到拉斯維加斯找找刺激，茱蒂首先想到的就是馮力和如芬，馮力因阮囊羞澀想拒絕，善解人意的如芬說你教我統計就算扯平，如何？

四個人高高興興結伴而行，由亨利開著一臺沒空調的二手車，一路上搖搖晃晃談談笑笑的駛向內華達州，沿路有些景象有幾分像沙漠，黃土漫漫飛沙走石，室外氣溫達華氏一〇四度左右，好在有伴，時間也就好打發。

老爺車終於拖著大家抵達茱蒂事前找好的這家旅館，該旅館算是附近價錢最便宜的了，設備是該有的都，有只是稍稍舊了點。到了旅館櫃檯，茱蒂建議如芬不要一人單獨住，為了安全最好有伴，如芬也毫不遲疑地跟櫃檯服務員要了一間有兩張床的房間，馮力心裡暗嘆，如芬啊！如芬！妳真有種。

進入房間後，放下隨身簡單的背包，二對情侶分頭各玩各的，馮力和如芬覺得既興奮又新鮮，迫不及待地往賭場走去，一進大廳，耳邊就傳來此起彼落的吃角子老虎的叮叮噹噹，就是沒聽到嘩啦啦吐出來的銅板聲，看樣子贏錢還真不容易啊！

光華四射的賭場家家客滿，到了晚上霓虹燈更是耀眼得讓人目不暇給，有錢的來消遣找刺激，沒錢的來找契機試手氣，馮力是好奇兼看熱鬧，如芬則有點手癢，換了不少夸特（quarter），等待時機。

整個晚上他們就在閃爍中找不花錢的樂子，每家賭場都進去瀏覽一番，看賭局看人潮，終於覓得一些心得，只要是賭客幾乎都是非常專注，如果上課像賭局，大家心無旁鶩，相信學習的結果一定是事半功倍。

回到旅館已凌晨，如芬盥洗後換上套頭寬鬆的睡衣倒頭就睡，馮力進入盥洗室後才寬衣解帶，洗好出來照樣穿著剛才的衣服，男生哪有什麼睡衣，平日裡男生宿舍大家不就是內衣搭條短褲鑽進被單就呼呼大睡。如今隔床睡著小自己兩歲的如芬，窈窕淑女，君子好逑，寤寐思服，輾轉反側，熬了許久才入夢。

如芬是場地論所說的隨遇而安的典型人格特質，慎小謹微的馮力正好相反，換了不熟習的環境就難以入眠。兩人的差異著實不小，彼此的吸引力卻很強，好比有人屬於戀他，有人屬於戀己，他們之間所存在的就是屬於戀他型，喜歡不同於自己的人。

如芬一想到充滿刺激的賭場就早早起床，不想浪費時間，但是看到馮力睡得正酣，不忍叫醒他，就逕自換了衣服到樓下溜躂，心裡盤算今天的行程，來了寶山不能空手而歸，非得玩幾把才不負這趟賭城之旅。自小家中不曾有過牌局，父親總是到朋友家打打衛生麻將，偶有贏錢，父親樂得買些好吃的東西讓全家共享，耳濡目染也就對賭存了幾分膽量，不試試手氣實在虛晃此行。

主意打定回到房間，看到馮力還在睡，就留張紙條說出去走走，拿了行當朝吃角子老虎報到，一坐下就沒時間觀念，一枚枚的夸特陸續進入機器裡……，就在失望氣餒的心情中，突然晃噹一聲，嘩啦啦的夸特往下落，還來不及反應，旁邊的客人就朝她擺了個誇張的驚嘆表情，如芬馬上意識到她自己居然是吃角子老虎，嘩啦啦的銅板聲是用來增強繼續下注的，聰明的如芬知道這種原理，所以見好就收，馬上離開座位喜孜孜地拿到櫃檯換了好幾張不同面額的紙幣。

如芬的心情溢於言表，一路走一路想這贏來的錢如何花，滿腦子想的是買什麼給馮力。進入門來看到馮力坐在沙發上發呆，心裡有幾分歉意，馬上拿出贏來的錢在馮力眼前晃晃，她願意出資讓他也去試試手氣。馮力哪裡相信自己有這等偏財運，只說免了，還是到處走逛來得真實……

他倆一如孔子入太廟每事問，看到新奇的東西瞧瞧價錢，知道流行什麼，物價指數等等，尤其對學商的馮力來說，除增長見聞外也算另類學習。

就在兩人走逛中經過一家服裝店，如芬拉著馮力進入店內說要買件睡衣和西裝外套給他，雖被拒絕，可是如芬就是不依。

「有男士睡衣嗎？」

店員拿了幾件讓他們挑，與其說他們不如說是如芬在挑挑選選，每件都有看法，不是顏色太花俏就是太庸俗，不然就是條紋像辛辛那提監獄的制服或像小丑穿的……挑了一陣子總算找了件式樣顏色都滿意的淡藍色睡衣。西裝外套試穿了幾件也選妥了。

店員對著馮力說：「你太太很愛你，她自己都沒買而是幫你買，你真幸運，你們外型很相配，祝福你們！」兩人一聽也不辯白。

「我跟我太太也祝福妳好運！」一向不亂說話的馮力居然如此回應店員。

按常理妻子才會幫丈夫買臥室穿的睡衣，如芬根本不顧忌這些揣測，想買就買，隨別人想。她的不拘一格及達觀以前在家就跟父母格格不入，也常招惹家人訓誡，可從未改變，依然故我。如今看在馮力眼裡卻是女人少有的率真。

兩人從店家出來後，彼此開玩笑地以夫妻相稱，其實他們多麼希望當個實至名歸的丈夫和妻子。一路上太太先生不絕於耳：

「太太，我們可以吃飯了嗎？」

「菜炒好了，飯還沒煮，親愛的夫婿就等一下吧！」

因為身上有了一些意外的財帛，如芬就精挑細選的找了家格調還不錯的餐廳用餐，點了兩人都愛吃的牛排。從認識至今，兩人不曾進過像樣的餐廳，窮學生也許吃得起食物，可是付不起進餐廳的費用。

如今有音樂有情調又有賞心悅目的情人在側，一改往常只為填飽肚子的純吃飯，兩人慢條斯理地享用眼前的食物，這頓午餐吃得是香又甜。

三天的拉斯維加斯之行很快的就結束了，回程中如芬拿了兩張印有林肯的紙幣給茱蒂，謝謝他們的邀請，茱蒂也樂得接受，並希望有機會再來。明顯的茱蒂和亨利比來時更親暱，看在如芬和馮力眼裡自然知道是什麼增進了他們的感情。馮力雖無柳下惠的爾能浼我哉，但頗知禮教，對如芬尚能保持適度的肌膚之親，稱得上是君子。

如芬有幾分識人之明，她很放心馮力，料他也不敢造次，這次出來旅遊大家都玩得盡興，兩對情侶各有所得，想賭的贏了錢，想溫存的也得到滿足。

回到住處後，如芬將剩下的錢對分給馮力，說是分紅，馮力勉強收下，心裡自有一番打算。

時光荏苒，又是一個感恩節，接著就是聖誕節，如芬邀馮力參加聖誕節前夕的子夜彌撒；從不求神拜佛的馮力雖然無數次經過教堂可從沒進去，他對各種宗教都興趣缺缺，他相信人定勝天，求神不如求自己，對如芬的邀請猶豫了一陣子，才勉強答應。

子夜彌撒，教堂內座無虛席，連走道都站滿了人，星期天有三場彌撒，所以沒有人滿為患的壅塞，聖誕夜的彌撒因是重大節日，一年中難得進堂的聖誕教友也不敢不出席，大家都心存感恩，希望響徹雲霄的歌聲及祈禱聲能上達天庭，各個如心所願。整整一小時多的彌撒有聖詠聖歌講道，大人都還耐得住，小孩則哈欠連天，有的躺在父母懷裡呼呼大睡，比馬槽中的聖嬰睡得還甜。

彌撒終於在凌晨結束，教會內稱兄道弟的彼此祝賀聖誕快樂，幾分鐘前還擠得水洩不通的人潮，霎時就疏散得差不多，偌大的聖堂仍有稀稀落落的人還唸唸有詞的在禱告；如芬就是其中之一，她仰著頭雙手合十向耶穌祈禱，明知願望實現的可能性不大，不過仍存一絲希望，渺茫的機會總比先丟盔卸甲認輸好吧！馮力當然也知道如芬在祈禱求什麼，他心裡想的和她是同樣的事，只是她是跪著虔誠的祈求她心中的神，馮力則是四平八穩的坐著想，總希望殊途同歸中有奇蹟般的結果。

如芬自小就特別喜歡過聖誕節，憧憬著卡片上的聖誕風景，想像自己如能置身其中那是多美好的事啊！可惜從她有記憶以來臺灣可沒下過雪，不過聖誕夜仍是她最心儀的節日。記得兒時的洋神父們會拿用過的聖誕卡片給他們這群上兒童主日學的小孩，卡片上的圖畫都是雪花紛飛，一家人坐著雪橇上教堂的畫面或是三王來朝、耶穌誕生在馬槽之類的圖案，這些聖誕卡片印刷精美，內頁還有用英文寫的祝福語。小男生對卡片沒興趣覺得無用，就會跟她用聖誕糖果交換，她也就蒐集了百來張的聖誕卡片，常常做夢希望有一天能來美國過聖誕節。

爾今正如所想，奇幻美麗的聖誕卡片如實景般的矗在眼前，可是故事的發展卻沒那麼美。出了教堂，迎面而來的是凜冽刺骨的寒風，寂靜的凌晨飄著雪花，兩人走在回家的路上，希望是遙遠的路又盼著是近在咫尺的家，總之能享受當下的二人世界是難得的天時地利人和。馮力裡面穿著遊子吟臨行密密縫的厚衫，外面罩著過時的舊大衣，原本一件馮大爺當年遠征時穿過的蘇聯製的大衣要裝箱帶來，可是一想到美蘇關係就覺得不妥，因為蘇聯味太重，後來馮大娘不知從哪裡弄來這件非常保暖的黑色大衣，當時他嫌舊蒼蒼又難看，沒想到如今卻裹住無限的風光及暖意。

馮力緊緊的將如芬摟住裹在大衣裡，兩人的體溫融合一處，暖得心花怒放。天上飄著雪，摟成一團的兩人輕步慢移，東晃西搖的，你一句我一言嘻嘻笑笑的陶醉在異國的寒冬。此情此景烙印心田，直教人留戀忘懷。馮力從未想到聖誕節是如此的迷人，什麼耶穌、聖母瑪利亞都像是今夜的貴人，因著聖誕夜才有這一刻的溫存。

如芬之前從沒見過下雪，來美後才開眼界，今晚馮力的大衣像雪地裡的一顆發光發熱的夜明珠，不僅照亮兩人的心意，也像阿拉丁的神燈變出來的飛毯載著他倆自由翱翔隨心所至，愜意極了。

平日四十幾分鐘的路程，今晚卻走了一個半小時才到如芬的住處，走走停停，兩人都喜歡彼此碰觸的感覺，有時喋喋不休有時默默無語，一路上享受相擁的依戀，只望歲月能靜止。

到了住處門口，如芬仰著臉對馮力說：「我要送你一份聖誕禮物，你要不要？」

「當然要，妳送的東西我都視為最珍貴的，可是我沒準備禮物給妳，明天補給妳可以嗎？」

「不補也沒關係，只要你好好收下我送你的禮物就可以了。」

如芬說完後就雙手環著馮力的頸項深深一吻。

「我喜歡妳的禮物。」禮尚往來，馮力更是加倍力道還贈回去，欲罷不能。

在寒冬裡收到這份炙熱禮物，不僅有火熱的實效，還真是彌足珍貴。

「好了！好了！再不回去就要天亮了。」如芬嘴上如此說，可是兩手卻抱得更緊。隔了好一陣子才依依不捨的推開馮力後又貼在他耳邊說：

「但願我們能長長久久。」這句話說得有點傷感。

馮力不也是如此想嗎，兩人心裡都有底，只是不說而已，把握當下最實際。

時間如梭，相識已一年多了，馮力略為提過家人，至於自己如何來美讀書則隻字不提，因為他有難言之隱，出來時家裡有提醒少惹麻煩，讀完書就盡快回來報效黨國為廣大人民服務，不得滯留海外。

特殊管道特殊計畫，千萬中選一，人才培訓計畫豈能因私人感情而付諸流水。

馮力雖不是黨員，父母卻是粗衣粗食千里萬里的長征英雄。

如今和來自臺灣的如芬相愛，未來的結局可想而知；如芬父親官拜中校，黨員，母親小學老師，家中三姊弟，如芬老大，兩個弟弟。

如此這般背景注定是各自分道。兩人心照不宣，誰也不放棄誰，仍然一路走下去，直到那一天到來再說。

如芬不可能跟著馮力回去，真要跟他回內地，趙家就完了，趙爸爸不但工作沒了，也許一連串的調查弄得身心俱疲不說，整個家人都在監控中生活，禍延弟弟，不能出國，兩個弟弟都是讀書的料，出國留學是勢在必行的人生計畫，想到這些，如芬就不可能因為自己愛上馮力嫁夫隨夫而犧牲家人。

童年看到一些因牽涉到「共諜」的事情讓她印象深刻。記得小學同班丘台生的父親被疑是匪諜，被抓關起來，一家人被迫搬出眷舍，丘媽媽帶著四個小孩住在村外廢棄的破舊鐵皮屋，靠撿破爛及幫人挑水維生。村里軍職的父執輩都不敢跟他們來往，只有少數婆婆媽媽們會拿點吃的用的接濟丘台生一家。那時母親常把鉛筆、橡皮擦這些學用品讓如芬拿去送給丘台生，台生也會幫如芬收集卡片，談不上兩小無猜，只是純純的友情。丘台生雖然功課很好，可是家境如此，初中時就開始半工半讀，白天到磚窯廠搬磚，晚上讀夜校，弟妹們也只讀到初中就外出做工，丘媽媽長年鬱鬱寡歡久病纏身，徒有一張漂亮的臉孔，卻因遭此不幸而早衰，一家人的生活都由丘台生擔起，一個沒有歡笑的家庭。丘台生高中畢業後上了軍校，弟弟妹妹也算乖巧，腳踏實地安分的守著多病的母親。

如芬出國後就沒再見過丘台生。他們家的遭遇著著實實的讓如芬難過了一整個青春期。如芬愛兩個弟弟勝過父母，弟弟的前途比自己的愛情重要，絕不能讓弟弟有志難伸，他們姊弟的感情讓父母很欣慰，如芬出國在先也是為了給兩個弟弟鋪路，這點跟馮力大不同。馮力出國念書不是為家人而是為國，如滯留美國不歸，他家列上了黑類也就完了，父母一世英名亦打入地牢，難以翻身。

國共相對，漢賊不兩立，不過對付有叛國叛黨之嫌的處置倒是一致，株連一家。

馮力自小成績優異，這學期幾乎都拿A，讀起書來有時是廢寢忘食，他是用功的學生，並沒因戀愛而荒忽學業，如果說是天縱英才得天獨厚也只能證明天助自助者。剛來美國時英文讀寫尚可，口語簡直荒腔走板沒人聽得懂，上了十個多月語文課進步神速，靠的是頭懸梁錐刺股這種毅力，他的努力是拿A的法寶。如芬對他專心致志的讀書精神佩服得五體投地，卻不見賢思齊，你是你我是我，感情不影響如芬對讀書所抱的看法。

如芬書念得沒兩個弟弟好但仍保持中等，考試也不會通宵達旦非讀完不可，能考八十分就好，做任何事都找捷徑只要不犯法，這種人生態度和馮力是大不相同，可是並不影響他們之間的感情和自我風格。

星期日兩人去超市購物，買洗髮精、肥皂這些盥洗用品，如芬總是挑最便宜的用，有時家庭號的洗髮精會打折，就買家庭用的大罐，然後分裝給馮力，儼然一家人，馮力自然也不遑多讓，所有盥洗用品也是用到罄盡後再怎麼擠壓都擠不出來才會再買。兩人的省功不相上下，以這種態度當家度日將來都不至於兩袖清風過苦哈哈的日子，只是兩人未必能結為一家人。

兩人從超市出來，悠哉遊哉地騎著單車回住處，途中見兩名白人男子在鬥毆，馮力趕緊加快速度往前騎，騎了一段路程才發現如芬並沒跟上來，緊張的馬上又騎回去找，唯恐她遭池魚之殃。馮力尋了一圈才看到如芬好端端地站在圍觀的人群中，一副唯恐天下不亂的鼓譟勁，簡直讓馮力覺得不可思議，走近她身旁拉了她趕快離開，如芬則使勁的拉住馮力一起觀戰，機會難得不看可惜。周圍人的態度似乎跟如芬差不多一個樣，也都抱著幸災樂禍看戲看熱鬧增添一分道旁景色。鬥毆十來分鐘後才聽到警車聲響，圍觀的群眾才逐漸散開。

馮力萬萬沒想到如芬居然有這般嗜好，頓時整個心沉下來，難過得像鬥敗的公雞；一般女孩看到這種打鬥場面都眼不見為淨，拔腿就跑，她怎麼會是個好勇鬥狠的女孩，喜歡看人打架，莫非她骨子裡有此傾向……越想越驚悚顫慄。

如芬看了看馮力，馬上走了過去靠在他身旁，口沫橫飛的形容兩人打架的招式並比劃一番，馮力冷冷地回一句：

「看樣子妳也很想打吧？」

如芬這才意識到馮力的不悅，兩人默默地牽著車走了一段路。

如芬小時住在村裡時看過鄰居媽媽們一言不合大打出手，通常都是抓頭髮撕衣服吐口水這般不痛不癢的花拳繡腿，吵架無非是些雞毛蒜皮的小事，哪家牆上的一根釘子穿透到隔壁的牆，大家都是用木板做隔間，講話稍一大聲隔壁聽得是一清二楚，這種環境下難免有嘴角。山東、四川、湖北、湖南、上海等每省都有罵人的穢語，有時還會添上剛學會的臺語三字經，整個村每日裡都熱鬧滾滾，生活不寂寞。

高中時班上兩位同學為了省中的男生從吵架演變到打架，班上一半的同學都不知情是何物，這兩位同學已是情敵；當時正好是中午用餐時間，兩人嘶聲力竭的相罵不過癮，一人拿起飯盒朝另一人砸去，被打到的同學跳起來向前用力抓對方的臉，兩人手腳並用拉扯兼腳踢，打得有板有眼，班上同學看得也過癮。

用來當武器的便當，裡面的飯菜在空中像仙女散花，落得滿教室都是飯粒及菜餚，雨露均霑，幾乎每張桌上都有飯渣。

班長及風紀股長兩邊勸，衛生股長忙掃地，康樂股長拿了一堆抹布讓同學拭擦桌椅，學藝股長趕緊將窗戶及前後門關上，以免「春光」外洩，好一齣無人導演的超級精采大戲。兩位同學使勁的拉扯衣服及抓臉，那時的髮禁是大家一律清湯掛麵，根本無髮可抓，即使要抓也抓不出厲害，只有一張臉最能傷人，荳蔻年華的容顏是自己的最愛，別人的最恨。女生打架的戰績是論五爪在誰的臉上，簡直比古代黥面還嚴峻。

如芬上了中學後就很想跟人較量力搏一番，她覺得打架很有生命活力，兩人心中不平，如果狠狠的打一架也許是最好的出口，宣洩怒氣有助心理的平衡，只要不拿凶器。以前弟弟和人有過節，她這個姊姊都鼓勵弟弟打過去，也因這個緣故被父親結結實實的揍過一頓，每次外出父母再三叮嚀，不要路見不平拔刀相助，有警察會處理輪不到妳多事，久而久之也就養成樂得當觀眾看表演。

沒想到今天的這一幕才叫精彩，兩個勢均力敵的壯漢左一拳右一鈎，拳拳打得碰碰作響，虎虎生風，外加一腳重過一腳的狠踢，踢得對方身體弓起來，臉上腹部無一逃過，不明就裡的人還以為是好來塢拍外景呢！

如芬看到馮力不作聲，就主動開口說：

「我只有在西部片裡看過牛仔打架，現實生活沒看過外國男生打架，如果打的是我們華人，在警察沒來之前我一定出手相助，如果不是華人就當他們自相殘殺，我們隔岸觀火，順便學著一招半式對付突如其來的攻擊。美國治安沒臺灣好，學點防身術也不錯啊！」

聽在馮力耳裡還真有點道理，不過仍不苟同，回敬一句：

「如果對方有刀有槍怎麼辦？」

「我馬上學韓信！忍受跨下之辱或跪地求饒。」如芬說完並作勢趴在地上。

馮力被她的動作表情逗得笑了出來，這小妮子還真能演，吃虧的機率不大。

如芬很好奇地問：「你以前有沒有打過架？」

「沒有，我沒打架的能力，我只有靠讀書來顯本事，在摺狠方面我自認不是別人的對手」馮力接著又說：「妳呢？有啥本事說來聽聽。」難得的機會，馮力藉機調侃她。

「我哪有什麼本事，唯獨能慧眼識英雄，我心裡的英雄可是不鳴則已，一鳴驚人，他不靠蠻力打架，靠大腦定奪江山。」

「誰是妳心中的英雄？」

「他身騎雙馬，渾身是力」

「能當妳的英雄是他的福氣。」

兩人歡天喜地各捧的上天。

馮力當初被如芬的外貌及氣質吸引，但不確定她的個性和為人，是否要追她也有些猶豫不決，直到接觸後才發現她不拘小節的待人之道，她不容易被激怒，沒看過她生氣也沒聽過她發牢騷，慧黠幽默會逗人卻不使壞，沒有刻板印象中的驕縱和矜持。她遇事能見機行事，兵來將擋，水來土掩，唱作俱佳能把一場鬧劇演成喜劇，這種個性的確受人歡迎，兩人正是所謂的互補作用。

如芬挑男友的第一條件就是以貌取勝，其次才是內涵，她看到馮力的儀表就心生好感，正如京劇辛安驛的唱白「見此人生得十分俊雅；不由得，咿呀……笑盈盈臉泛紅霞。」馮力不同於文弱書生，他的雙眉中有一股堅毅，溫文爾雅的儀表讓如芬傾倒，她也是經過一番掙扎才不顧後果與他交往。馮力是謹慎避災避禍，不隨便開口發表高論，明哲保身是他最好的防身術。

他們倆都不作做不計較，互相誠實以待，一個是處事嚴謹細微用心，一個是大而化之海闊天空。兩人都欣賞並接受對方的優缺點，相處以來沒有大爭執更無惡言相向。天增歲月，人增情，兩人感情日益深厚。

西方維洛那（Verona）的一對年輕戀人因家族世仇竟衍至悲劇。

然而，馮力和如芬他們父母歸屬的政黨是政治上的敵人，雙方無法論婚姻，雖然兩人也知曉，明知山有虎，偏向虎山行，飲鴆止渴的戀情已到了無法撼搖的地步。

如芬室友潔西卡自從認識了一位富家子弟就經常夜不歸營。

潔西卡父母離異，又各自成家，學費及生活均由父親支付，在金錢方面不虞匱乏，母親偶爾會來探望，對女兒跟亞洲人同住，倒是很放心，亞洲學生較用功，生活又單純，所以每次來也會給如芬一些化妝品附贈的乳液等小東西，目的無非是希望女兒不要交到損友。

潔西卡唸商學院，也曾在商學院大樓跟馮力照過面，聽聞他諸多科目都拿A，看到他也會點點頭，後來知道是自己室友的男朋友就更加親切了。

潔西卡外宿時會跟如芬說「妳可以帶馮力進來」，潔西卡的母親原本指望女兒跟如芬一樣像個好女孩，誰知近朱者赤，近墨者黑，如芬見慣了也就不那麼拘泥「禮教」，從認識第一年的感恩節那天邀請馮力來過住處後，兩人都入境隨俗，不過僅止於講講話，其他逾矩行為尚能控制。

過了新年，三月天的校園逐漸回溫，小花小草都冒了出來，小蟲小松鼠也開始亂竄，騎著腳踏車的學生也在校園轉轉繞繞，一切都顯得生氣勃勃。

隨著回去的時間越來越近，置身春意盎然的馮力卻日益消沉，六月下旬既將回國，畢業離校本是人生的另一開始，如今踟躕不前……要離開如芬實難想像，明知是定局還是坐困獸之鬥，能拖延就盡量拖吧！

三月呼嘯而過，四月接踵而至。

心思敏銳的如芬早就感染了這份離愁，半年來的壓抑越來越沉重，直到兩人找到共同的紓解……慶生。

去年發現兩人都是四月生日時雀躍不已，一個是中旬十二號，一個是下旬二十七號，那時正逢復活節，兩人歡歡喜喜的跑去參加了一個復活節的派對，跳得不亦樂乎，讓如芬吃驚的是馮力不到半小時就能跟上腳步。

記得在臺灣剛考上大學時有迎新舞會，如芬也就是在那段時間學會了跳舞，她喜歡快節奏的吉力巴、恰恰，對華爾滋這種慢節拍的舞她就趁機喝個水，上個洗手間，就是怕被邀當舞伴，尤其是最後一支華爾滋，關了燈伸手不見五指，情侶們跳得有滋有味，單刀赴會的都是現場邀請，如芬經過幾次經驗深得其味，溜之大吉，要她和素昧平生的男生跳這種近距離的舞讓她受不了。此一時彼一時，現在跟馮力就忒喜歡這種慢步輕移的舞曲，整個人在他懷裡樂得心花朵朵開，原來跳舞並不能帶來快樂，是舞伴讓人迷讓人醉。

當下讓她沉迷不願清醒的可是要離她遠去的戀人。

為了慶生買了一個小蛋糕及簡單的熟食，兩人就在房間慢慢享用，慶祝二十五歲和二十三歲。馮力畢業拿的是商學院的學位，回去可能安排某些工作，細節他自己也不清楚，這些事自然不會跟如芬說，講了也無濟於事。

如芬唸了大一也來美讀書，雖然在校時常和外籍神父修女來往，英文並沒好到直接修讀心理學程，照樣上英文先修班，兩人還真有諸多相似處，相處的這兩年，幾乎沒吵過沒鬧過，馮力個性溫潤，與世無爭，如芬慧黠大器，廣結善緣，兩人遇到歧見過大無法達成共識時，收尾的戲碼是馮力攤攤手一笑置之，如芬踮起腳親親他的額頭。

這頓生日晚餐吃得辛酸，吃得五味雜陳。

「該吃蛋糕了！」如芬輕聲細語地提醒。

馮力拿了兩根小蠟燭準備要點上火。

「慢點，我們先許個願或期望什麼的，用紙寫下來待會交換看，如何？」

「好啊！」

如芬拿出兩張有花邊的信紙，各自提筆寫了生日期望。

然後關上燈點上燭，唱了祝你生日快樂！可惜快樂不起來！

螢螢燭光中，眼神傳達了他們希望得到的禮物。

這份厚重的禮物，彼此都收到了，雙方都送得誠懇，收得感激。

昨晚各自寫的心願，到第二天才交換看。

馮力打開如芬的信紙，看了有點失望，跟他寫的有差距。

第一：找到好工作，賺錢存錢。

第二：學會堅強，不讓家人和馮力擔心。

馮力寫的是：

對如芬此情不渝，願結連理枝。

如芬看後眼淚潸潸而下，短短數語像印璽般鐫刻在她的心裡，對他所有的付出都甘之如飴。

## 三

人生南北多歧路　君向瀟湘我向秦

畢業典禮前一、兩星期，不少畢業在即的同學三五成群或兩兩相約在夜晚校園的草地上聚會聊天，做為臨行前的作別。

圍坐草地上的男女同學們盍各言爾志，大談未來的人生，陣陣笑聲、吉他聲、歌聲洋溢在夜晚的校園。馮力和如芬也找了僻靜的草地躺了下來，月為燭，雲為幄，含情兩相向，欲語氣先咽，心曲千萬端，悲來卻難說。

此時此刻再多的話都是多餘的，兩人都不敢談未來，未來是傷感的，是離別的開始。馮力出國前的豪情壯志早已被愛情淹沒，歸國後的人生根本不敢想，如芬滿腹苦水填膺又不願釋出；兩人只有抓緊相聚的時光，強顏歡笑。

「早知如此絆人心，何如當初莫相識」，這種感受讓彼此都痛徹心扉。

兩人都知道這一別不知是何年何月再相聚。

「馮力，如有機會我會去看你，我們都要好好的過著。」

「機會？要等幾歲才有機會？」
「我會等，你隨意。」我欲與君相知，長命無絕衰。
「如果我能隨意的話也不會有如今的難受。」
今夜的「隨意」戛然而止。
執手相看淚眼，竟無語凝噎。

今晚是最後一夜，兩人卿卿我我淚眼婆娑，如芬很想大哭一場，可是為了不讓馮力太過牽掛只好壓抑強裝堅強，兩人靜靜的沉浸在過往的時光裡，因為只要開口說話必定又是一陣酸楚，與其悲泣不如沉默……

近午夜時分兩人相擁而眠，直到陽光透入窗戶才慢慢甦醒，誰都不願意起來，當前的分分秒秒都是如此珍貴，唯恐稍一改變現況就此散了，兩人互相凝視對方，千言萬語都無法改變「馮力東南飛」的事實。

「要吃點什麼嗎？」如芬終於打破沉默。

「喝杯咖啡吧！」

將就幾塊麵包就草草地當作早午餐，該有的食慾早就化為淒淒的苦水填飽了肚子。

下午二點來接馮力的王法海先生也該來了。

兩人要說的話早已說完了，剩下的卻是陣陣悲涼沁入心脾，這時如芬從抽屜拿了一封寫好的信給馮力，交代他上了船再看，馮力也拿了一封短箋給如芬，另外又將當初相遇時的那把傘送給她，這把藏青色的傘是跳蚤市場買的二手貨，只因這傘讓如芬順勢走進他的世界，結了這段因緣，自此馮力視這把傘為寶物，蔽帚自珍，每次用過後就小心存放，不像以前隨手一扔，總嫌礙眼。

往事歷歷，一幕幕重現，當初那陣雨絲絲纏纏勾結成綿綿的情愛，如今難捨難分讓人百感交集，這把傘蘊含的情愫是剪不斷，理還亂，是離愁，別是一番滋味在心頭，這把傘還真有點像是許仙的傘啊！

兩個皮箱裝載著主人無限的離緒，諸多的日子從相識相知、喜悅、雀躍、溫存到如今的分離，這種心情不是一個「愁」字了得。

馮力有兩件行李，其中一個是如芬將自己還算新的皮箱送給他，專門放書籍等物件，原本不想收的，後來想到睹物思情，一件皮箱裝載了她和他的世界也就變成價值連城的隨身物，怎能不伴著同行呢？

當初帶來的衣物不多，帶回去的除了如芬用贏來的錢買的那套睡衣和西裝外套外仍是那幾件；如芬在賭城和他同室時，看到馮力總是穿著長褲鑽進被單後才脫掉外褲，除了心裡好笑外就是買件睡衣給他，送的人高興收的人更喜悅，每晚能裹著舒軟的睡衣入眠，多麼纏綿。

帶回去的書籍、筆記、講義等倒是一堆，每本書都有馮力的註解及圈圈點點的畫線，四年多的伏案苦讀，換來A的成績，沒僥倖沒取巧，認識如芬後也沒荒廢學業甚至比以前更精進，讓她知道自己的實力不容小覷，在內地時朋友稱他才貌雙全，看來是實至名歸。

這些書都被他視為不可或缺的智庫，也是將來工作的參考寶典，四年的求學生涯就在此時此刻畫下句點。王先生準時出現在約好的地方，兩人在打開門之前又緊緊的摟抱並擁吻一番，爾後不再有此機會……馮力提著裝書的皮箱，如芬則拎起裝衣物的箱子，雖然不重，可是拿在手上卻是千斤重擔，提不起也放不下，送君千里，終須一別。

兩人朝著王先生停車的方向走去，王法海先生個子不高不到一米七，穿著一般，既不神祕也不可怕，看上去只是普普通通的一名伯叔輩的中年人，也許他對如芬是禮貌，對拖延遲遲不歸的馮力就沒那麼客氣了，他不只一次的找馮力談話，軟硬兼施，直到最後期限，馮力才心不甘情不願地跟他回去，折騰數月終於敲定回程，在王先生眼裡總算了結一段孽緣，讓他鬆口氣。

王先生之前只是遠遠的看過如芬，因為馮力極盡阻止他接近她，要談話也都避著她，不希望帶給如芬煩惱。如今王先生面對面的看到她，才恍然大悟，難怪不想回去，有如此清麗佳人在懷，任誰都不捨。

王先生看著他們朝他走來，趕緊接過他倆手中的行李放在車後箱，唯恐他倆絮絮叨叨牽牽扯扯又說個沒完沒了，迅速的催馮力上車。

因王先生在旁，兩人不便太親暱，握了握手，輕輕的擁抱貼貼臉頰，彼此在耳邊小聲地說「我愛你」，這三個字是短暫的道別，還是遙遙無期的許諾？

王先生示意馮力坐前座。

「我坐後面，想打個盹。」馮力不耐煩的回應。

馮力逕自開門往後座落定，唯恐自己禁不住別離，怕臉上會有不自然的表情或情緒，男子有淚不輕彈，除了在如芬面前可以無懼的真情流露，別人面前總得保留幾分。

當著如芬的面，王先生不便發作，只好當個稱職的司機，也不勉強這個晚輩一定要按照他的指示行事，能在最後期限回去已經謝天謝地了。

馮力依依不捨的上了車，搖下車窗把握最後的一瞥，這個走進他生命的女孩，何時再共剪西窗燭……

車子發動的聲音就像撕裂肌膚般的悲痛，隨著車子的離去，兩人的視線也越來越模糊，終至漸行漸遠漸……

上了郵輪，原本要拿出如芬的信來看，想到王先生就在旁邊就打消念頭，待身旁無人時再看吧！整個航程馮力都緊鎖眉頭，不想看到任何人，心裡忖度再見如芬很難，回去後想再出來根本是鐵樹開花，猴年馬月，想到此就覺得自己未來的日子就像遼闊的海洋，除了海水外別無他物。

如芬望著遠去的車，心情低落到幾近昏厥，她趕快靠著路旁的樹幹稍稍歇息喘口氣，然後才慢慢的走回去，幾步之遙的距離卻舉步維艱走了老半天，一路上淚水汨汨而下，喃喃地說：「馮力！我何時再能見到你？」

好不容易挨到家，進屋後倒在床上，順手打開信箋，裡面夾著十五塊美金及短短數語。

Dear 芬

這是我存下的美金，全部給妳，妳在拉斯維加斯給我的錢我會珍藏，永遠不會忘記妳對我的好。感謝上天讓我認識妳，不知我回去後怎麼過日子？

這把藏青色的傘因妳而有了光彩，它豐富了我乏味的生命，希望這把傘還能讓我們見面……。

I love you forever

愛妳的馮力

看完辭淺情深的短箋，如芬又是一陣傷心，索性就躺在床上哭個夠，讓淚水清理這幾個月陰霾失序的心境。

日暮人已遠，天逐漸暗了下來，人也昏昏沉沉的脫離了剛才的那一幕，進入了無人打攪的夢境，夢裡她獨自撐著一把傘在湖邊等人，來來去去的行人中，始終沒看到她要等的人……。

睡到半夜，如芬被餓醒了，昨天一整天幾乎沒吃什麼東西，突然意識到有更重要的事要辦，此事除了她和醫生外，目前沒人知道。

# 四

眼前的當務之急是找神父，隱藏了兩個月的事，勢必要找神父商量，茲事體大，如芬自認身心上無法承擔，需要神父給點意見，說得精準，不如說需要支持和幫助。

教堂離學校不很遠，剛來美時常進堂祈禱，自從認識馮力後去教堂的次數開始遞減，覺得跟馮力在一起比進教堂有趣多了。如今遇到大事才猛然驚覺，該進教堂求助神父了。

起了個大早，趕七點半的彌撒，走進聖堂畫了十字，以前總是像趕蚊子隨便比畫一下，今天是畢恭畢敬的進入教堂，有事相求態度自然虔敬；教堂左側祭臺旁有一尊聖母抱聖嬰的態像，以前沒有什麼特別的感覺，今日不同以往，心頭的悸動像夢魘般揮之不去。

參加早上彌撒的人不多，來參加的人多是氣定神閒的銀髮退休族，個個都是慢條斯理不疾不徐的長者，人生走到這個階段，該嘗的滋味大多了然於心，對如芬來講才剛開始。

走進教堂，如芬也有別於過去，以前望彌撒總是心不在焉胡思亂想，就像畫卯交差般的進出教堂，如今全神貫注。

彌撒後，她跟若望（John）神父說有重要的事想談談。

若望神父五十出頭，人高馬大，聲如洪鐘，講起道來鏗鏘有力，對教友們的疑難雜症總能做些指引或協助解決，當然有時也愛莫能助，但對當事人來講，能宣洩隱私又不擔心外揚，放心傾吐心中事，多少也有療癒的作用。

如芬跟若望神父還算熟識，當她要來C校時，臺灣F校就給她一份C校附近教堂的地址和神父的名字，從小就領洗的如芬對神父、修女自然很親近，有事也很放心跟神職人員講，有時會將自己的壞心眼、歹毒想法或考試作弊等醜事一五一十的告訴神父或修女，除了表示後悔外也讓自己減輕罪惡感，在生活上多少有點幫助，當然並不表示不再犯罪。

若望神父見到許久沒來望彌撒的如芬，直覺她定有什麼重要的事。

通常這類要找神父說事的教友，要講的都非小事，至於什麼年齡什麼性別甚或種族遇到的問題，大凡有經驗的神父或修女心裡都有數，看到如芬也能知道大概是何事。若望神父就像有經驗的醫生一樣，問診、看診、開藥、追蹤，直到復原。

慶幸如芬找對了身心醫生。

若望神父開門見山的說需要先辦告解嗎？一語驚醒夢中人，如芬點點頭，進入告解室，告訴神父她犯了第六誡「行邪淫」，從四月中旬後多次跟馮力有曖昧行為，兩人的關係也稍稍講了些。

未婚男女犯這一類的罪，對聽告解的神父來說是司空見慣，通常不會斥責，總是循循善誘，辦完告解後做些補贖，唸幾遍聖母經或天主經，切記以後不要再犯。如芬當然也知道這些道理，可是深陷在濃濃的熾愛中哪能克制自己，常常一發不可收拾，更何況又是兩情相悅。辦完了告解，神父請如芬到辦公室來講她的事，如芬直言無隱說她已懷孕。犯邪淫是罪，懷孕並不是罪，神父還真了解年輕男女最容易犯什麼罪，難怪會先問她要不要辦個告解。

神父很溫和的對如芬說，「既然來找我，想必妳並沒有要墮胎的意思吧！」的確如神父所說，因為想拿掉胎兒就不會找神父而是找婦科醫生，天主教和佛教都不許墮胎，雖有警戒作用，可是能抑止嗎？

十七、八歲時曾有修女問她想不想當修女，想到要遵守基本的三個條件「服從、守貞、守貧」就毫不考慮地說「不想」。當時自認絕對做不到「服從」和「守貞」，唯有「守貧」自信可以做到，事實擺在眼前，守貞還真難做到啊！

如芬不想做人工流產的最大理由並不是教友身分，而是她希望擁有憑力的血脈；她很清楚做這項決定將要面臨嚴峻的考驗。

在金錢上有誰可以資助？母子將來要住在哪兒？孩子生下後如何照顧？學業未了？家裡要瞞多久？找什麼工作才能養活母子？想到這些就幾近崩潰！但為了要留下一個相似的人，她願意這麼做，這樣的代價需要勇氣和毅力。

心理上的認知和外顯的行為是有差距的，雖然說要勇敢，但表現出的是顫抖，她不安地問神父：「我不知道現在我該做什麼？我很害怕！」

神父不急不徐的先安慰忐忑不安的她。

「妳非常勇敢願意當媽媽，而不是選擇墮胎，天助自助者，我們也會盡量幫助妳，不要緊張，有事可以找我們。」

如芬點點頭。

神父唯恐如芬聽不懂，逐字逐句地慢慢說：

「第一，妳不要休學，繼續唸完書，拿到文憑找工作才能養活自己和孩子，這是美國，別人不會用異樣的眼光看妳，妳自己要堅強，做個健康的媽媽，孩子才會健康，妳可以找我和修女，我們都很願意幫助妳。」

「第二，我幫妳轉介給莫妮卡（Monica）修女，『德蘭之家』是她們修會辦的，專門負責未婚媽媽和安排生產之類的事及育嬰的工作，她很有耐心，也曾在東南亞的修院工作過。」

「你同意我的建議嗎？」神父問她：「如果同意，我馬上打電話給修女。」

「我很需要你們的幫助，我才能走下去，不過在金錢上我是很困難的！」如芬含著淚說。

「我們會幫妳申請教會的補助，將來妳有錢再做奉獻就可以了。」

如芬頓時覺得稍微輕鬆點，至於有多少補助，她並不急著問，中國人說天無絕人之路，也許真有道理。

神父立即打了一通電話給莫妮卡修女，講了如芬的狀況，隨後就轉告莫妮卡修女約她的時間和地點。

「妳父母知道妳懷孕這件事嗎？」神父問了敏感的問題。

她搖搖頭，怎麼可能讓他們知道，父親一直在同事間炫耀女兒在國外念書，常和同事比較誰家兒女出國拿碩士博士光宗耀祖這類的事說嘴較量，要是知道自己女兒未婚懷孕，不逐出家門才怪！這種辱門風敗家規的女兒不要也罷！

神父也略知華人父母對子女的期望比一般國家都高，他極力安慰請她放心，並說有緊急事可聯絡他，晚上亦不嫌麻煩，然後帶她到教堂一起祈禱。

如芬騎著單車依照修女約的時間及地點去「德蘭之家」，目前還可以騎車，再過一陣子就……一路上不停的想未來的事。

「叭！叭！叭！叭！叭！叭！」一陣汽車喇叭聲不斷，伸出頭的男子朝著她罵了句美國的三字經，如芬這時才意識到居然騎到馬路中央道上，聽見對方的穢語後嚇出一身冷汗，適才差點撞上汽車，這時馬上停在路旁喘口氣，告訴自己要謹慎，心慌意亂會出岔的，千萬別出師未捷身先死，也許還有見到馮力的一天。

從目前的住處到「德蘭之家」騎車約四十幾分鐘，雖不遠亦不近，到了大門口，從院子裡望進去是一棟二層樓的建築，如芬拉了一下掛在院子外面的鈴鐺，鈴鐺聲十分悅耳好聽，不一會兒莫妮卡修女出來開門，確定是如芬後就請她進到會客室。修女也不囉嗦，直接就問一些相關的事，其中問到孩子父親在哪時，如芬流下眼淚一時無法答上話，修女趕緊拿了紙巾給她，靜坐一旁等她恢復情緒，想必修女學過心理諮商，知道此時最好的輔導是陪伴。

修女遞了杯水給她，如芬才漸漸地平靜，坦誠地告訴修女他們的生活背景，國共之間政治立場等等，修女曾在東南亞待過，稍為理解中國大陸及臺灣的不同。

「我對政治不太了解，我只知道愛是沒有敵人的，妳要愛自己也要愛妳肚子裡的孩子。」然後修女拿出一些資料請如芬填，並告訴她這些資料沒當事人同意不公開，請放心。

如芬逐項填寫，無非就是一些個人的基本資料，直到最後一項時她停頓了。

「無法撫養時，是否願意送人收養。」這幾個字像刺一樣戳進她心裡，好不容易恢復的心情，頓時又難過地啜泣起來。

修女見狀微笑地對她說：「我相信妳一定是一位有能力撫養小孩的母親。」修女事前已從神父那得知她的決定。

「我說的對嗎？」修女輕輕拍了她的手臂。

「我會努力工作賺錢，不會把小孩送人。」如芬也曾想過，實在沒辦法走投無路時，只好帶孩子回臺灣跪地求饒，至少母親會伸出援手，絕不送人收養，她無法斬斷和馮力的關係，堅信有朝一日總會再看到他，也許多年以後吧！

填完表後，修女很誠懇地將未來要配合的事列出來，如芬也答應做到，讓自己的身心在健康及貞潔中孕育胎兒。談了兩個多小時才結束，莫妮卡修女送她到門口，抱了抱她並說些祝福的話，叮嚀她騎車要小心。

如芬離開「德蘭之家」，心情似乎平靜了不少，近兩個月來經常心神不寧，如今經過神父和修女的協助及指點已寬了不少心，知道今後的走向，生活的重心已從馮力轉向另一個新生命。

如芬依舊在餐館打工，只是沒從前那樣快樂和嘻笑，工作倒是比以前更認真。她需要工作更要多賺點錢，雖然教會有補助，產檢及生產也不花錢，但未來生活的開支相對會增加。以前會特意挑好的食物帶給馮力當午餐，現在是為自己和胎兒。

餐館老闆湯姆（Tom）精於賺錢，對廚師及廚工還算不苛，有剩下食物樂於分享，整個團隊相處都不錯。廚工麗莎（Lisa）是墨西哥人，單親媽媽帶著一個五歲的女兒，生活原本困頓，經過同鄉介紹到餐館工作，目前雖僅止於養活自己和小孩，但生活安定也就認份的洗洗刷刷，每次有剩下的食物都請她先拿，彼此間頗有愛心。

老闆湯姆年輕時混過幫派坐過牢，後來遇到墨西哥籍的太太才改變生活做起飲食業，越做越有心得，索性開起餐館，順便照顧像麗莎這樣的人。

來美後如芬也曾拜託若望神父幫忙找打工的機會，她之所以會來此餐館當廚工也拜教友身分所賜，工作了兩年多從沒出過岔，偶有蠻橫的顧客弄髒地板，她也笑臉以待的去清理，中國人講和氣生財，不是沒道理，看在湯姆眼裡當然是廉價又好用的廚工。

混過江湖的湯姆識人無數，看到近日的如芬不同於往日，心中揣測這女孩可能出了點事，八九不離十，不是被男友甩就是失身。

又是一個新學年的開始，各色人種的校園從沒冷清過，外籍學生除了富家子弟外，不少靠打工賺點學費或生活費，錢雖不多總比坐吃山空好，亞洲學生更是如此，大家總是來去匆匆過著充實的生活，如芬當然也不例外。

回到校園後，因和茱蒂的選修課程不同，兩人相遇的時間也就少了許多。

那天她拿著午餐一個人到木桌椅區用餐時，茱蒂突然跑過來問：

「馮力回去了嗎？」

「八月初回去了。」如芬不帶任何感情的回答。

「妳還好嗎？」整個暑假茱蒂不見人影，到西雅圖照顧獨居的外婆。

「還可以啦！不過我有重要的事跟妳說，希望妳不要嚇到。」

如芬將懷孕的事告訴茱蒂，以及如何配合神父及修女的安排也都仔細地說分明，聽得茱蒂張大了嘴連聲喔！喔！喔！

「妳真的想生？不做人工流產手術？」

「我喜歡小孩，尤其是自己的。」如芬這句違心之論說得冠冕堂皇，她從小就討厭小孩，除了自己的弟弟外，母親是小學老師，成天被小孩圍繞，如芬想到自己沒母親的耐心，所以當老師就不是她的志願。如今說出這樣的話，還真理直氣壯，至於將來是否能改變她對小孩的看法，有待考驗。

茱蒂拉起如芬的手，很認真的告訴她：

「我尊重妳的選擇，也支持妳，我們是好朋友，我很樂意助妳一臂之力。」

「馮力知道妳懷孕的事嗎？」

「不知道，不然後果不堪設想！」

「妳真勇敢啊！我真佩服妳，換做是我不會是這種選擇。」

茱蒂也把她和亨利分手的事說了些，總之是亨利的不對，因為一言不合，他居然動手打她，茱蒂豈能忍受如此屈辱，一句粗話「滾蛋」做了結！

一個暑假就換了人間，一個是柔腸寸斷淚痕紅浥鮫綃透，一個是快刀斬亂麻去之而後快！天涯何處無芳草，如芬真心希望茱蒂能找到好的男朋友，好的人生伴侶。

西方女孩喜歡的男孩不同於東方女孩，但是茱蒂第一眼就對馮力有好感，光憑這點就讓如芬覺得英雄所見略同，惺惺相惜。

未來的日子還真需要她的相助。

## 五

漫長的海陸行程終於抵達家門，這一路上王先生也懶得搭理馮力這小子，所有的怨氣只有吞下自嘗；不過他暗中盯得緊，只要馮力有個風吹草動他就不客氣，絕不顧忌兩人的關係，歷史上大義滅親不是虛構的故事，血淋淋的慘案多的不勝枚舉。慶幸的是馮力還算單純，沒那許多花樣可使。

去國四年，街道景物依然，大嬸大叔也一個樣，倒是家邦跌宕多事，他也不是當初那個對前途滿懷憧憬的年輕人，而是帶著一身疲憊、無望、失落的歸家遊子，與出國前的喜悅及雄心萬丈簡直不可同日而語。

當初出國不敢驚動左鄰右舍，靜悄悄地進行，畢竟不是名正言順的政策，但是仍在幾位獨具慧眼的有識之士力陳下，上面以不聲張為原則，徵選了近十名優秀青年送出去學習，做為試探性的培育；古有云：國家用人猶農家積粟，粟積於豐年，乃可濟饑；才儲於平時，乃可濟用。當前處境離富強尚遠，連自給自足都無法達標，更何況要富起來；文明大國豈能自囚於「窮」的樊籠，唯有先站起來再富起來，然後才能強起來。

馮力有點背景，再加上本身條件甚佳，歷經講習後才出去留學。出國前小紅來家裡用餐，飯後兩人在房裡卿卿我我的情話綿綿，直到馮大爺喊叫，馮力才騎著單車送小紅回家，那時的不捨早已煙消雲散。王法海站在小紅的立場看，他這個外甥是不念舊的無情種。

如今王法海親手將馮力交在他姊姊和姊夫手裡後，也沒多說什麼就走人，對公對私總算使命必達，鬆了一口氣。

王法海年輕時曾在大學讀過兩年書，平日好發議論，一肚子牢騷，因受不了制式教育，橫著心背著父母離開校園到處惹事，姊姊王寬拉了弟弟一把，讓他跟了自己的丈夫馮達民學習，資質尚佳的王法海口才文思都清新，結果青出於藍，眼界大開，膽子也大，做起事來有板有眼，能斷就斷絕不手軟，日子久了也就有了位置。

這趟公幹專門負責外放學習子弟的歸國事項，安排出去的都依時歸來，唯獨自己的外甥弄出這等滯留不歸讓人提心吊膽的事，心中的憤怒又不便在外發作，只好軟硬兼施，曉以大義。從六月底延宕到八月初，最後終於敲定打道回府的時間，如今對姊夫和姊姊也有了交代。

馮力一進家門口，馮大爺沒好氣的說：

「你終於回來啦！洋墨水撐得太飽走不動了是嗎？還得派個專人去請才肯回來。」

「好了好了，回來就好，你就少說一句可以嗎？」馮大娘趕緊拉住兒子往房裡走。

馮力再難過也不敢在父母面前表態，怯生生地向父母一面鞠躬一面說：

「兒子不孝，讓您老擔心，對不起！請爹娘原諒！」

四年多家裡沒添過什麼東西，仍舊是當初的擺設，一物一器都置放在原處，以前沒事喜歡窩在家裡看書，現在卻嫌礙眼，看了都心煩。

「我很睏想先休息一下，好嗎？」

馮力顧不得禮數問候，逕自走入房間，躺在床上，想睡卻睡不著，滿腦子的都是揮之不去的傷心事。對父親的冷嘲熱諷，母親的頻頻問探，都視若無睹。

當王寬確知兒子回來後趕緊將他的房間整理一番，換上乾淨的床單及枕頭，一心盼望兒子學業有成且有好出路，也有一堆話要說要講，如今在這個節骨眼，問什麼都不應，只好少說為妙，馮達民要是發起飆來又是一陣亂，做母親的總是兩面兼顧，無非就是家和萬事興。

馮家幾代都是讀書人，書香傳家，馮達民少年浸淫書海，滿腔熱血早有報國大志，看到當時的國家，處處都是哀鴻遍野的農民，心中的憤慨化為行動，隨了共黨開始東奔西走的長征生涯。

喜閱讀的馮達民隨身總是攜帶《戰國策》、《史記》、《資治通鑑》等古籍看了又看，長久下來也因有謀略而漸露頭角。王寬在家鄉唸了師範，是個有思想有行動的時代女子，與馮達民有遠房姻親關係，兩人自然走在一塊結了親，育有一對子女，老大馮敏，老二馮力，家學淵源，子女也都聰穎好學，父母心血也有指望，如今兒子這番折騰，父母哪會不傷心？

兒子回家第一天的晚飯，馮大娘精心弄了一桌菜，已婚的馮敏也帶著小娃兒回來一起團聚，好久沒享天倫之樂的馮力才稍稍提起勁來，逗逗小外甥，弄得大家都笑不停，這頓飯吃得樂呵呵的。

馮敏和先生錢偉是大學同學，先生沒唸完就離開校園參加活動，目前被派往外省工作，馮敏算是走運沒受到方興未艾活動的波及而能在學校當個員工，小娃由婆婆照顧，如今弟弟回來，馮家一家人又像從前一樣團聚在一起吃飯，著實讓人高興。

可惜事與願違，乖舛才剛開始！

那個年代出國念書是極為罕見的特權，歸國後整個大環境的氛圍也不是那麼平靜，兩個跟年輕人有關的社會活動都在如火如荼的進行中，馮力對周遭的任何事件都不聞不問，因為情傷到心力憔悴，對什麼都沒興趣，整日裡穿著如芬送他的睡衣在家睡覺發呆，日復一日，夜復一夜過著行屍走肉的生活。

每天看著那封如芬給他的信長嘆。

Dear 馮力

認識你是我人生中最美的一件事，我很滿足了。

在我對愛情最憧憬時遇到拿傘的你，自此生活顯得繽紛，謝謝你帶給我的一切，我會永遠珍藏你我相處的日子。

希望你回去後越來越好，就像以前你在我的盥洗室洗洗臉，甩甩頭，馬上振作精神開始讀書一樣，我喜歡看到快樂的你，當然我也會保重自己，不要替我擔心。

如果真的無法在短期內見面，希望你找一位談得來的女孩結婚，有人照顧你的生活，你可以無後顧之憂，發揮你的長才施展你的理想。

也許十年二十年三十年或更久，我相信總有一天我們還會再見，我要看到有成就又健壯的你和你的妻兒。但願人長久，千里共嬋娟。

永遠愛你的如芬

馮力每看一遍如芬的信，就陷入沉思，這是如芬始料未及的，如果知道這封信帶來如此的後果，不寫也罷！

王法海送外甥回來後就再沒來家裡，王寬總想知道兒子到底在美國是個什麼狀況，回來竟變得如此不堪，多次去找王法海，他總託辭很忙，反正不想蹚渾水。

家家有本難念的經，外甥的事王法海不想管，就怕他父母得知兒子跟「敵人」的女兒戀愛，弄不好牽扯一堆人，自己脫不了關係，另外這個看似乖巧的年輕人執拗起來會搞得人神經緊張不說，還加碼讓人氣得牙癢癢，恨不得……

馮大娘無從得知兒子在美國的生活實況，多次按捺性子好言好語的問些事兒，兒子就是三緘其口不透一字，只說些不打緊無關痛癢的雜事，做母親的只好聽聽雜事，也沒法逼供，免得治絲益棼越搞越糟。

襖熱難挨的夏日已盡，送爽的秋日也無法驅散那團壓頂的悶。

整個家都在愁雲慘霧中，馮大爺怒氣填膺，想到當初如何把這個引以為傲的兒子弄上個名單就感慨萬千，喝了洋墨水回來居然變成這副模樣，早知道不如就在國內讀，也許還有個大好前程，如今哀聲連連，後悔也來不及了。

馮大娘勞神苦思，以為母愛可以讓頑石點頭，結果亦是枉然；兒子更是茶飯不思，悒悒不樂，整日失魂落魄像個遊魂在家裡晃來晃去，嫁出去的姊姊也嘖有煩言。

整個家籠罩在山雨欲來風滿樓的氛圍中。

馮大娘走進兒子房間，叫他出來吃飯，這已是數月來的戲碼，兒子出來後也是低著頭隨便扒幾口就進房間。這天馮大爺怒火中燒，終於受不了了，一把掀了桌子，飯菜碗盤落了一地，開始大聲怒斥，聲音之大如雷霆，馮大娘唯恐鄰居聽到，要丈夫小聲點，火冒三丈的馮大爺哪裡聽得進去，開口就罵：

「渾蛋！你這個忤逆不孝的孬種，你到底要鬧到什麼時候才肯罷休，別人上山下鄉，到處串連無書可讀，你卻不知好歹，你這孽子非要拖著我們全家去死不成，今天不揍死你才怪！」

劈劈啪啪一連串惡言惡語用在這個讓他傷心透頂的兒子身上，兒子愣了一下，然後還是往房裡去，馮大爺氣極了，進去拉兒子出來，一面打一面罵，兒子使勁地想掙脫父親，父親畢竟拉不過兒子又不甘示弱，抬起腳朝兒子身上踹了過去，兒子踩在滿地菜餚及飯粒上失了重心，一屁股跌倒在地，整個人倒在碎了滿地的碗盤碟瓦中，兩手一滑扎了滿手破瓦片，頓時血流如注，馮大娘見狀馬上拿了毛巾去拭血，哪裡止得住，趕緊推了腳踏車送醫院。

馮力忍著皮肉的痛，讓醫生放心的治療，心裡的痛誰能治療？父親看著醫生將一塊塊尖銳的碎片從兒子手掌中取出，心就扎一下，母親更是心痛如絞，唉！望子成龍落到這地步，真是難堪啊！

馮大娘從醫院回來的途中，忽然想到以前跟兒子好的小紅，靈機一動，不妨請小紅來家走動，也許會有點效果。

馮力兩手包紮後，吃飯洗澡都成了問題，好在天氣涼用不著天天洗，擦個身就可以了，母親自然當仁不讓，對自己的母親也無須顧忌，天底下母親是最好使喚的。

馮大爺經此事後嘴上就不囉嗦，心裡仍是嘀咕，以前是兒子低著頭吃飯，現在換他低頭猛吃不吭一聲。

馮力因無法自己吃飯，只好由母親餵他，看到母親把魚刺剔掉，一口一口的餵他，馮力的眼淚禁不住直流，情何以堪？

母親用心良苦地找來小紅，馮力不忍拒絕，兩人略談些周遭的事情。

小紅在衛生單位工作，每日下班就來幫馮力換藥，小紅心細手巧，蕙質蘭心；以前兩人親吻後小紅總會用手絹輕輕地拭擦馮力的臉，不讓他沾染任何東西。如果沒有遇到如芬，他們也許會在一塊過日子，如今小紅仍是小紅，馮力已換了一個人，回不去了。

放假的日子，小紅約馮力出去走走，但是心猿意馬的心態，讓小紅不知所措，她漸漸地發現，馮力常常看著遠方，若有所思的出神。

以前兩人在一起時也曾親熱過，摟摟抱抱甚至親吻，現在馮力盡量和小紅保持距離，不做肢體的接觸，敏感的小紅臆測到蛛絲馬跡，可能他在美國有女朋友。這樣的散步聊天，對馮力來講無聊透頂，反而更加思念以前跟如芬在學校附近邊走邊談心的日子。

這樣無趣漫無目地的日子讓小紅覺得無聊外，感覺上好像是自己一廂情願的熱臉貼在冰冷的石板上，心裡很不好過，就壯起膽子直接問馮力。

「你在美國是不是有很要好的女朋友？」

「為什麼問這問題？」

「如果我們沒有可能在一起，我不想耗下去，何況有一位醫生正在追求我。」

沒想到看似柔弱的小紅，卻是個提得起放得下的女孩，她的不卑不亢讓馮力感到驚訝，原來以前看錯了小紅。

馮力並沒回答小紅有關女朋友的事，倒是祝福她跟醫生，很明顯的兩人各有選擇。

小紅偶爾還是會來家裡看看他，也跟馮大娘說了她跟馮力之間的事，這種感情的事做長輩的無緣置喙，只好順其自然。

馮敏瞧著萎靡不振逐漸消瘦的弟弟，心裡十分難受，不停地思索要如何幫他站起來，這種事又不願求助旁人，畢竟家醜不可外揚，唯一可求助的只有丈夫錢偉。在外省工作的錢偉兩三個月才回家一次，馮敏只好言簡意賅的講給他聽弟弟的事。錢偉在外闖蕩多年閱歷深，頗知小舅子個性，以目前的狀況看來，不是短時間就能改善的，建議馮敏要有耐心，不妨常回家跟弟弟講講話，紓解心中鬱結，順便帶一、兩本書給他看。

馮敏平日在學校工作，圖書館藏書不少，可是要找適合的書卻有點不容易，萬一觸景生情越弄越糟。雖然自己很喜歡俄國文學的深沉厚重，但未必適合意志消沉的弟弟，更何況以前他們姊弟也曾談過安娜卡列尼娜這本書，也很喜歡這本書，對書中最後結局令人一掬同情之淚。高爾基是從窮困中走出來的作家，他的（海燕）耳熟能詳，普希金置身愛的漩渦，人生短暫，這些經典不是閱讀的時機，到底哪些書能起到振聾啟聵的作用？

圖書館心理分類的書籍中，或許有相關激勵人生的書吧！

佛洛伊德的《心理分析》、阿德勒的《阿氏心理學》、榮格、勒溫的《場地論》、法蘭克的《意義治療》等各種心理派別的書籍，馮敏每本都翻閱一下大綱，終於選定了出生奧地利的法蘭克的書。當然她自己先大略的看了下，覺得很適合弟弟目前的處境，希望他能從消沉中找到新機。

馮敏也唯恐弟弟無心看書，就誆了一番說法，「我沒時間仔細閱讀，你幫我看寫點心得，集思廣益，讓我的研究報告多點不同的觀點，如何？」

馮力拿起這本《法蘭克的意義治療》，笑了笑說：「妳別誆我了，妳的好心我知道，我在學校翻過這本書，放在這，想看再看吧！」

馮敏有所感地講了一堆梗在心裡的話：

「我真希望你能告訴我西方人對事情的看法及觀點，你在那也有好幾年，至少知道一些他們處理困境的原則和方法。我沒出國機會，西方的訊息也不多，範疇縮減到生活及有限的經驗，離浩瀚的知識太遠了。我的求知慾隨工作愈來愈強，一家之言無法滿足，中外相異之處在衝擊下才有更上一層樓的可能，你願意分享在美的學習經驗，我會不亦樂乎！」

馮力聽了姊姊這文言又白話的心聲，除了慚愧外又很難過，姊姊想出國卻苦無機會，自己卻沒珍惜這千載難逢的機遇。顯然地，馮力願意幫姊姊看完這本書，也樂意寫些心得或看法。

馮力重拾法蘭克（Viktor E. Frankl）的這本名為《一個心理學家經歷了集中營》的書，不同的是以前看的是英文版，手中這本是中文翻譯。

法蘭克是出生在維也納的猶太人，納粹時期全家都陸續進了奧茲維茲集中營，父母、妻子、兄長都死在毒氣室，只有他和妹妹逃過劫難尚存一息。法蘭克他並沒一蹶不振，反而從苦中活了過來，並將自己對逆境的頑抗和本身的神經與精神醫學的學術背景結合而發展出「意義治療」，這種治療理論廣泛的被應用在心理諮商。馮力這次在沒有壓力之下用心再看一遍，他看到的不同以往，以前看到的是理論不是生命，而今看到的是法蘭克的曲折人生。一個真正的男子漢用勇氣面對死亡，在人為刀俎，我為魚肉的集中營裡走出來，靠的是求生的微薄希望及不氣餒的毅力。猶太人日夜處在低盪「沒有明天」的時空中是何等的精神折磨，脆弱的生命要承受並克服毒氣室的塵灰中有自己親人，這般殘忍看不到盡頭的日子，日復一日，除非發現痛苦帶來心靈上另一種轉變，才能像走在鋼索上的高超藝人，用平衡來支撐薄弱的身體。

誠如書上所說：「發現悲境之後的意義以及超越悲境的可能性，而將無意義的受難轉變成真正人性的成就。」

馮力讀懂了，任何情境都有它特殊的意義；離開如芬也許是一種抉擇的考驗，兩人都把家人放在第一，或者她根本無法適應馮力生長的環境，他自己更沒豁出去的勇氣，如今這樣的安排是另一布局的前奏。他們各自有不同的潛能，這點如芬和馮力都很清楚，她汲汲營營於牟利，夢想財富及豪宅；馮力想發揮所學改善環境，一場戀愛弄擰了初心，再說如芬希望看到成功的他，僅憑這點他就該整裝待發重新開始。

八、九個月過去了，小紅不再出現他家，姊姊的苦心也算有了成效。

馮力在一所研究機構從事英文資料的翻譯及解讀，這些資料一般人是不可能看到的，有政治經濟之類的雜誌、書籍、報紙等，這翻譯工作對馮力來說是游刃有餘。

規律的生活讓他漸漸的振作起來，每日除上下班外又開始勤讀英文，不久之後名為「運動的外交」日益露出曙光，馮力的外文逐漸派上用場，工作上是屬於硬性的書刊，不得透露半點訊息，其他也有較軟性的雜誌可供參考，他就試試筆鋒，練習另類翻譯或改寫投稿到家庭、教育等周刊或報紙，這類的文章他用「馬如」這個別有用心的筆名。

雖然回國了，但因工作關係，對歐美的訊息並不陌生，如此環境造就他寬廣的視野，寫出來的東西頗有見地且有可行性及前瞻性；日積月累的工作成績屢獲上司肯定，只要在思想上不出差，青雲直上是指日可待。

# 六

餐館老闆湯姆星期日偕同太太一起去教堂望彌撒，彌撒後若望神父叫住他，跟他談了一些話，只見湯姆兩手一攤，無可奈何地接受神父的請求。

湯姆心想，西方女孩開放但會做避孕措施，東方女孩難道會無知到這種地步嗎？

他找如芬來談日後的工作調整，他不能讓一個懷孕的服務生在客人前出沒，嚴禁她一步都不能踏入用餐區，只能在廚房洗菜洗碗盤或刷鍋刷鉢，不辭退已是大恩了。如芬需要工作已變得非常重要。原本打工只是希望賺點零用錢，如今卻是往後母子的生活費。

如芬生長在軍公教家庭，過著不知愁滋味的愜意生活，雖然家境不寬，但比其他同學是好太多了，小學時部分同學是赤腳上學，只有遠足時才穿鞋，沒有書包的同學比比皆是，隨便用一塊髒兮兮的方巾包著課本就權充書包，鉛筆也是短到不能寫才擘開外面的木頭，取筆心再寫，物盡其用到極致。如芬在學用品上是不虞匱乏，也沒嘗過飢寒交迫的日子，雖然知道節儉，但對錢的概念並不十分強烈。如今一分一角都是生活所需，能賺的都盡量去爭取。不經一事不長一智，剛到美時是滿懷希望，覺得大好前程等著她，認識馮力後的世界是綺麗的，而今卻是如牛負重的開始。

同在餐廳工作的墨西哥籍單親媽媽麗莎知道如芬懷孕後特別關心她，興許是同病相憐，問她需不需要寬鬆的衣服，如芬感激的謝謝她，兩人雖然共處了一年，可從沒像今天這樣要好，麗莎書讀得不多，自覺跟如芬有差距，除了工作上的言語沒有交談過，這下拉近兩人的距離，麗莎告訴她一些懷孕該注意的事，也主動的幫她拿些剩菜中的肉類，讓如芬感動莫名；以前眼裡只有馮力沒有旁人，如今最需要幫忙時馮力不在，身邊卻是這位善良的單親媽媽。

麗莎的好心也得到如芬的回報，麗莎因事需外出時，只要如芬沒課沒打工就幫忙當臨時保母看顧她五歲的女兒，順便唸童書上的故事，這些逸趣橫生的故事也讓如芬想到自己小時候的一些事情。

兒時家裡有不少童書，不過都是破損的舊書，也常帶到學校借給同學看，裡面的故事倒是很吸引小小年齡的女孩，那時一群小女孩都覺得夢中的王子少之又少，環繞四周的都是心腸好的小矮人，故事真正意義是什麼並不知道。如今識盡愁滋味，王子即使不變心也難逃現實的捉弄。善心的小矮人正是她目前的最需。

室友潔西卡知道如芬懷孕後很不以為然，不客氣地說她讀了大學還不會思考，陷自己的前途於深淵，即使已結婚的同學都不輕易懷孕，更何況未婚。

在潔西卡眼裡，如芬是一個跟不上時代的愚蠢女性，一個沒有分辨能力無自我的東方婦孺。如芬對室友的批評照單全收，接納她的看法但不表贊同，潔西卡可以朝三暮四換男友，因為她沒有真正愛過誰，如芬則不同，她從愛情裡走來，知道馮力是她的最愛，他們之間已有了共同的生命，那種因緣是無法磨滅割捨的，延續這種因緣也許要付出代價，可是她心甘情願。

如芬的人生哲學是她深信每一個生命從伊始就不能被打擾被剝奪，以前只是認知上的哲學，如今卻是實踐上的哲學，這點足以顯示她剛毅的一面，可是剛則易摧，這正是她前所未有的艱難及考驗。

雖然潔西卡不苟同她的決定，可是仍舊視她為難得的好室友。

潔西卡之前無法跟別人共處一室，她睡覺一定要聽熱門音樂才能入睡，這種習慣任誰都無法接受，唯有如芬不在意，她只要躺下就能入睡，再吵鬧都不影響她的睡眠，因此也就樂得和她當室友。既然她懷孕了，就買了兩個抱枕給如芬當靠墊，也算體貼。

自從懷孕後再加上馮力回國，如芬意識到必須獨力面對問題，調整好心態，開始發憤圖強；誠如若望神父所說，讀完書有文憑才易找到工作。現在無論幾點回到家，一定讀到凌晨一點才就寢。潔西卡五六日都外宿，她一個人讀到幾點都無須顧忌，有時這位室友的睡眠曲太吵，她只好到盥洗室關上門看書，過去從沒那麼用功過，為了不甚明朗的將來，她只得儲存大量知識以備不時之需。

一般人在順境中沒有強有力的誘因讓自己奮勇奪標，一旦面臨生死存亡，潛能就汩汩冒出，像泉水般流不停，漸漸地匯成湖泊甚或海洋。

如芬在家時，父母苦口婆心要她認真讀書，她都當耳邊風，戀愛時馮力是她的一切，根本無心讀書；有山靠山，有水靠水，如今山水全無，只有挖土造山，掘井取水，未出世的孩子就像嚴師般督促她向前邁進，不容懈怠。

認真讀書成為她生活的重心後，其他的事都暫拋腦後，她要順利畢業，要有好成績做為謀職的有利條件，這一切已將她整個人改頭換面，不再是那個戀愛中的女孩，儼然脫胎換骨成了孜孜不倦的學者。

上午沒課時走進圖書館看書，偶爾會停頓想過去的事，理智馬上把她拉回現實，埋首書中。隨著肚子的隆起，肩上的擔子和心思都一天似一天的加重，有時也會走到木桌椅區去吃午餐，飲料摻著淚水流進肚腹，短暫的悲涼只當過眼雲煙。

馮力已遙不可及，他的孩子日益成形，是喜是悲還未成定數。

如芬依照修女指示定時去瑪利亞醫院做產檢，莫妮卡修女都會在醫院等她，就像母親陪初次懷孕的女兒一樣，讓如芬放心不少，就怕孤零零的一個人，求助無門。目前已是第四個月了，前幾次大人和胎兒均很正常，讓如芬和修女都很寬慰。這次檢查的時間似乎較長，醫生詢問如芬也較詳細，如飲食、睡眠，有無不適或有什麼特別感覺等等。如芬也據實回答，心想隨著胎兒的成長檢查自然較詳細，也沒多想；護士在醫生暗示下，請坐在外面的修女進來。

醫生看著如芬和修女，很慎重的說：「twin。」

如芬簡直不敢相信自己的耳朵，忙問道：

「雙胞胎，確定嗎？」

「確定！」

修女握住如芬的手，她知道雙胞胎對有些人來說是一舉兩得喜從天降，對像如芬這樣的未婚媽媽來說可不是什麼值得高興的事。

醫生交代了一些該注意的事，笑著對她說不要擔心，指著天花板說：「祂會保佑妳的」。

這些由修女陪著來的未婚媽媽在醫生眼裡是需要用同理心對待的人，她們沒有親人呵護，有些更是身無分文，全靠善心人資助，即使有親人，她們也不願家人知道。醫生觀察臉色就知道她的困境，安慰及鼓勵就是他當婦產科醫生所開的良方。

從診斷室出來，如芬舉步維艱，修女馬上扶她坐在長廊休息間，她情不自禁地抱著修女哭，一個未出生的孩子已讓她擔心不已，現在是兩個，這份厚禮也太重了點，讓她承受不起。

「Don't worry! 無論幾個孩子，我們都會照顧的。」

哭了一陣子，終於止住，修女把她騎來的腳踏車放進後車廂，載她回住處，一路上不停地安慰她並告訴她：「上天給妳的十字架是妳能背的，超過妳能力的不會加諸在妳身上，妳要珍惜這個讓妳大顯身手的機會，我們都會協助妳來面對。」

「下次檢查我會開車來載妳，不要騎車了。」

「謝謝修女！」這種恩德只能結草銜環以報。

回到住處躺在床上，原本已平靜的心又開始有了波動。戀愛固然又甜又美，貪歡卻要付出代價，當初總覺得自己有定力絕不會沉溺，愛上馮力後所有的矜持都蕩然無存。

由於懷的是雙胞胎，讓她想起上課時曾討論（角色扮演和乞丐王子）的事情，馮力下課後就跟她談起過他家祖輩有雙胞胎的因子，按推論是馮家的遺傳，趙家並沒雙生的紀錄，看樣子馮家的生命力還真強，可惜無法和馮力分享。

心情再不好仍要工作，如芬帶著滿腹的憂慮在餐館洗洗刷刷，麗莎一眼就瞧出她有心事，走過來輕聲地問她：「妳好像生病了！氣色很差耶！」

「麗莎，我懷的是雙胞胎。」

麗莎一聽馬上抱住她，拍拍她的背安慰她。唯有經歷困頓及生活拮据的人，才會知道同時生養兩個的憂愁。無論中外，懷孕生子本屬喜事一樁，可是這個年輕的單親媽媽卻失去了為人母的雀躍，一心只盼多掙點錢，養育少了父親的孩子。

一年前做夢都沒想到會有這些事環繞著她，一場戀愛讓她沉醉失去了方向，無時無刻都在夢幻中與馮力旋轉飛舞。

如今清醒了，顫抖的身軀不容倒下，咬緊牙和血吞，生存之道是一步一腳印走出來的，如果要說胼手胝足爬出來的也無可厚非。

愁容取代了笑靨，重重心事壓頂，光彩的趙如芬已黯然失色，每日行走在學校及打工的餐廳，人生的黃金歲月呼嘯而過，迎接她的是殘酷冷清的未來。

如芬穿著麗莎送她的衣服，是件直筒式的洋裝，看不出是孕婦裝，她自己也不願談懷孕的事，上課選了靠邊的位置，進出方便，有課來無課走人，左右同學也不主動攀談，學習態度較前認真多了，順利畢業想必指日可待，也算往前邁了一步。

氣溫漸漸轉涼，如芬已穿上了長袖長襪，渾身上下層層包裹，懷孕至今無任何不適，這點讓她欣慰，沒有孕吐沒有腫脹，除了肚子一天大似一天，其他與常人無異，也許懷中胎兒感應母親的心情，只望出生後母子相見歡，一掃陰霾。

又到感恩節了，潔西卡照例跟男友過，如芬一人躺在床上看書，這時聽到敲門聲，心想這會兒會是何人啊！起身開門。

「Connie，感恩節快樂！」原來是普雅和阿里。

「你們不是去東部了嗎？」

「我們要回國結婚，這次是長輩邀我們來這過感恩節，順便先來看看妳。」

「有馮力的消息嗎？」阿里關切的忙問道。

如芬故作輕鬆的說：「沒有啊！你們有他的消息嗎？」

「我和普雅不該幫他出主意追妳，真對不起！」

阿里終於說出他和普雅如何教馮力欲擒故縱的伎倆，詳詳細細的說給她聽，聽完後如芬淡淡地說：「如果我不喜歡他，任何伎倆都無法把我們栓在一起。」

「你們是真心相愛囉！妳現在有什麼打算？」

「順其自然，也許有一天會再見，我國有一首古詩提到『兩情若是久長時，又豈在朝朝暮暮。』你們勿須自責，我和馮力應該很感謝你們的，祝福你倆婚姻美滿幸福。」

普雅和阿里談了東部的點點滴滴，兩人都喜歡東部的氣息，尤其是普雅，她覺得東部有歷史有文化，人文底蘊濃厚，阿里是「相隨即是家」，有普雅在的地方就是他的天堂。這是如芬周遭最圓滿的一對有情人。

談了一個時辰，普雅和阿里就要離去，臨行時普雅摟住如芬，接觸到她的肚子，啊！的一聲叫出來：「妳懷孕了！馮力知道嗎？」看來普雅比當事人還要驚恐。

「不知道，我不想讓他知道。」如芬把未來生產的事略微陳述，請他們放心，其他就不願再多說了。

普雅聽後放寬了心，打開皮包拿出一張紙，寫下她在麻塞諸塞州的電話及地址交給她，如有需要可以聯絡她或阿里。馮力和如芬、阿里和普雅這四人算得上君子之交，當下伸出援手，暖了如芬的心。

阿里和普雅離開後，她再度躺在床上，回想阿里剛才說的那段話，原來馮力早就想認識她，費盡心思來修心理學的課，這過程居然天衣無縫，她卻渾然不覺，以為是自己先暗戀上他，藉機作態讓他來接近自己。沒想到馮力的城府如此深厚，不得不佩服。想到這裡，如芬倒是滿心歡喜，對於懷孕的事始終抱持著與馮力結的一段緣。

預產期快到時，如芬就跟系裡報告要請十天的生產假，大學生請產假不是什麼稀奇的事，只要配合各科教授繳報告就可以了，重點是生完後能回來上課，因是最後一學期，面臨畢業，要交的報告及考試都須通過，好在回頭是岸，努力拚搏已是個A等生，沒有任何一位教授為難她，家裡要是知道她有這麼優的成績不知有多高興，可惜不能與人說。

如芬在生產前寫好了一封信交給莫妮卡修女，如有不測就照信上所寫的處理。這封信是流著淚寫的，交代萬一發生了什麼不測，有個處理方法，尤其是孩子的安排。如母子三人俱歿，煙消雲散，不拖累任何人。母歿，子存請送回臺灣由父母撫養。特別向父母聲明她和孩子的父親相愛甚深，非強迫受孕，請不要傷害他，將來有適當機會再團聚，照片數十張，留給孩子做紀念。

馮力的背景另用一信封密封，內寫籍貫、生辰及其他重要事項。

如芬會如此做，也是因為高中時的護理老師繪影繪聲的描述生產的可怕，讓她心生警惕，未雨綢繆。其實老師的用心只是告誡她們，高中不是戀愛的時候及守身如玉的重要。這種恐嚇的教育有沒有收效，端看當事者的心思情意而定。如芬現在才知道恐嚇對她是無用的，危及生命的才是她的最怕。

預產期快到時，莫妮卡修女開車來接如芬到「德蘭之家」的宿舍，這是四人一間的平房，設備簡單，每人一張桌子，一個衣櫃，共用一間盥洗室，走道盡頭另有一間衛浴室。住在這的都是未婚待產的媽媽，這些未婚媽媽幾乎都是生完後將嬰兒送人收養，她們的食宿及生產所有費用都由嬰兒的收養父母支付，當然也有慈善家會定期捐款給「德蘭之家」，像如芬產檢及生產之類的開銷就是由此支出。

如芬是唯一的亞洲人，不只是當下，以往也絕少有亞洲女孩來此「作客」，其他女孩看起來個個輕鬆自若，有些從懷孕初始就住進來，收養父母會定期送些好吃的東西進來，至於探望就比較嚴禁，唯恐演變為需索過度。單純的女孩生的孩子容易收養，複雜的就等有緣人或真正有愛心的人來收養。

莫妮卡修女為了讓如芬安心生產，在她預產期快到時接她來住；瑪利亞醫院和「德蘭之家」同屬性質相同的教會機構，雙方互相支援且行事方便，任何時間陣痛都無需緊張，開車過去只七、八分鐘而已。

陣痛間隔得越來越短，如芬已被推進了產房。當天正逢三月中旬的聖派翠克節（St. Patrick's Day），兩個不甘寂寞的小傢伙也跑來湊熱鬧，從這點看來倒有點像以前的如芬——愛熱鬧。醫生把兩個小子讓如芬看了看，確定是有生命的嬰兒，兩個紅通通的壯丁。

休息了一陣，護士抱著兩個嬰兒進來，母子三人，沒有親人探視，只有茱蒂和修女，茱蒂從她進產房到送出來一直陪著她。老天施恩，母子均安，生產過程的憂心一掃而過，兩個白胖小子一切都正常，只是哭聲稍大，看樣子有北方漢子的氣概。

生完的當天晚上，如芬躺在床上，心情複雜，沒有初為人母的喜悅，只要想到未來生活就緊鎖眉頭，陣陣酸苦襲上心，淚水也就跟著直流，沁濕衣衫，整夜也在睡睡醒醒之間翻騰。如果馮力在身旁該有多好，他看著如芬懷中的兒子，輕輕撫弄 Baby 的小手，然後輕吻他們的小腳，流露無限的父愛，一家四口多幸福……突然一陣狂飆的風雨吹翻了屋頂，一家之主被狂風捲了去，母子三人頓失依靠，餐風露宿，淒涼無比！

「Wake up! Wake up!」身陷惡夢中的如芬被同室的女孩搖醒，她仍舊昏沉地喃喃自語：「對不起！對不起！」有道是日有所思，夜有所夢。自從馮力離開後，想到的事幾乎都是不堪的。「夢的分析」絕大部分也都是有意無意的生活點滴及雜事漸漸匯入潛意識，碰到某種境域就在夢裡曇花一現。

如芬似乎不願醒來，仍舊沉睡，也許暫時的逃避是最好的休息。

第二天茱蒂帶了相機，幫他們母子三人照了幾張照，自己也跟兩個小子合照。兩個嬰兒短暫的和母親見見面就被護士抱回嬰兒室了。茱蒂甚是喜歡小孩，可是還不到擁有自己骨肉的時候，只好懇求如芬：「可以當他們的代母嗎？」

「當然好，先謝謝妳囉！」

出乎如芬意料，當代母有一份責任，茱蒂卻搶著要當，說實在的，莫妮卡修女正在找適合的人選當代母，沒想到茱蒂自告奮勇，當然她並不是修女心目中的理想人選，通常都會請教會裡婚姻幸福的夫妻來當代父母，既然茱蒂要當，如芬也願意，兩人交情好又認識馮力，應該是不二人選。

這間產後休息室共住了三位未婚媽媽，另兩位生完後，嬰兒就已是領養人的，她們和嬰兒再無任何關係。她們又恢復到無牽絆的單身女郎，自由自在的過嶄新生活。如芬的選擇和她們截然不同，她堅持不送養，再窮也要留住孩子在身邊。在若望神父眼裡，如芬的價值觀尚有稱道之處，懷孕後她能守住潔淨的生活作息，不再陷於昏昧，及時悔改向上向善，這也是神父願意幫她的原因。

住了四天就得走人，西方沒有坐月子這檔事，生完後下床多走動才是正途，同室的另兩位女孩住了四天後，就好整以暇的打扮一番，高高興興的拎了提包出院，迎面而來的是燦爛陽光或是浮雲遮日，不得而知。

莫妮卡修女幫如芬辦完出院手續後，來到休息室，如芬也換了件蓬鬆的衣衫，兩人各抱一個走出醫院，「德蘭之家」的車子早已在外等候，母子三人開始一段新的旅程。

嬰兒室有十張嬰兒小床，這間是剛出生到五個月的嬰兒房，六個月到一歲安排在另一間；白天陽光強烈，窗簾都被闔上，室內較暗，不過非常清爽。這時是上午十點左右，兩個修女正在用奶瓶餵奶，嬰兒的用餐時間還放著輕柔的聖樂，如今來了兩個東方 Baby 壯聲勢，一下就湊成八個寶寶。

其中四位寶寶等著收養，另兩位跟如芬的景況相似，其中一人因涉案在牢，堅持刑期滿後再帶寶寶回鄉扶養，嬰兒們的母親多有不得已的苦衷。

大德曰生，既然上天有好生之德，身為母親的好自為之也不愧為人母。

如芬在修女指引下把兩個孩子安放在靠門邊的兩張嬰兒床上，這是他們第一個家，頗不寂寞。

如芬洗了手開始學著餵牛奶，看著雙眼閉得緊緊的兒子，小嘴用力吸著奶瓶，出生才不過四天卻有如此強的生命力，讓她感動又振奮，小小的身軀靠在她身上規律的蠕動，頓時打開了她晦諳的心房，兩個小子如陽光穿透玻璃，照得滿室明亮發光，瞬間抖掉滿身的疲累，開始重新出發，小傢伙著實有著無限的魅力。

中午時分離開了「德蘭之家」，修女開車送她回住處，這時才看清楚這是車庫改裝的房子，專門租給學生，這些學生生活條件差，如意志不堅是很容易墮落的，當然修女眼中的墮落和普羅大眾所謂的墮落是有差別的。

如芬進門後看見桌上放了張卡片，上面寫著：「給美麗又勇敢的如芬媽媽，祝妳和 baby 健康 愉快 潔西卡賀」。

美麗對如芬來說已失去了感覺，勇敢倒像一劑強心針，增益其所不能。

這十個月來可謂：苦其心志，勞其筋骨，空乏其身，能否否極泰來不可知。

請的假未滿，就待在房間看書；要是生活在華人圈，這會正在坐月子，穿著厚衣長褲喝著大補中藥湯，絡繹不絕的親朋好友，爭著來看嬰兒，有經驗的婦女會滔滔不絕的獻上坐月子的禁忌，不能看書不能用冷水洗手，能不洗澡就不洗……西方完全相反，快點下床幹活，身材回復快。

如芬從中午吃了一片三明治外，沒再進過任何食物也沒開過冰箱，下午七點多已飢腸轆轆，打開冰箱一看，滿滿的一堆食物，都是用餐廳牛皮紙袋裝的東西，還沒拿出來吃就熱淚盈眶，紙袋上有麗莎歪歪扭扭寫的日期，都是三天內做的，還算保鮮的食物。

麗莎這份感恩戴德的情意讓她沒齒難忘，如芬告訴自己有朝一日定要還報。

吃飽後，一時間心裡還沒平復，雖然外面還是涼颼颼的，可是她渴望出去透透氣，披上外套出去走著以前和馮力散步的小徑。

往事歷歷在目，物是人非事事休，黯然銷魂者，唯別而已矣！

春暖花開，又一季的開始，如芬的人生也有了變化，她不再是懵懂做夢的女孩，現實逼著她成熟轉變為兩個小孩的媽媽。

如芬在神父協助下排了無課的時間，星期二、三、五中午十二點到十四點到「德蘭之家」

幫忙清潔工作，做為孩子的寄養費用，對這項工作她是非常滿意，原因無他，看到孩子比什麼都值得。「德蘭之家」有規定的探視時間，白天上學晚上在餐廳打工的如芬很難配合，如今這工作可說再理想不過了，雖然離畢業的日子不遠，但在未找到穩定工作之前絕不坐享其成。

餐廳的工作也恢復了，當她懷孕七個月時湯姆就叫她不要來上工了，唯恐發生意外給餐廳帶來麻煩，先預支她工錢，說明生完後再從薪水扣除，如芬對老闆的善意也銘記在心，只有藉盡責和主動做些雜事回報。麗莎的恩情不是一句謝謝了的，她和如芬是患難之交，是她先伸出友誼的手，將關愛溫馨傳送給深陷谷底的如芬，讓她稍稍有了生氣，而不至於心灰意冷。

如芬的雙手長久浸泡在洗潔精的溫水裡，洗好的碗盤杯子又都要在熱水裡過濾，稍一不慎燙傷是在所難免，一雙手因工作變得粗糙又橫生厚繭。以前每晚都抹上層層乳液，保養一番；散步時馮力總是牽著她的手，滿握幸福。如今傷痕累累的手要為兩個兒子遮風遮雨，披荊斬棘，母子三人的命脈全掌握在她這雙冷水浸熱水泡的滄桑之手。

如芬終於剪掉留了多年的長髮，她需要改變，一種徹頭徹尾的改變。

鏡子裡的她頓時神清氣爽且年輕了好幾歲，一副清秀佳人的模樣，早該剪短髮。其實長髮短髮對她來講都相宜。以前母親就覺得她適合俏麗的短髮，可是處在芳華歲月裡的女孩都希望有飄逸的長髮。女為悅己者容，馮力就很喜歡她留長髮，無論是秀髮披肩或紮馬尾都說好看，唯獨挽起來他嫌少了女孩味，說是像個婦人，也因此再熱也不往上挽，一切都為了討馮力喜歡。有時他會輕撫她的秀髮並在耳際說些甜言蜜語，聽得她心跳臉紅，兩人卻樂此不疲。如今兩人已無結髮姻緣，隨著氣溫越來越高，整日餐廳、德蘭之家、學校讓她忙不迭地來來去去；只要去德蘭之家，她就要洗頭髮，餐廳沾染的油煙非洗淨不可。

她有了馮力就失去了自己，讓自己成為他的附庸，現在回到未認識馮力前的趙如芬，用自己的眼睛看世界，用自己的大腦定方向，用自己的手操持一日所需，所有的一切都需要從獨立學習中去開創。

畢業在即，如芬所有的報告考試都順利通過，系裡的畢業舞會聚餐都在規劃中，她對此已無興趣，她的心思都在兒子身上，系裡也有已婚的男女同學，他們對畢業前的各種活動也是興趣缺缺，真是結了婚世界就大不同。

系裡多數外籍生都有繼續唸碩博士的企圖，如芬原本的計畫是繼續唸，現在橫在她面前的是養育孩子，已無心修碩士，賺錢第一，早日給孩子一個避風港，母子三人相依相偎，沒有父親參與的成長已屬遺憾，母親的慰藉絕不能少。

畢業季一到，報紙的謀職欄密密麻麻的登了一堆工作，有些需要專業，有些不拘，只要大學畢業即可。廣告公司有美工有文案撰寫，很適合有心理專業知識的人，針對不同族群撰寫廣告辭；至於社會機構需要晤談技巧、心理諮商等專業，看似前景一片，如從薪資衡量的角度來看，是有落差的。

如芬寄了一張學士照回家，避重就輕的說美國人都是先就業以後再讀碩士，有社會經驗將來升遷機會大等等，反正就是不再讀碩士了。冠冕堂皇的說還有兩個弟弟要來美讀書，她要為他們著想。好一個愛護弟弟的姊姊。

之前她沒騙過父母什麼大事，到了美國剛開始還勤於寫信，每個月一封，後來省郵資就二到三個月一封，認識馮力後就一學期一封，字裡行間無非是抄些書裡的良言金句說是讀書心得，蒙騙一番算是交差了事。

父親軍職不能出國，母親雖有暑假，來回機票負擔沉重，天高皇帝遠，一時無法求證，她在美國的事，父母無從得知。反正留美學生的刻板印象都是省吃儉用，通常打工也都在餐廳洗碗盤而已。苦讀幾年，拿到學位，衣錦榮歸大肆顯耀，然後再回到美國工作，父母家人都不贊成回來，總覺得兒女在美風光十足。趙家亦不例外。

趙媽媽康老師同事的兒子拿了博士，在美結婚生子，薪資有限，當老師的母親每月薪水原封不動如數寄往美國幫兒子購屋繳貸款，自己生病都捨不得花錢看，這種活生生的例子就擺在眼前。當如芬說不想唸碩士要工作，母親能體會也就不勉強，只提醒女兒謹慎點，職場爾詐我虞不似學校，學校是教育機構，除去了不利因素。母親哪裡知道，康老師已升格當外婆了。

趙家爸爸卻很失望，寫信要她工作一年存點錢後一定要唸碩博士，不要太早結婚等之乎者也的大道理。

如芬看到父親的信，除了心情沮喪外，更多的是內疚，這種欺騙父母的行為讓她陷在趨避衝突中，想掙脫卻沒那麼容易。如果長此以往，母子三人注定是悲劇人生。既然讀了心理學就該活用在生活中，她努力地去想一些讀過的諮商理論，那些理論都是助人走出心理上的困境。隱約中好像記得以前和馮力討論過「情緒 ABC 理論」，也許理論中的理性認知可以讓她破繭而出。她找出當時的筆記翻到情緒 ABC 理論，看到馮力端端正正的字體及幫她摘錄的重點：

A是事件，B是對事件的一些信念或看法，C是對事件所生的情緒和行為。

事件本身並不一定能引起負面情緒，只是當事人對這件事所持的想法才使人困擾。舉例：在擁擠的電梯裡被後面的人用不知名的物件碰撞臀部，心理越想越氣，準備出去後罵他（色狼變態），待電梯門打開後，發現後面是一位行動不便拿著拐杖的老太太，這時整個情緒反轉為同情。

看到此，如芬反覆思考她目前的狀況，漸漸地對自己的負面情緒有了較清晰的認知和解釋。

未婚生子並非滔天大罪，她願意負責任尊重生命，這是正向思考。

未婚生子跟對不對得起父母無關，她是成年獨立的個體，有能力做自己的選擇，不是為光宗耀祖或父母期望來美國拿碩博士而被操控的人，父母也無權干涉成年子女的抉擇。

內疚是歸因花費父母龐大金錢所產生的不安，此心態尚屬良知，將來可以還清或回報。

今天要生活的不只她，還有兩個孩子，整理出頭緒後就將父親的信拋諸腦後。

她要孩子健康成長，絕不能因這些陳腐觀念而造成兒子殘缺的成長記憶，首先她要樹立堅強樂觀暢達的行事風格，讓母子三人在陽光下茁壯。

兒子英文名字 Jon 和 Ben，簡單有力，姓氏中英文都用母親的康姓，哥哥名康晉，弟弟康原，相信馮力看到（晉）和（原）這兩個字自然知道意思。

## 七

尋尋覓覓一番後終於塵埃落定，如芬決定到隸屬教會的社會福利單位工作。上下班有固定的時間，星期六日休息，對她而言再好不過。

她寫了張謝卡給神父和修女及湯姆，感謝他們的照顧，尤其是懷孕末期，湯姆先給薪資，後補時數，就憑這點胸襟已經讓人佩服了。

湯姆畢竟是闖過江湖的人物，有他的一套，他看了卡片後哈哈大笑並邀請如芬和若望神父吃頓飯。湯姆要讓神父知道，你神父拜託我幫忙的事，我盡力而為，不失信你這位在方圓內有點聲望的神父。如芬三年多來第一次在湯姆的餐廳正式上桌吃飯，三人皆大歡喜。湯姆問她需不需要車子，他太太要換新車，準備廉價出售，如芬問了廠牌及哩程數，一聽價錢後覺得無能為力，湯姆爽快地回說：「比照以往，先拿去開，分期付款如何？」之前如芬就去二手車行問過車子的事，價錢差不多，只是中古車行要一次付清。如芬的確需要一部車，除了上班外，也可載兩個小孩。至於駕照早已考過，她也開過別人的車，那時坐上駕駛座興奮莫名，從沒想到居然那麼快就有了自己的車。

德蘭之家的清潔工作已終止了，目前如芬並無適當的居所，兩個小孩仍舊寄養在德蘭之家，只是她要信守承諾開始付費。修女很希望她繼續幫忙工作，因為她手腳俐落，清潔的效果和修女的要求無異。莫妮卡跟她商量，希望星期日下午來幫忙，因為星期日修女們要支援轄區內的教堂工作，十三點到十六點幫忙留守照顧嬰兒，寄養費用打折，只付一人。如芬欣然允諾，能跟孩子相處何樂不為。

如芬領到一周的薪水，馬上買了兩件衣服給麗莎母女，麗莎說也有好消息告訴她，湯姆的太太幫她介紹一位失婚的員警，大她十來歲，下個月就跟他搬到德州生活，如芬祝福她們母女找到一個有男主人的家。麗莎語重心長地跟她說：「我是不得已，我沒能力讓孩子過好日子，只好找人結婚，妳可要謹慎，我們都不要再犯錯了。」

「真謝謝妳，我會珍惜妳這麼好的朋友。」麗莎書讀得不多卻明白事理，想必她也有一肚子的委屈無從傾訴。

如芬從一踏進辦公室到下班，不曾停過，每日來諮商的人絡繹不絕，這些需要幫助的人幾乎都是低端的勞力工作者，諸如寄養家庭的孩子跑掉，少數監護人不盡責、林林總總的問題，接觸到這些家庭或孩子後就讓她慶幸自己做了正確的選擇。寄養父母說孩子偷錢，孩子反控寄養父母酗酒，每個個案都得慎重處理，經過酒精檢測、指證，醫生診病結果，等據實研判後才能做法律上的決定，未成年的孩子就在這種繁複手緒中等待自己下一個歸宿。不幸的孩子每一年半載換一個家庭，看到這種孩子時，如芬發揮最大的耐心，不被他們粗口惡語激怒，只是靜靜地等他們說累為止。她經常看到孩子驚恐游移不定的眼神及渴望愛或憐憫的呆滯表情，但是身為晤談人員不能感情用事，更不能有移情作用，只能在規範內進行協助。

有時鑑定家暴也要經醫生確認才能定讞，當時人的訴說只是一面之詞，有些看似弱者卻是十足的狡猾者，自殘、嗑藥撞傷誣賴為家暴，如經驗不足就會出岔；如芬在這方面似乎很老道，個案講個十來分鐘就被戳破，自知沒趣掉頭走人。

雖然能勝任，上司也支持，還未說過她什麼缺失，可是她並不喜歡這份工作。雖云「助人為快樂之本」，可她從不覺得快樂，即使是成功的個案也無法讓她高興，純粹是為賺錢養活三人而已。

興趣和能力對某些人是相輔相成，對另一些人則毫無相關，有能力勝任未必有興趣，有興趣的卻無能力。如芬一時之間也無法知道自己到底對什麼工作有興趣，目前的工作只要不出大岔倒可長長久久，安安穩穩的日積月累買棟小屋應該不是問題。問題是她有野心，既然愛情遠颺，無法追回，總該有點事業，不然漫漫長路何以為伴？

如芬的不甘寂寞與感情無關，而是虛擲晚上的時間實在可惜，她把辦公室扔掉的報紙及廣告單蒐集起來帶回家仔細地閱讀及思索，除增進字彙外，更重要的是嗅出商業氣息。五花八門的廣告單就是招攬錢進錢出的平面銀行，她用心分析，有時用紅筆圈起來再參照新聞，日復一日等待水到渠成。大者是創業，小者是免費商品試用及心得徵文，這類推銷她都不錯過，試試自己的心理學專業及敏銳程度是否契合商業行銷。幾次徵文她都榜上有名，有時贏得產品有時賺上五或十元不等，最大一筆是三十元。自此之後，她的神來之筆漸漸地游入各種廣告徵文，零零星星的小錢也涓涓滴滴地進入存摺。

有了信心，膽子也就大了起來，帶著成品主動地找上廣告公司，希望以件計酬的寫廣告文案，老闆看了她的作品願意試用，如此一來有了動力，寫得就更勤快了，俯拾皆是的生活素材使思路泉湧般的益發奔騰。有時她也會配上一幅漫畫，可惜的是畫得不夠傳神，公司就會另請高手重畫。如芬清楚自己的繪畫功力不在漫畫，可是水墨國畫如著上水彩又另當別論，她也試過畫了幾幅加個框賣給餐廳，這種看起來不中不西的畫在外國人眼裡是中西合璧有點看頭，價錢不一定好但有人要，賺個幾文也好。原本視為副業的工作卻如此地得心應手，零星的銅板已升格為紙鈔，精打細算之下，存摺略顯厚度，已向四位數邁進。

為母則強，自從懷孕生子後，她的潛能逐漸展現在各方面，超強的生活能力、不屈不折的毅力、體力及精神堅韌無比，她用努力和汗水做磐石，一雙粗糙的手不停地摩拳擦掌，為的是擘劃出具體的城垣，一旦奠基就日夜兼程披星載月的不停不歇。就拿賣畫來說，她也學會了釘畫框；榔頭、釘子、玻璃等也從二手店裡陸續買來當作生產工具，有些舊材塗上一層油漆增加質感後就有不同的價值。

這種馬不停蹄的日子無論在家或在上班處，每天連坐下喝杯咖啡的時間都極盡利用，邊喝邊想賺錢的門道，大概除了睡覺外沒有身心上的休息。

這般有滋有味的紮實歲月已過了兩年有餘，白天在社福單位工作，晚上伏案寫廣告或畫畫，星期日下午到德蘭之家看顧嬰兒，日無荒度，緊湊的歲月容不下滄桑和嘆息，有的卻是滿滿的希望和孩子鏗鏘有力的哭笑聲。

如芬一直渴望能跟孩子同榻而眠，輕撫他們的身軀，逗弄他們發出咿呀的笑聲，在德蘭之家畢竟不是自宅，無法隨心所欲，星期日下午看顧嬰兒是工作，不能只顧自己的孩子。如芬思前想後，兩個孩子不能長此以往的無家可回，擁有一間專屬他們母子的家是急需之事，這種壓力迫使她不得不趕快購屋。

為了安置孩子，購屋成了她現今最大的計畫，凡有舊屋出售，她都會利用中午吃飯時間去看；每看一間就做筆記，記下地點、價錢、屋子的狀況及貸款利息等等。足足看了半年才勉強找出一間尚能負擔得起的貸款，屋子雖然陳舊，並無破損，搬進來無需整修就可住人，幾經商量，辨得貸款後終於有了自己的窩。

這是間二房一廳一衛浴的舊屋；附近都是低收入人家，來往的車子也都是平價的舊車，像樣的車不可能穿梭於此。小小一間房子要承載他們母子三人的飲食起居未嘗不可，客廳一角落是廚房，所謂廚房也只是放個冰箱及炊具而已，對她來說，做飯時眼力所及能看到孩子的動靜比啥都重要。屋子裡的她才是梁柱，頂住一片屬於他們的屋宇。

一張大床、沙發、舊冰箱、餐桌及幾把椅子等物件幾乎都是教堂倉庫搬來的陳年家具，這些家具都是教友不需要而捐出來義賣的，賣不出去堆在倉庫等待另一位主人。尤其是那張大床十分結實，只因為比雙人床大了幾許，無人問津，庫存了好幾年，這下被識貨的新主人免費撿到，也算物盡其用，她就是要容得下他們母子三人的大床。西方父母從小培養孩子各自獨睡，他們母子情勢所迫不得不如此。她要把握與孩子共處的時光，無論是醒是睡，只要看到兩個小子就看到了希望。自馮力離去後，她枯竭的心靈因兒子而如大旱之望雲霓，如今兄弟倆像敞開的水閘為她注入生命的活水，灌溉心田。

如芬買了油漆借了梯子開始粉刷她在美國的第一個家，整整兩個月才刷完室內及室外；這些粗活她以前不曾動手做過，現在只要不動到錢，她可以完成的也就不假他人之手，親力親為。這種手腦並用的謀生技能，有形無形的增加了她生活的厚度及深度。經她這一番粉刷，讓原本不起眼的房子煥然一新，路過的鄰居都嘖嘖稱奇，連她都覺得自己不是池中物。看到粉刷後的房子，突然興起一個念頭，如果買舊屋重新改裝粉刷再賣出去倒可試試。一旦有了這想法就好似抽出一個線頭，源源不絕的線絲也就越拉越長也越拉越多。

目前先住一陣子，做好相關的學習，待時機成熟後再出手試試；有了新目標後日子更顯忙碌，要做的功課也日益增加。

這棟房子對她來說是力量的延伸，它像雨天的那把傘，撐起來遮風擋雨，讓母子三人去寒保溫，共聚一室；劉禹錫陋室銘的那句山不在高有仙則名，水不在深有龍則靈，如今她的家就是有龍則靈，而且還是雙龍呢！

既然有了家，一到星期五下了班，她就將兒子接回來，直到星期日中午再送回德蘭之家。雖然一周不到三天能周旋在兩個小孩間，做母親的已感充實。兄弟倆有時拉她衣服有時扯她頭髮甚至口水抹在她臉上，她都甘之如飴，似蜜般的「唾面自乾」，其他諸如：光是吃飯就趣事不斷，先餵哥哥，弟弟就抓盤搶匙非要跟哥哥一起吃，只好一人一口的餵，看著兄弟倆旺盛的生命力，頗感安慰。洗澡時亦是兩人一起洗，四隻小手不停地在澡盆裡拍打，水花濺得她滿頭滿身都是水，母子三人樂享天倫。三人坐臥床上，左擁右抱，親親他們的小臉，捏捏肥肥的手臂，這種肢體的接觸傳給她無比的溫暖和滿足，所有的勞累和辛苦都昇華為奮鬥的驅力。

兄弟倆一到八點半就入睡，這是在德蘭之家養成的好習慣，趁著他們睡覺時她才開始洗碗洗澡洗衣服，以前在家雖然也做這些家事，卻是母親三請四催後才拖拖拉拉心不甘情不願的去做，如今一會功夫做完所有的家事，然後開始寫廣告文案或研讀售屋相關的書籍及繪畫。

有山靠山，有海靠海，是過去的她。

如芬自己都沒想到她有這等能耐，一人帶兩個小孩外還要日裡夜裡不停的工作，不但沒有被擊垮反而愈活愈勇；如果馮力在身邊，她的潛力永遠是「潛力」，沒有發揮的餘地。心理學上說得好，人都是求生怕死，為了生存總會掘出生命的根苗，用自己的潛能澆灌使之萌芽茁壯。

夜闌人靜，她思索的不再是遠在天邊的人而是近在眼前的雙生子，他們的一顰一笑才是維繫她無怨無悔所付出的感情。對馮力和兒子的愛已變得此消彼長。

他不再出現她的夢裡，夢中樂園滿是兒子的笑鬧聲，母子三人倘佯綠地花叢，互相追逐，放浪高歌，兄弟倆即使如風箏飛得再高，她手上的兩條線都抓得緊緊的……是夢也是真。此刻的她將過往的感情慢慢收攏，然後束之高閣；如今她釋出更細膩的愛，這份有血緣的愛是矢志不渝的，也激勵了她登高望遠的契機，這一切歸因她價值觀的選擇。當時生子的初心堅持至今，至於將來如何不得而知，擺在眼下的生活歷程是值得她付出的，兩個小子回饋她的是從未有的能量及喜悅。她因孩子開拓了視野，打開不曾看過的書，學習新事物，練就主動出擊的本領，學會時間的掌握，斬斷縈繞不去的情絲，點點滴滴都讓她成長，一灘情傷的淚水經過攪動變為生命的活泉，滋潤她和孩子。

日子在忙碌中滑過，兩個小傢伙已轉入三歲到五歲的德蘭幼兒園，早上送去，下午三點半放學，放學後再多待一個半小時等她五點下班來接。看顧嬰兒的工作已停止了，該付的學費一毛不差的繳納，她和母親康老師一樣是不占人便宜的，修女跟她相處久了也知道她的個性，來往的過程中如芬該給的一定如數付清，需額外付的也照付，放學後多待的時數亦是如此。

每天早上兄弟倆穿戴整齊，由媽媽開車載他們上幼兒園，他們身上穿的衣服有些是教友小孩長大不需要後送給她的，如芬不在意穿舊衣服，只要清爽乾淨，她是能省則省，一個子都不浪費。故事繪本也是舊的，每晚拿起繪本唱作俱佳的講故事，小傢伙總是聚精會神睜大眼睛看著媽媽維妙維肖的表演，如芬實在有演戲的天分，兒子常隨著她生動的表情及語言，走入童話中，有時居然手舞足蹈跟著故事主人騎馬飛馳，或者在空中比劃拔劍揮刀，從他們的反應可窺出兄弟倆的吸收學習能力不差。華人最在意孩子的教育，根深蒂固的認為萬般皆下品唯有讀書高，如芬有個當老師的媽媽，這種觀念是不容質疑。為了生活，她沒繼續讀碩士，孩子絕不能少了學習的機會，她的苦心孩子目前是無法知曉，至於將來能否體會言之尚早。

幼兒園的孩子有些是父親來接，有時父母一起來接。

三歲的小兄弟在回家的車上問媽媽：「我們爸爸在哪裡？」如芬意識到孩子有了模糊的感覺了。

「爸爸在爺爺奶奶家，他們不在美國。」這是一個遺憾又無奈的正確訊息，要孩子接受卻是殘忍的。

「媽媽妳叫他們來美國啊！」

「我試試看吧！」這是母子間第一個不得已的謊言。如芬心裡暗忖，將來你們十六歲時，我會一字不漏地告訴你們。

有關爸爸的問題，孩子又問了幾次，每次的回答是一致的，並沒有疾言厲色阻止他們不能問，如果嚴厲禁止反而讓孩子覺得他們是真的沒有爸爸的小孩。這點常識她運用自如。

兩個小孩非常喜歡去幼兒園上學，每天回來興奮莫名，有說不完的趣事，都是其他小朋友的糗事，有時如芬也會適時的指點兄弟倆，不能笑別人，自己也會有尿褲子的時候喔！

# 八

如芬接到茱蒂終於要結婚的喜訊，請小兄弟倆當花童，兩人的衣服都買好了，過陣子就會送來。茱蒂善解人意，她不要如芬破費，既然請他們來當花童，花費自然由她買單，她這個代母每年聖誕節也都會寄禮物給兩個小孩，算是盡責的代母。

茱蒂交過不少男友，大抵都無疾而終，如今這位由未婚夫晉級丈夫的大維（David），如芬也見過面，比起前幾任男友要成熟多了，英挺的身材，穩定的工作，只是每年有六個月在海外服役，茱蒂對此倒沒有意見，只要對她好愛她就可以了。

為了參加好友的婚禮，如芬特地去買衣服，她看上的衣服居然都穿不下，能穿的都是普通的樣式，這時才驚覺到自己的身材早已走了樣。生完孩子後幾乎沒買什麼衣服，寬鬆的孕婦裝套在身上，再拿條絲巾往腰間環一圈打個蝴蝶結就成了時尚洋裝，可以拆開線頭放寬的衣服她也重新縫過；真是窮則變變則通，如今是參加婚禮怎可顯得寒酸和隨便。再說近兩年手上也有點小錢，也該買件適當的衣服了，只是纖細的模樣不再。以前和潔西卡同住的時候，房門上鑲有穿衣鏡，她們每天出門一定前後左右看了又看，如今家裡只有盥洗室才有鏡子，且只能照臉而已，另外有面小鏡子給小孩用的。不過才三、四年，自己體重就增加了十五、十六磅，想起來真嚇人。如果不是茱蒂的婚禮，她可能還沒意識到變形的身材；亡羊補牢為時不晚，從今起注意飲食，澱粉類、甜點都要少吃。古諺有云：心寬體胖，可是心可寬，體絕不能胖。

漂亮女人的亮點通常離不開臉蛋和身材，還不到三十歲的人怎可養一身贅肉，當年風華去哪了。如芬心裡尚有一點點希望，將來有朝一日還能見到馮力的話，不希望自己滿臉橫肉拖著臃腫的身軀，即使腰纏萬貫也失色。從現在起，賺錢跟保住青春同樣重要，以她的毅力應該能回復從前的容貌。

兄弟倆穿著茱蒂買的小西裝，人模人樣煞是好看，兩人旁邊各有一位小女孩，四個花童增色不少。教堂管風琴奏起了結婚進行曲，茱蒂由她父親牽著緩慢的走向祭臺，大維著軍裝直挺挺的站在祭臺前等著他的新娘。這一幕讓如芬很感動，眼眶裡滿是淚水，她替茱蒂高興，也誠心的祝福她婚姻幸福。以前在電影裡聽到結婚進行曲就讓她神往，希望自己也有那一天。如今這首莊嚴幸福的結婚曲子不可能出現在她的生命中，馮力要離開她回國時，她篤定自己不會再愛上別人，如果說下個男人也許會更好，她也不改初衷；地老天荒全心守候那短暫的感情，她不是等也不是盼，只是真情值得為伴，又有相似他的人環繞左右，夫復何求！

茱蒂婚後將遷往華盛頓州的西雅圖，大維有一棟祖父贈與的房子，暫時不工作專心當家庭主婦，先生要半年不在家，她要珍惜相處的時間。美國女孩婚前交多少男朋友都無所謂，一旦結婚，除了要冠夫姓外也有夫妻間的約定。他們的約定自然不同於華人，總之比較起來西方人不受長輩的干擾，兒子的家公婆不是來去自如，媳婦有權拒絕公婆「好心關懷」。華人則不同，父母大過媳婦，常常指點江山，如同住，當媳婦的地位更是一落千丈，小姑小叔的地位都勝過嫂嫂，當然明理的公婆也有，那是媳婦的造化。西方人是不太認同「造化」的，夫妻是平等的，這是天經地義的，不是公婆施予的恩惠，也因如此少了婆媳糾紛，兒子沒有選邊站的困擾，真有婆媳不和，兒子通常是支持妻子的，因為那是我們的家，做母親的只好回到她管轄的地方去。

夫家對如芬來說是兒子的家，她今生是無緣了。她跟馮力在一起時從沒想過媳婦這個名分，也許冥冥之中注定她就沒那個身分，不過母親的身分帶來的快樂和成就肯定比媳婦好太多。

新婚夫妻帶著大夥的祝福就駕車去度蜜月，人群也逐漸散去。大兒子康晉拿了一朵玫瑰給媽媽，小兒子也拿了幾朵花分給當花童的小女孩，如芬頓時覺得她的兒子是體貼入微的紳士，她從未教過他們這禮節，是否是學校教的？

她摟住兩個兒子，親親兩張小臉並直誇他們：「很有禮貌的紳士，誰教你們的？」

康原一本正經地答：「我們看到有男生把花送給女生，哥哥送給媽咪，我就送給其他的女生。」

小小年紀就知道憐香惜玉，真是天賜麟兒。

舉行婚配的教堂離家較遠，開車需一個半小時，婚禮結束，如芬就帶著兩個小孩打道回府，兄弟倆一路上不停的問：「妳跟爸爸結婚時有沒有花童？」

「沒有。」

「為什麼沒有呢？」

「找不到像你們那麼可愛的花童啊！」

「爸爸跟大維叔叔一樣好看嗎？」

「一樣好看啊！」

「爸爸有送花給媽咪嗎？」

「有啊！也是玫瑰花。」

「爸爸有親你嗎？」

「有啊！」

「爸爸愛妳嗎？」

「愛，愛我們三個人。」

「什麼是度蜜月？」

「兩個人很快樂地去玩，暫時不要上班。」

「妳和爸爸有去玩嗎？」

「也算有啊！我們是去散步。」

「爸爸會來美國看我們嗎？」

「媽咪不知道，很抱歉囉！他到美國來會很遠。」

「以後我們長大去看他，可以嗎？」

「當然可以。」

兩個小兄弟真是每事問。

到家後，如芬把兒子送給她的花插在空瓶裡放在餐桌上，她看了又看，想到他們的爹曾撿拾商店丟棄在路旁的花給她。那時馮力特地從一堆花叢中挑些未謝的玫瑰拿給她，上面還夾張紙條，紙條尚在一個信封袋裡，花早已謝得無影無蹤。繁花落盡，送花的人不知如何？真希望有隻殷勤探看的青鳥。

這場婚禮讓兒子萌生了對爸爸的模糊概念，今後要問的可能還會更多，她知道哄騙不能持續，但也不願及早傷害他們的心靈，雖然每晚睡前有教他們祈禱，可是並沒點出爸爸這個專有名詞，只是籠統地說：「請主保佑我們大家健康平安。」在如芬的世界，馮力也是「我們大

家」的其中之一。

兒子的世界會隨著年齡擴張，尤其對身邊沒有爸爸的身影多少會覺得奇怪；她工作的社福機構，一些寄養兒童對父母親的概念是模糊的，無非就是因酗酒、吸毒、暴力、離家或重殘或死亡，沒養家教子的功能，所以只好住在寄養家庭。她和馮力分開是難以用言語說清楚的，不要說是孩子，就連大人也不清楚兩岸華人的政治立場。這一分開前途不明，能否再見不得而知。如芬能做的就是傾全力當個盡責的好母親，母兼父職在精神及物質上讓這個家不虞匱乏。

參加婚禮的兩個小傢伙也許興奮過度，晚上不到八點就睡了。第二天又是上學的日子，如芬在廚房弄早餐，哥哥康晉已醒了，自己穿衣洗臉刷牙，這些事他們早早就學會了，不用他們的媽媽操心。可是今天康原還沒醒，雖然小哥哥叫了他幾次都沒回應。如芬沒看到康原，就到屋裡叫他，沒反應，摸了摸康原才發現渾身熱燙，趕緊拿了體溫計量了一下，華氏一〇一點三度。

如芬打電話向上司請假，等康晉吃完早餐後送他上幼兒園，然後直奔約好的診所，康原整個小臉紅通通的，一言不發的坐在車後座，如芬心裡很難過，為什麼自己那麼粗心，每晚都在賺錢的事上打轉謀劃，忽略了小孩，如果有什麼後遺症那就太對不起小孩了，想到此眼淚就直落。她自己可以承受吃苦勞累，孩子已少了父愛，不能再讓他們身心上受到委屈，她迅速調整好心情收起眼淚面對當下。經醫生檢查後斷定是扁桃腺發炎引起的高燒，開了藥也叮嚀母親注意觀察。如芬帶著康原回家休息，看著兒子有氣無力的模樣心痛不已。

記得有一次馮力也曾因扁桃腺發炎而發高燒，說好一塊午餐卻沒出現，找到宿舍才知道他病了，當時她就有心痛的感覺；別人生病不痛不癢，頂多祝他早日康復；馮力生病她的心就很沉，跟著阿里進到宿舍來看馮力，摸著他發燙的頭，問吃藥沒？簡直像母親關心兒子般的著急，折騰了一星期才康復。這期間她都小心翼翼注意他的飲食，這個不能吃，那個也不能碰，弄得馮力嘴上說煩，心裡卻暖烘烘的。

馮力身影遠在萬里外，可是隱性顯性的基因特質時不時的從兩個小孩身上冒出來；偶爾一兩句童言童語及表情還真像他們的父親，讓她總感覺到馮力的影子揮之不去，其實她並不希望有這影子在她周圍。目前最需要的是事業，不是讓她沉迷眷戀的愛情，一把慧劍斬斷過去的、爾後所有的情絲，不再牽扯任何感情，專心致力於她想要的人生格局。一個人能否成功，少數歸於幸運，多數是靠自我抱負及自我期許的高意志力，如芬就是朝著這方向邁進。

兒子痊癒後，如芬又開始晚上的工作，唯一不同的是她會每隔一陣子進去看看熟睡的他們，看著日趨長大的身軀，心裡頗感安慰，工作起來就更有勁道。

她有一個大型的手提袋，裡面放著筆記及蒐集的資料，等到孩子入睡後就開始在餐桌上做功課，無論是撰寫廣告或研究房屋銷售市場都比以前當學生用功好幾倍，也因敏感度高，心得也越來越清晰。她發現從臺灣來的移民有逐漸增長的趨勢，這些年臺灣的經濟蓬勃發展，她開始積極蒐集成長釋放出來的訊息及衍生的動向，從華府、北京、臺北均可嗅出蛛絲馬跡，這是一個契機。

## 九

弟弟如篤來信說：他已服完兵役，準備來美，申請S大學的研究所早已通過且有獎學金。

如芬之前也告訴弟弟，希望他學會開車，如篤也聽從姊姊建議學會了開車，倒是父親不以為然，去讀書學開車做啥，難道不能坐公車嗎？有些事跟父親是很難溝通的，他以自己的生活模式及經驗悟出的美國，不是女兒信中陳述的美國，子女與其力陳不如三緘其口。母親雖然也不瞭解真正的美國，但不會妄下斷語，母子關係比父子關係好太多了。

如篤這次出國的機票費用仍由父親支付，將來的生活住宿均由姊姊支付，當初她不讀碩士要工作就編了一番理由，如今是要兌現了，好在如芬手上是有幾個小錢，連替弟弟買部中古車的錢她都備好了。她可以委屈自己，但絕不虧待如篤。為了弟弟要來，她已把另間空房整理妥當，讓弟弟放假時有家可回。

兩個小孩不知道舅舅是什麼人，如芬告訴他們說是媽媽的弟弟，小兄弟追問：

「我們以後還會有弟弟嗎？」

「不會！」

如芬斬釘截鐵的回答。這是一句非常肯定的答案，有些事可以隱藏故作忘記，但不能移動她的心志，那是她的堅持。

如芬非常盼望如篤來美，她很想找個人商量一些事情，不管幫不幫得上忙，能聽聽另一個人的意見總是好的，這個人必須是她全心信賴的，如篤就是她最相信的人。弟弟不多話，沉靜理性又善於分析，在家時多次替母親解困，有時學校同事或家長有事相煩，母親心太軟不忍苛責或拒絕對方，如篤就抽絲剝繭，讓母親看清真相後茅塞頓開迎刃而解。

如芬在機場接到八年不見的弟弟如篤，兩人相擁而泣，弟弟比以前壯了點，仍舊一派斯文相，如篤看到姊姊比出國前胖了許多，心想日子過得不錯吧！如芬的確變胖了，自從生了孩子後，她沒再留意身材，不過目前減肥仍在進行中，有時她需要強壯的體力和身軀，至少看起來可以保護兩個稚兒，何況要做兩份賺錢的工作。現在每分每秒都踏踏實實地進行著，不似以往飄飄然的在夢幻中編織生活。

如今自己最愛的親人也走進她的生活圈裡，陰霾的日子能否逐漸遠離，還需要時間及奮鬥來推移。

如篤上了姊姊的車，一看車裡有兩張小兒安全座椅，開口就說：

「你在當 Babysitter？」

「對啊！一半的時間在當兩個小孩的保姆。」

「真辛苦！社福機構的孩子？」

如芬之前有跟家裡提到她在社福機構工作，家人都替她高興，至於兩個兒子的事隻字不提，能瞞多久就瞞多久。

她並沒回答如篤的問話，等到家再告訴他，自信弟弟會體諒她的難處。

車剛停好，如芬馬上下車打開後車行李箱，一把提起弟弟的行李，往房裡走，如篤還來不及反應，行李已經放在屋裡了。

如篤簡直不敢相信自己的眼睛，姊姊居然有這麼大的力氣。如芬以前做清潔工時同時提兩桶水是經常操練的事，現在左右手各抱一個孩子也是家常便飯，提個行李搬個重物是司空見慣不足為奇的事。一個手無縛雞之力卻不向困頓屈服的人，爆發出來的力量是難以想像的，她就是朝著標竿前進的人。

如篤看了屋子的內室及前後院，雖然不大，可是窗明几淨，餐桌上還插了一瓶花，整個房間布置得雅潔清新，廚房沒有油煙汙垢，就像家裡不開伙的廚房，至於兩間內室因無雜物，看起來就很明亮，深色窗簾夏可遮陽冬可擋寒，家具不多，每件都發揮最大效用。

一切就緒後，如芬沖了兩杯咖啡，坐在客廳也是餐廳，跟弟弟講正經事。

「如篤，那兩把小孩安全椅是我雙胞胎兒子的，他們今年三歲了，下午五點我會去幼兒園接他們。」

如篤吃驚的表情並沒讓她覺得奇怪，任誰聽了都是如此反應。接著又說：

「我和他們的爸爸是同學，他畢業要回國，我不願跟他回國，所以留在美國，他不知道我懷孕，當然也不知道小孩的事。」

一口氣說完重點，就是不提馮力的身分。

如篤回神後才問：「你們有沒有結婚？」

「沒結婚，我是未婚媽媽，在美國不是什麼不堪的事，我不會自怨自艾，目前生活還可以，白天在社福機構上班，晚上在家接廣告文案，汽車貸款已付清，房子貸款還在付，不影響生活。你不用替我操心，只希望你不要告訴家裡。」

「妳不讀碩士的原因也是在此吧！」

「也許是吧！我不是讀書的料，能在美國讀完大學已經足夠了，有工作能賺錢才是我讀書的目的。什麼學海無涯，孜孜於學問，對我來說都不適用，人各有志，我志在賺更多的錢。」

聽完姊姊表白，如篤語重心長地也說了他的看法。

「妳今後有何打算，會去找他嗎？或再找個適合的人結婚。我覺得妳太辛勞了，身體能長期支撐嗎？父母要瞞多久？」

弟弟生長在傳統的社會裡，所有的價值觀與一般人無異，女人離不開婚姻，子女雖已成年仍以父母看法為要；在臺灣也許適用且毋庸質疑這種想法，可是生活在先進的西方文化裡，這種差異最好調整到越小越好，不然認知失調無法在美立足，更別談生存創業了。

如芬在國內上心理學課時沒有太多的生活經驗及感觸，來美後才認識心理學的實用價值。《論語》、《孟子》、《老子》的哲學思想固然有其博大精髓之處，但在心理學的領域並沒將這些學說作為探討，幾乎所有早期心理學都是以歐洲為重鎮，衍伸出來的各派別也都有一席之地。每個學說都重視個人價值，為個人生活，而不是為他人的看法而改變自己去俯仰別人的認同。跟弟弟談了許多這方面的看法，她不完全是為自己的抉擇辯白，而是讓弟弟了解西方人看事情的角度不同於華人，要盡量融入當下的生活，才能在人事物方面找到捷徑。

如篤學習能力很強，領悟力也高，幾經點撥就能了然於胸，雖然無法照單全收，但會做一番思考再認定其學理及社會價值。總之如篤也向她保證這是姊姊的事，尊重她的決定，他這個弟弟絕不會說嘴撇弄，請姊姊放心。

如芬接回兩個小子，兄弟倆一進門就好奇地問：「舅舅在哪？舅舅在哪？」

如篤一看到兩個小外甥，一把抱起兩個，左親親右親親，高興得不得了，他不一定喜歡小孩，但姊姊的孩子有著他們家的血緣，自然就是一家人，何況又長得極為可愛逗人。

「誰是哥哥？」

「我是哥哥，他是弟弟。」
「叫什麼名字？弟弟先講。」
「我叫湯圓。」如芬糾正發音不準的弟弟說是「康原」。
「我叫康晉。」
如篤驚訝的問姊姊：「他爹也姓康啊！」
「我用媽媽康老師的姓。」
如芬順便也把他們的英文名字告訴弟弟，畢竟他們是用英文名字來建立社會溝通的，中文名只適合家裡呼喚而已。
如篤帶著兩個外甥玩，如芬在廚房做晚餐，不到一小時就擺了一桌菜，動作迅速效率奇佳。四個吃飯的人都是一家人，時光倒流，好像回到小時候的情景，這美好的畫面讓姊弟心頭感到陣陣暖意。
離開學的日子尚早，這半年來如篤在姊姊家學會了不少新事物，幫忙家務如吸塵、燙衣服、洗手作羹湯，這些事以前是不勞他煩心的，跟父親一個樣，男子遠庖廚，如今為了姊姊心甘情願地做些「女人家的事」，看在如芬眼裡，將來誰嫁給弟弟都是天底下最幸福的女人。這段時間，親子親情讓她好整以暇地舒展了身心。

弟弟也佩服姊姊的勇氣及能幹，來美不到十年就買了一棟小屋，她的魄力是父母所沒有的，她的果敢更是超過他和小弟，至於未婚生子她也勇於挑戰世俗，真看不出當年一到暑假就成天睡覺的姊姊變得如此勤勞，真可謂日出而作，日落又不息，生活緊湊卻也甘甜。

如芬答應要買中古車給弟弟，可是如篤有點猶豫，姊姊那麼辛苦賺錢，怎麼忍心讓她再花錢呢？如芬的想法終於說服了弟弟。

「買車給你是希望我忙時，你這個舅舅能在放假回來時幫忙開車載他們，不然我分身乏術，連喘口氣的機會都沒有，不全然為你，也是為我，知道嗎？」

如篤真想為姊姊分擔解憂，經姊姊這麼一說，自然就答應了。

經過這半年，如篤考上駕照，也有了車，但還是有些怯生生的不太敢開，如芬就利用假日及晚上載著大家出門練車。如篤是在服役時學會開車的，開的是軍用吉普車，並沒駕照。

如篤大可不用服兵役的，只要父親動點關係，附上醫院證明，名正言順的免了兵役，可是如篤最怕別人知道他不服兵役是因為有貧血的毛病，所以堅持要服兵役，像他這種人還真是少之又少。在服兵役時他對上司非常恭敬，明知他們教育程度不高，他還是開口閉口的「請教長官」，尤其「請教」兩字用得十分謙恭，長官們也因孺子可教也，對他也網開一面施些小恩小惠的；知道如篤想學開車，長官就請了一個駕駛兵私下教他，有時如篤也主動問長官有沒有要幫忙的事，他只要能力所及很願意效勞，一年多的兵役順順當當的服完。真是識時務為俊傑也，看似斯文蒼白的如篤未來亦是不容小覷。

考駕照這類小事是難不倒如篤的，要開上高速公路是需要膽量的，一回生二回熟，久練成剛。如芬心裡很清楚從她家到S大學至少需六小時，回來一趟不易，買部車讓弟弟在CA州的北邊兜兜轉轉，增加文物風情閱歷是她目的之一，希望如篤幫她看看另一邊的CA州。

還沒開學又逢假日的這段日子裡，如芬一早載著如篤和兩個小孩到C大去逛，她是有心的，到了圖書館臺階，她請如篤幫他們母子照相，三人坐在臺階，兩兒左右各一，另一張是圖書館門口，也是當年第一次看到馮力的地方，牽著兒子照了一張。兩個小孩一登上石階就上上下下的來回半爬半走，樂此不彼，如篤是很仔細的舅舅，他也跟著兩個小外甥上下走，為的是他們的安全。如芬看到精力旺盛的兒子就心滿意足，又看到以前弱不禁風的弟弟有了紅潤的臉色及好的體力，心裡滿是安慰。自從弟弟來後每日餐費逐漸增加，她經常買牛肉燉胡蘿蔔，菜式也常翻新，兒子及弟弟都需要營養，這番苦心沒白費，全從他們身上散發出來。

她自己曾在餐廳待過，學了點做菜技巧，做十樣不同的菜並非難事，但也因此她幾乎不外食，在家烹煮除了衛生也可省許多伙食費，所以連午餐都是早上做好的。今天她也做了一大袋食物，帶著他們到木桌椅處吃午餐。

如芬帶了一張餐桌布，展開拿出食物，剛清洗過小手的兄弟，兩人都抓起裹著碎牛肉的捲餅，一口接一口的吃得津津有味。以前在家也做過碎牛肉捲餅，可是沒今天這副吃相，看樣子頗有乃父之風，當然只有她知道。弟弟幫他們照了幾張照；剎那的談笑變成永恆的紀念，父子的模樣逐漸形成也越來越清晰。

「姊，妳以前有來這吃午飯吧！」

「沒錯，常來，跟同學。」說得不假。

「應該沒這麼豐富吧！」如篤指著一桌的食物。

如芬一面搖頭一面說：「是沒那麼豐富，只有水和三明治而已！」省去一段不願告人的往事。不過兩個小孩最愛吃的碎牛肉捲餅，卻是常出現在這木桌椅區，那是再久遠都無法忘記的事。如芬不會刻意再去想他，今天只想照些照留著等將來看圖說當年事。

吃過午餐後兩個小孩開始倦了，平日幼兒園都有午休時刻，他們的作息已被制約了，每天都很規律，如芬趁著他們還沒睡時走到停車坪，不然抱著他們走一段路還頂吃力的。小孩來時神采奕奕，又跑又跳，現在昏昏欲睡，像拖不動的重物，如篤乾脆抱一個背一個。

到了停車坪，如芬對弟弟說：「你既然已有了駕照，你開車罷！」

「好啊！我開車，妳坐在後面就認真祈禱，保佑一路順風到家。」

如篤載著姊姊和外甥，開起車來小心翼翼，他不開快車，一定照著規定時速行駛。馮力也是這種個性，所以能讀出名堂來，如芬相信弟弟也會順順利利唸到他不想唸為止。

回到家時，兩兄弟早已在車上睡著了，兩個大人各抱一個把他們放到床上，如芬先幫大的脫鞋脫襪，如篤看到後也學著幫小的脫去鞋襪，他能做的他一定分擔。到姊姊家他忙不迭的做些雜事，讓姊姊歇息歇息。姊弟的感情是從小培養出來的，如今置身異國，手足之情只有更深更親。

如芬跟如篤談起了想從事買賣房子的事，她拿出幾張照片給弟弟看，照片上是這棟房子的原來面貌及剛粉刷後的樣貌，讓弟弟比較評比一番。

「差那麼大，粉刷又花了多少錢？」

「買油漆自己刷的。」

如篤不可思議這棟房子居然是姊姊獨自粉刷完工的，對姊姊簡直佩服得五體投地。至於談到賣房子的事，如篤在理性上絕對贊成，感情上唯恐姊姊身心負荷太重太繁。

「不急於一時，先具備相關知識和訊息再出手。」

如芬把她目前的想法告訴弟弟，讓他放心不做無謂的擔心。

如篤當然認同，不僅是姊姊要具備這方面的知識，他也要了解工程方面的事。

如芬老老實實地把買車給弟弟的部分原因告訴他，希望他利用課餘開車看看北CA州的房子，將來要買賣房子也有個準。

如篤意識到他家出了個事業心很重的人。父親校階軍職已沒什麼升遷機會，有空閒就是打麻將或看武俠小說，母親工作認真，校長請她兼個主任，母親好言拒絕，因為行政主管工作時間會加長加繁，有時又要開會或到外地研習出差，母親不願犧牲與家人相處的時間，只求安安分分上下課，能照顧好先生和孩子就是她最大的心願。

如今姊姊驚世駭俗，赤手空拳的想與天地博弈。為了要從事這方面的工作，對土地銷售、貸款、利潤、房屋鑑定、法規等都花了一番工夫研究。好在姊姊還有信仰，不然唯利是圖，獨大獨斷的不可一世，眼裡只有錢財，沒有法理，即使財貨滿坑滿谷，反倒成了罪惡的淵藪。

如篤把想到的疑慮跟姊姊說：「妳想做這事跟孩子的父親有關嗎？想做出一番事業讓他瞧瞧……」

如芬沒想到弟弟居然有這種想法，以為她被對方放棄而要揚眉吐氣做一番事業出來讓對方刮目相看，這誤會真是大了。

如芬坦誠地告訴弟弟，她對康晉康原父親的感情，他有不得已的苦衷，她能體諒，是她不願放棄美國的生活，何況你和小弟也要來美念書，我怎能自私不顧你們，我用了家裡不少錢，不甘心就此跟他回國，我想買賣房子純為賺錢，試試美國夢是否有成功的機會。

如篤從姊姊的話中知道他們很相愛就得到了澄清，他也篤定的回應說：

「我會做好妳交代我的那一份工作，妳有需要就通知我，我不會本末倒置荒忽學業，妳放心，不然爸會氣炸了。」

如篤說的一點沒錯，父親用家鄉帶出來的黃金換成美鈔，供姊弟留美念書，結果如芬只讀個大學，他已經夠嘔氣了，現在希望寄託在如篤身上，只盼拿個博士光宗耀祖，在同事間炫耀炫耀。

如篤研究所的功課不輕，他無法兼顧姊姊交代的事，除了有較長的假日可以來回姊姊家外，其他時間都在宿舍讀書，他對化工並沒太大的興趣，雖然讀得很好，那只是證明他的天資及用功而已。以前在讀男校高中時，一個年級十來班，四分之三是選理工組，自認優秀的男生尤其是家長更是以理工為首選。少數獨具慧眼的才會以政治外交、經貿商業做為志願，當然有些人也跟如篤一樣根本不知道自己興趣在哪，反正考上第一志願做為讀書目的。

如篤來美後益發覺得自己在讀書上沒有找到真正的樂趣，優異的成績不一定能帶來成功，至於成功的定義是什麼，他不是很清楚。總之目前他只能把碩士拿到，以後是否要繼續唸還是未知數。

如芬只要弟弟回來就會加菜，給他進補，她深知留學在外的除非家裡資產雄厚，其他靠獎學金念書的幾乎都是省吃省用，弟弟亦是如此。

如篤也知道姊姊的用心，每道菜都吃得津津有味，不像以前在家會挑食，將父母的關愛視為天經地義，對姊姊則是發諸於心的手足之愛，真是可憐天下父母心，大凡做子女的都認為父愛母愛是天性，沒啥了不起。如能愛一個跟自己沒血緣關係的人才是大愛，至於兄妹姊弟能相親相愛未嘗不是天倫之樂。如篤深知自己身在福中要知福，對於父母的寄望他是置身兩難之間。

這次回來他徹頭徹尾地跟姊姊談了他的想法，他不想再念博士了，即使要念書也不會繼碩士之後，而是工作後再衡量。

如芬聽如篤這麼說，也愣了好一陣子，她要澄清弟弟不繼續讀博士的原因，是否跟她有關。如篤坦誠地把自己的想法告訴姊姊，他從小就沒忤逆過父親，事事順著他的心意，連戀愛都被他干涉，說是要出國念書不宜談戀愛，將來走不了，最後勉強跟女友分手，現在想起來很懊惱。如果我一直這樣照著爸的意思過日子，將來我不會找到幸福的。我在研究所的成績沒問題，論文應該也會通過，所以拿到碩士學位後我要考慮工作，妳暫時別跟爸媽說。

「我們真不愧是姊弟啊！處理事情一個樣，你要從事哪方面的工作？」

「先從妳這裡得到的知識開始，如果行的話就做下去，不行就另謀其他行業，我要學著試探，才能獨立，這也算我來美留學的一點收穫吧！」

一九七三年從臺灣來美的人漸漸地多了，當然她知道原因，有人視為「大難當頭」，她卻視為契機，從小她就沒什麼鄉土觀念，人只要不做壞事就好，這種「世界公民」的態度讓她隨遇而安，整個大環境讓她無處不自在。

一九七五年如芬貸款買了一棟舊屋，又花了五個月整修再賣出去，小賺一筆，心也就大了幾許，開始第二棟的尋覓。

兩年的時間彈指間就過了，如篤開始跟著姊姊做房屋買賣。

來看屋的女眷，一看就知道家裡的男人有重要職務不便出頭，她就視對方身分帶去看不同檔次的房子，然後說些真心的、假意的，無非就是能賣出去為目的，只要買方反映哪裡有瑕疵，姊弟倆一定答應修到好為止，絕不巧立名目收費。

剛開始從千賺，漸漸地從萬賺，一個萬、兩個萬逐漸十、二十；在進入萬時如芬就辭去了社福的工作，專心於房屋買賣，有了如篤更是如虎添翼，姊弟的心也就更擴大了，開始找財主買地建屋出售。有獨棟（house）也有公寓（apartment）或連棟五、六家的二樓房屋（condo）。建商也是由若望神父介紹認識的。

這時的趙如芬已是個嗅覺靈敏的商人，弟弟如篤也非同小可，他對建築水電更是了如指掌，姊弟視賺錢為樂，那種成就感直比拿博士快樂幾倍，這種情況下如篤不再有懸念，知道自己要走的路，他要走更遠更廣的一條路。

幾年下來，如芬也因有弟弟幫著圖謀規劃，兩人的膽識越來越大，尤其是如篤進步神速，讓人刮目相看，如芬也慶幸有個能獨當一面的弟弟。

如芬來美十多年都沒回過臺灣，而今弟弟讀完研究所也在幫忙做房地產工作，康晉、康原也已唸小學了，她想回去看看父母。

為了換新護照去了駐美分處，恁地也沒想到駐美分處早已把她列為「關照對象」，請她交代那兩年與共黨人士來往的情形，這突如其來的指證讓她啞口無言，她靜坐了十幾分鐘後才吐了幾個字：「他是來修課的大陸學生，不是共黨人員，我們只是同學而已。」

駐美分處的人員拿了一些照片給她看，張張都是馮力跟王法海在一起的照片，兩人表情嚴肅，尤其是馮力面帶愁容表情呆滯，如芬從未看過他如此難看又憋扭的臉。

「你們到底要我說什麼？」

「是否還有聯絡？」

「沒有。」

「那你們的兩個小孩呢？」

如芬氣急敗壞地回答分處人員：「跟他沒任何關係！」

「他八月二號回去，你隔年三月十七日生產，很容易跟他聯想在一起。」

「我個人的隱私沒有必要告訴你們。」

「那請妳填一些資料，需請上級核示後才能決定能否回臺。」

如芬本想拂袖而去，但是一想到小弟如行也要來美讀書，接著是希望父母也能移民來美，就穩住情緒，不然小不忍亂大謀，功虧一簣。

如芬頓時轉換了態度，很客氣的告訴對方，是自己不願跟他回內地，兩人就一刀兩斷，至於兩個小孩和他沒有任何關係，如果有，他會撇下我們嗎？只是時間上容易讓人誤會。長官有什麼疑慮請盡量問，我是知無不言言無不盡。

長官一聽如芬這麼說，也覺得沒有逼問的必要，再說也沒發現趙如芬有什麼讓人起疑竇的言行。如芬不知道的是，駐外分處因恐打草驚蛇，早就暗中調查她及臺灣的家人，可是實在抓不到任何把柄，趙昕善是個胸無城府，膽小如鼠的人，康老師也是單純的上下學沒有社交生活，夫妻根本沒那魄力及膽量從事這類工作。

如不是更換護照，如芬可能還不知道自己居然還有案底。趙昕善夫妻當然也不知道女兒讓他們「蒙受關愛」。

在回去的路上如芬已想好了，放棄護照改名換姓入籍A國，雖然要等上一段時間，總比目前的身分要單純點，拿了A國護照幫父母辦移民就順理成章。

至於要用什麼名什麼姓，不需思索就立即浮上腦海，跟著母親和兒子姓康，名字就更乾脆了，就用英文名字 Connie 康妮當作入籍A國的新身分。有了新身分，將來回臺應該不成問題。

一九七八年如芬正式改名為康妮，既然自己一時無法回臺，就計畫邀請母親來美一聚。

# 十

馮力工作穩定後，接踵而來的無非是婚姻大事，只要見過一面的未婚女同事，都主動示好，周遭親朋戚友也熱心牽線作媒，無奈過盡千帆皆不是，對此馮力無動於衷，總覺得如芬的影子住在心中，很難除去。年過一年，當年的那票死黨各個都結婚了，小紅最終也嫁給周醫生，同齡的那幫好友也散至各處少有來往，如今只剩他踽踽獨行。

馮力在父母的催迫下跟幾位女孩約會過，可是談過一、兩次後覺得索然無味也就不再見面，這些女孩論容貌學歷都匹配得上馮力，只是心靈上的距離實在遙不可及，她們無法走進他心裡，寒暄一陣就靜默無語，自視甚高的女孩頭也不回的就走人；善良的還會耐心的陪著他，不放棄一線生機。總而言之，他根本不急於婚姻，一時半載無人能取代如芬在他心裡的位置。馮大娘除拜託他那廣結善緣的弟弟幫忙介紹外，也請女兒馮敏打探兒子到底要找哪一型的女孩。

馮敏問了弟弟，他坦言無法忘懷如芬，覺得介紹來的女孩漂亮有餘，默契不足，他不願傷害對方，更無法和沒感情的人同床共枕，說得如此露骨，連姊姊都覺得臉紅，只好照本回了母親，隱去難忘如芬這段話。

王法海得知馮大娘急著替馮力找對象，又聽了一些言語，略帶自信的說他來試試看，這點自信不是無中生有，是推敲而來的。

風起雲湧的大好時機已拉開了序幕；俱往矣，數風流人物，還看今朝，要大家站起來的離開了。權充者也撐了一段時日，最後腳踏實地經過幾番風雨的人上來了。

馮力的機會也跟著來了，好不容易培養的人才豈可等閒視之，馮力離開了原單位，經過推薦及層層考核和甄試後進入E部的處室工作，這工作對他來說，除了學以致用外，更讓他欣喜的是如魚得水。自此他每日早出晚歸沉浸在工作，對婚姻之事頗為冷淡，父母一則以喜一則以憂，喜的是馮力有了笑容，憂的是何年何月才能抱孫子。

隨著工作上的優異表現，馮力得到上司的青睞，漸漸地水漲船高，相關業務的主管也都視他為經國之才。當周圍的同事知道風采翩翩的他仍是單身，熱心作媒的絡繹不絕，使得他不得不思考結婚這檔事。馮力在婚姻上蹉跎的那許多時光其實是有原因的，這事只有他自己知道，他對如芬念念不忘，未開放時冒著危險私下打探，開放後仍繼續探聽，總希望有一線生機，可是幾年過去杳無音訊，如今進了重要的「處室」工作就得考慮安全，再加上每日焚膏繼晷，此事也就不了了之。

馮力雖有「弱水三千，只取一瓢飲」的心意，無奈事與願違，幾年下來，前前後後介紹的女孩如過江之鯽，卻沒一位中他意。

如今王法海這個舅舅也當起媒人來，將他朋友的女兒介紹給馮力，這位女孩是王法海看中的，他自信馮力會願意跟她來往，至於以後會不會結婚則不敢確定。雙方約了地點時間，兩人在長輩陪同下見了面，長輩們東扯西拉的講了二十來分鐘後識相的離去，剩下馮力和這位叫程蓉蓉的女孩。

兩人談了各自的工作，程蓉蓉在中學教語文，學過程派京劇，也曾粉墨登場。馮力對這位女孩有點好感，話也就多了，主動說有機會想聽戲，程蓉蓉當然樂在心裡，馬上許諾下次票戲一定邀請馮力捧場。

程蓉蓉對馮力十分傾心，雖然大她八歲，可是成熟男人展現的魅力讓她神魂顛倒。平日站在講臺不苟言笑，一本正經的模樣讓學生避之唯恐不及，如今遇到馮力整個人變得柔情似水，講話放慢了，動作嬌了點，呈現出來的是巧笑倩兮美目盼兮。程蓉蓉本來就屬中上之姿，加上刻意打扮更顯光華。

馮力看過不少女孩，程蓉蓉倒是他回國後遇到唯一願意繼續交往的人，馮力很清楚他看上程蓉蓉的原因。

兩人交往了半年終於結婚，馮程兩家的長輩比當事人還高興。馮大娘孫子有指望，程大媽覓得如此佳婿，女兒女婿都可稱得上人上人。

人逢喜事精神爽，馮力沒想到三十四歲又開始另一段生活，過去的歲月帶給他痛苦多於喜樂，跟如芬短暫的兩年卻換來無限糾纏，如今新婚燕爾讓他身心得到舒展。程蓉蓉在家和在學校判若二人，在家宛若桃花嬌美動人，一舉一動無不撩人，夫妻如膠似漆羨煞眾人。

不到半年程蓉蓉就懷孕了，夫家娘家都樂透了，兩家人都開始準備嬰兒用品，夫妻也開始討論將來要餵哪種牌子的奶粉、上班後誰帶孩子這些育兒的大小諸事。

馮力一想到即將為人父就興奮莫名，對妻子程蓉蓉呵護備至，主動做起家事，洗碗、掃地、曬衣服、收衣服等越做越順，可見男人不是不會做家事而是不願做。程蓉蓉自從懷孕後脾氣變得時好時壞，馮力總是體諒她挺個肚子還要上下課，她負責的班級總有幾個頑皮孩子，常惹出一堆是非，她就要聯絡家長，做好善後處理。教過一、兩年後教學自然駕輕就熟，可是管理學生生活就不輕鬆，青春期花樣多，有時學生故意問懷孕的老師「為什麼會懷孕？」，有經驗的老師就會說「回去問你媽」，沒經驗的就臉紅不知所措。程蓉蓉班上的學生正逢青春期，經常搞出一些名堂來煩人，這些瑣碎的事不曾停歇，當老師的就得耐心教導，尤其是當班主任；如果一昧的窮吼亂罵絕對無濟於事，既傷身又壞了師生關係，與其兩敗俱傷不如發揮同理心，大事化小小事化無。孩子成長的過程總有試探的好奇心，當老師的應該是身心成熟的大人，承擔一點經驗沒啥損失。

隨著預產期的到來，馮力想請母親來家裡住，可是程蓉蓉不願意，她希望自己的母親在身旁較方便，事實亦如此，母親好使喚，婆婆則不便。

馮力處處順著即將生產的妻子，接來岳母，家裡暫時也由岳母做主，買菜做飯、備妥生產前後需要的東西，光是這類的東西就讓馮力目不暇接。他整月薪水也交由岳母開支，馮大娘知道後不以為然，訓了兒子一頓，馮力嫌母親小氣，只好虛應故事，讓母親就此打住。他只求妻子孩子平安就好，其他的事無心過問。

過了預產期兩天終於生了一個女娃，兩家的女眷也都先後來醫院探視，馮力一下班就往醫院跑，洗了手後，護士才讓他抱女兒，馮力抱起軟綿綿的女兒看了又看，欣喜的表情讓站在一旁的護士也替他高興，護士戴著帽子和口罩只露出一雙眼睛，她不是別人是小紅。

馮敏眼尖，一眼就識得小紅，可是並不揭穿，只等到了走廊才跟小紅打個招呼。小紅拿掉頭套口罩，盡顯一張憔悴的臉，馮敏關心的問她近況，才知小紅的先生在美國進修，她一人賺錢養孩子又要寄點錢給娘家父母，目前和七歲的女兒在外租屋，她在這家醫院擔任護理工作，生活尚可。小紅一向受到馮家大小的喜愛，無奈無緣只能當朋友，如今巧遇初為人父的馮力及家人，小紅只有滿懷祝福沒有一丁點的忌妒，她的善良讓認識她的人都視她為永遠的好朋友。

馮敏沒有告訴弟弟小紅就在此醫院服務，多一事不如少一事。

程蓉蓉在大家的呵護下回家了；婆婆、媽媽忙著燉雞熬湯，三餐有吃不完的滋補月子餐，馮力的晚餐也比平日豐盛了許多。原本安靜的二人世界現在可是人聲鼎沸，岳母的大嗓門，母親的殷殷切切，女兒的哭聲外加妻子的叮嚀指使，整個家突然生動起來。萬萬沒想到女兒帶來的陣陣騷動要到何時才會靜止。

近月來馮力已感精疲力竭，回到家吃過飯一躺下就呼呼大睡，引起岳母和妻子的不滿，馮大娘卻心疼兒子的勞累疲乏，只要她能做的，她都自告奮勇馬上跑到馮力住處攬過來做，程蓉蓉也就不再說什麼。產假滿了她回校上課，孩子就由母親帶，母親有事就請婆婆來顧，兩家女人輪番上陣；家裡的老男人幫不上忙，只有守著老家，倒也耳根清靜自由自在。

亂了幾個多月的日子逐漸平復，一切也都上了軌道，白日裡上班，晚上逗弄小娃兒，生活平淡卻有趣。

隨著開放政策，裡外上下全都卯起勁的拚經濟，上焉者宵衣旰食，隸屬者枵腹從公，馮力的晚歸正說明了經濟起飛已是箭在弦上，一切都蓄勢待發。

有得必有失，馮力的職務和薪水如螺旋般上升，肩負的責任越加沉重，工作的時間隨之拉長，回到家已是萬家燈火。程蓉蓉還算識大體，她指望丈夫事業有成，妻以夫貴的虛榮心從沒停止過，既然要有成就勢必得付出代價，對馮力晚歸她總是溫柔以待，冷掉的晚餐她會加熱，陪著他說些趣事，看著他吃飯順便幫忙夾些菜在碗裡，馮力慶幸娶到賢妻，再累都值得。

日子在充實忙碌中留下一道道成功的軌跡，工作團隊抱著積跬步致千里的踏實精神向前邁進；躊躇滿志的馮力有遠圖有雄心，家中事不勞其心，整個精神專注於工作，使命必達，上司暗中已攬為機要，遇有重大事項就鉅細靡遺地跟他商討。馮力感恩上司的知遇之恩及提攜，這位上司人品高潔，馮力跟了他做起事來俯仰無愧。每項計劃撥下的經費以億計，如上梁不正稍有貪念，整個團隊就墜入深淵莫能自拔。人最大的誘惑莫過於財色，「寄語橋下東流水，出山要比在山清」，馮力沒貪的意念更沒那狠勁，對色亦避之，生活尚屬單純，干擾也就少了許多。

馮力心裡仍有一絲情意，女兒取名馮慧芬，平日就喚小芬，太太當然不知箇中原由，直說好聽又有秀外慧中之意，家裡大人也就親暱的小芬小芬的叫。

馮力陰沉的一面沒人識得出，這類的算計也只用在療癒自己的身心上，不知情就不傷人。他的「心理防衛機制」有的昇華為事業的精進，有的轉為替代作用，以前用「馬如」做筆名，而今女兒取名慧芬，由此可知他當初用情至深，受傷亦重，如今走出傷痛，可是那塊疤卻烙在除不掉的心坎裡。程蓉愛他敬他以他為榮，馮力也感念妻子對他的好，從不單獨與女同事或女性吃飯或交際，必要時一定找個男同事湊成三人防範未然。馮力的魅力隨著工作績效擴散，所到之處總有些女性藉故前來問東問西，遇到女性新聞從業人員，他也略知她們在媒體上的分量，不敢輕忽，有問必答，不便處也笑著說抱歉，憑著他出眾的儀表就征服這群娘子軍，部分好名聲就這麼來的。

許久沒去看父母了，母親馮大娘要他和馮敏回家一趟，說是吃頓晚飯說點事。馮敏比弟弟先到，還沒開口問安就看到小紅帶著女兒坐在客廳跟母親聊天。等了一小時，馮力才姍姍來遲，不過沒人責怪他，知道他身不由己，只因母親召喚不能不來一趟。一入屋內看到小紅就滿面春風地問：「難得啊！真高興又見面啦！可好？妳家的周醫生沒來？」

「我很好，謝謝關心。」小紅連忙叫女兒喊馮叔叔好。

馮力看著小紅的女兒說：「長得像妳，很漂亮。」

「你女兒也很好看，你們夫妻都俊美，小孩就更美了。」

「妳在哪看過我女兒？別給我戴高帽子。」

「在醫院，我把她抱給你的，叫你先去洗臉洗手才讓你抱。」

馮力睜大了眼睛和嘴巴，不可思議的問：「怎麼回事？」

馮敏才把那天看到小紅的事說給馮力聽，馮力不滿的怪姊姊：「小紅是我們的好朋友，當時應該告訴我的。」

「是我不要她說的，因為我在工作不能做私人的聊天，真對不起。」

「沒事！沒事！今天為啥事？」馮力趕緊轉話題，這話題是今天母親找他們姊弟來吃飯的目的。

「都到飯桌這邊來吧！一面吃一面談。」馮大爺扯著喉嚨喊大家。

母親張羅小紅和她女兒並安置座位，一桌的菜都是姊弟倆平日愛吃的，小紅以前也在馮家吃過幾次，對這些菜色也甚喜愛，女兒看到那麼多的菜就說：「我們家好久沒這樣吃了。」

馮家四口聽了都有點心酸，小紅也娓娓道來她的近況。

五年前她先生聽說美國需要麻醉科醫生，就試著去信應徵，結果醫院說需要有美國的麻醉醫師證照，她先生就辭了工作到美國進修然後再考證照，半年前已拿到證照也找了幾家醫院簽約，現在她和女兒要去美國跟先生團聚。

先生出國期間，小紅一人獨撐家計，值晚班時就帶著女兒在身邊，往往睡熟的女兒又被叫醒回家，母女這幾年吃了不少苦。一份薪水除要養活母女兩人還得留一些孝敬娘家父母，平日縮衣節食，如今苦盡甘來，出國前來向馮家打聲招呼，謝謝以前的照顧。

馮家父母姊弟都替小紅高興，馮力感慨萬千，兩人境遇互換，現在是小紅出國他在國內，順口問了小紅：「去美國哪一州？」

「CA州。」

馮力默然不語，雖然很想打聽如芬的狀況，可是思前想後還是緘默的好。人生瞬息萬變，知道又如何？回首能挽回什麼，徒增煩惱而已。

小紅和馮力走到門口時彼此握了握手，互道珍重，此一別又不知何年何月再見。青春期的謳歌已轉調為壯年進行曲，大家各奔前程，出國的不只小紅，男同學也有兩位去了異鄉築夢，在國內馮力是目前較有成就的。

風口浪尖，這群中堅分子的未來誰都無法預測。

今晚難得早歸，吃完晚餐後馮力抱著小芬坐在沙發上聽妻子唱京劇，程蓉蓉連唱帶做工，身段柔細，看得馮力不得不讚美幾句，只是越聽越淒涼，開口問：

「啥戲？那麼悲涼兮兮的。」

「《荒山淚》。」

馮力對京劇是門外漢，知道的也只是耳熟能詳的《貴妃醉酒》、《四郎探母》，程派的戲就陌生了。

程蓉蓉很有耐心的介紹程派祖師程硯秋的戲，馮力聽完《荒山淚》的劇情，頗有感觸的說：「苛政猛於虎，一國之君不思富強，弄得民不聊生，真是罪過！歷史上這些昏君每個朝代都出來現形，大好江山被糟蹋蹂躪。」馮力多麼希望他的國家能和歐美並駕齊驅，如今起步雖晚，但整個氛圍已有了衝的氣息。

自從聽了程派的戲後，馮力倒也喜歡，那種起伏跌宕的唱腔著實好聽，剛柔並濟很能沁入心扉；程蓉蓉也就隨時哼幾句《鎖麟囊》、《賀后罵殿》《梅妃》，尤其是《春閨夢》讓馮力嘆聲連連，「可憐無定河邊骨，猶是春閨夢裡人」，對照下的今日是幸福了。談到《梅妃》，程蓉蓉問馮力：「你有沒有對不起哪個女人？」

馮力提高了嗓門：「有啊！」程蓉蓉迫不急待的問：「誰呀？」

馮力看著女兒說：「我的寶貝女兒小芬，爸爸難得抱妳。」這話剛說出口，馬上衝上腦門的是對不起一位叫芬的女孩，他愛得深感受也就變得敏銳。好在這一切只放在心裡，沒人知道。

京劇有其魅力，文辭優美，故事深具意義，可惜小眾欣賞未能普遍。記得如芬和他在學校聽義大利同學唱歌劇，西方人都聽得入神，他倆則是一句都聽不懂自然也就無法欣賞。歌劇這種高端藝術似乎不在他的生活內。京劇有其歷史文化淵源，念白都有其聲韻，喜歡的人沉迷，不懂的避之，壁壘分明兩極化。就像現時的各項建設，一棟棟聳入天際的大樓蠶食鯨吞了小巷古弄，維護古蹟古道和新闢幹道的各有理直氣壯的說詞，兩派人馬雄辯的口才勝過新穎的挖土機。食古不化的有之，全面改革的更是寸土翻新，無一不毀，矯枉過正難為執事者。殘敗衰破不合時宜的舊習需有大破大立壯士斷腕的魄力來執行，新契機新觀念的建立不是唾手可得，前進的路是艱辛的當然也是值得的。

幾年下來，馮力已是佼佼者，職務也節節高陞，負責的轄區隸屬E部，但已有調兵遣將的實質權力，懂點道理的人都知道功高震主，馮力對權力沒有太大的野心，他的自我抱負是他的理念及計畫能得到贊同並實施。他不邀功，有成果就盡歸上司領導有方，也因如此，共事過的領導對他是另眼相看，彼此幫襯無不順風順水。

近年來他也外出至歐美參訪，去美國也只是東海岸的紐約、華府等地，每到一處總有華僑相聚，他想找的人卻不便隨意出口，那種心理衝突讓他陷入愁緒。每次參訪洋洋灑灑的心得寫得中肯據實，也能提出觀點及建議。可是恨無消息到今朝，攪得他身心上的疲乏總要好幾天才能恢復。

## 十一

想來美探親的母親終於如願，兒女寄了機票錢，康老師教了幾十年書，為了給兒女出國沒存多少錢，加上趙昕善又不樂意她不在身旁，所以一直沒機會到美國一探究竟。如今暑假出國在即，興奮的心情連同事都羨慕，尤其是兒女買的機票，那種得意不是言語可形容的。得意的是兒女知道回饋，其實父母的付出和兒女的回饋是不成比例的。

如篙在機場接到母親，他沒說母親早已當了外婆的事，只等到家再由姊姊自己說。母親看著兒子比以前胖了也壯了很多，心裡自然就認定兒子生活得很好，越看越心喜。一路上東看西看，只覺得美國沒想像中的繁華，一棟大樓都沒瞧見，兒子說機場附近是屬於飛安區，市區才有高樓大廈，會帶妳去逛的。

到了家門口，趙媽媽康老師就在院子草地上看到幾樣玩具，心想不知哪家小孩扔在這的，進了屋後看到十多年不見的女兒，一時心酸哭了出來，康妮（如芬）抱住媽媽兩人哭成一團，隔了好一陣子才鬆手，大家都坐了下來。

母親迫不急待想參觀房子，這棟房子是姊弟賺了錢才買的新屋，客廳、餐廳、廚房及六個房間，住起來舒服，看起來更是得意。康妮還未打開兒子房間時，表情嚴肅地跟母親說：「這是我兒子的房間，他們是雙胞胎，今年八歲了。」

「妳結婚了，怎麼不告訴我們？那妳先生呢？是做什麼的？怎麼回事？」母親一連串沒好氣的質問她，走到客廳氣呼呼的倒在沙發上，一臉怒氣盯著女兒問：「怎麼不回答呢？」

如篤見狀馬上端上一杯水給母親，陪坐在母親身旁。康妮也告訴母親她已改名換姓，其他的事避重就輕的交代一番，最重要的交代是「我不願跟他回去，他不知道我有孩子，我們散了，沒來往」。

趙媽媽初來乍到的喜悅一下子全變成憤怒，長長嘆口氣，也不想看屋內的其他設備，只問了句：「我住哪個房間？我要休息。」

如篤趕緊帶母親到她的房間去，母親不耐煩地請如篤出去，躺在床上生悶氣。

姊弟倆早就料到會有這一幕，兩人聳聳肩苦笑一下就各做各的事。

下午三點多，兩個小孩由教他們游泳的 Steven 送回來，人還沒進屋聲音就傳進來了，「外婆！外婆！」

「在房間休息，別吵！」舅舅示意他們小聲點。

康原走到房間門口輕輕的開門探頭看了看，趙媽媽一看到外孫馬上站起來。

「你是我的乖外孫吧！」一把摟住康原又看又親，適才的怒氣消散無蹤，頓時換上一副和顏悅色的慈祥面容，然後又問：「還有一個呢？」

哥哥康晉也跑了進來，趙媽媽又是一陣摟抱。大落大起的心情讓趙媽媽順了些氣，外孫帶來的喜悅勝過女兒的那些晦事。

晚餐時，外孫拉著外婆坐在他們兄弟之間，趙媽媽看到色香味俱全的一桌菜就問：「去哪買的？」

「我自己做的。」

「妳什麼時候學會做菜的？在家連個荷包蛋都煎不好，每天吃現成飯，洗個碗都不甘願。」趙媽媽打心底質疑女兒有這般能耐。

「以前在餐廳打工學會西菜，中菜是琢磨中學會的。」

趙媽媽這時才意識到女兒可能吃過不少苦，一個人帶兩個小孩又要賺錢，不簡單，一想到此就降了怒火換了語氣，「早告訴我，我也可以利用暑假來幫妳帶小孩，何必那麼苦呢！」

如篤用腳踢了姊姊，大家相視一笑，高高興興地吃了頓晚餐。

第二天，如篤帶著母親去看他們參與的建築及逛市區鬧區等地。

趙媽媽看到姊弟倆與人合作建屋的工程，有點不敢相信自己的眼睛，不停的問錢從哪來，賣得出去嗎？如篤很有耐心的解說目前的局勢及資金等問題，趙媽媽是隔行如隔山，聽兒子分析也就大概了解了，心裡也暗暗佩服女兒的膽識及勇敢。

自從趙媽媽來後，就開始教兩個外孫識字，雖然他們會說會聽，可是讀寫就弱了許多。畢竟是康老師，教起認字寫字還真有一套，兩個外孫也夠聰明，很快學會了許多字，尤其是跟康有關的字，趙媽媽也很得意地說：「我們康家的人都很聰明。」

兄弟倆異口同聲：「我媽咪說，我爸爸很聰明。」

趙媽媽不愧是當老師的，「大家都聰明，不過努力更重要，知道嗎？」兄弟倆點點頭。

趙媽媽想到外孫說的話就問女兒：「有他的照片嗎？」

「沒有，散了還要存什麼照片。」

「將來孩子長大至少讓他們知道父親的長相，妳做事怎麼那麼絕呀！」

「過去的我不想講，我們自力更生不靠別人，天無絕人之路，拜託不要再提啦！」

「也好，有機會還是找個好人家結婚吧！」

康妮心裡想我們母子三人就是好人家，對母親「世俗的好意」就當耳邊風。

兩個月的暑假很快就過去了，兒子提醒母親不要跟爸爸講姊姊的事，母親哼了一聲，「他罵人，你姊又聽不到，不就是罵給我聽，我自尋煩惱啊！」

趙媽媽這趟美國假期，看到外孫是最大的收穫，兒女事業小成，經濟環境也不差，美中不足就是女兒未婚生子。不過趙媽媽心裡起了一個想法，她絕不延退，只要可以申請退休她一定辦退休，早點來美國幫女兒一點忙。兩個外孫讓她打心底疼愛，如能跟他們朝夕相處是她最大的夙願。

華人的媽媽都是一樣的，哪裡會生兒女的氣，所謂的憤怒充其量只是替兒女難過罷了，有能力幫兒女一把是捨我其誰，只要吩咐一聲，服務就來。

如篤和姊姊商量後拿了些美金給母親帶回去，當然是海關允許內的數值，母親一看比她一年的薪水還多。想到女兒居然犧牲自己的婚姻，執意留在美國賺美金，怎忍苛責女兒的蒙騙。

趙媽媽臨行時殷殷叮嚀兒女身體要緊別只顧賺錢，兩個外孫也不捨外婆回去，左親右親要外婆快點來美國跟他們住。其實姊弟倆早打算幫父母辦移民，當他們看到來美購屋的臺灣人越來越多時，就開始留意移民的流程。趙家父母都是有退休金的，日子過得去，如能來美一家團圓將會更好。

## 十二

如篤成天在外監工，雖然有專業監工，可是他也要跟著學跟著看，書本上的知識他看過，實際上的流程要親眼目睹才能知道訣竅或容易疏忽之處在哪些當口。他連水電裝修或維修都一個步驟一個步驟地仔細看，其他木工、水泥工也不忽略。以前家裡只當他是書呆子，現在是十八般武藝樣樣懂。

康妮負責跟錢方面的事，如貸款及銷售、轉賣、廣告等繁瑣之事，姊弟合作無間悶著頭賺大錢。讀書時總以銅臭味形容商人，現在置身銅臭卻甘之如飴，甚至還嫌不夠銅臭，此一時彼一時。如篤學了這許多事是有原因的，他聽姊姊建議不妨回臺灣或將來有機會亦可到上海開營建公司。未來美之前，如篤只想拿到學位後到大學當個教授，終老一生。到了美國眼界大開，加上姊姊的企圖心帶領他走上不一樣的生涯發展；「棄燕雀之小志，慕鴻鵠以高翔」作為標竿。當然這只是他個人的抉擇，且以金錢做衡量，對有志鑽研學問的人，也許置身學海是鴻鵠之志。

如篤受到姊姊的鼓勵又將觸角延伸到臺灣，此時的臺灣經濟蓬勃，各大建設紛紛動工，無論政府或民間，放眼望去處處是機會，如篤泰半時間不在家，公司營業額隨著經濟起飛而攀升。康妮也灌輸弟弟商人無祖國，只要有錢賺的就是生養人的好地方。今天臺北明天上海，無論在哪就尊重哪的法律及世俗，這就是生存及適應之道；覺得哪生活得樂活就生根或移居哪，千萬別住下了又抱怨。姊弟能眼看八方嘴吃四方就是得利於這種君子如水，隨方就圓，無處不自在的人生哲學。一切靜觀善變絕不批評，誰能預料未來何處是吾鄉。

改革開放後康妮為了一樁心事，就獨自去了內地。她託了信賴的友人打探消息，知道馮力在某機關任職，太太剛生了女兒。當她知道他工作和家庭都安穩時，心裡是矛盾的，他事業家庭都好固然讓她放心，但心存的一絲希望也破滅了，勞燕分飛已注定取代馮力當初的「願結連理枝」，兩人今後不再有任何牽扯，康妮心無懸念的投入工作。

小弟如行物理系畢業服完兵役後也順利來美繼續攻讀碩博士，如行沒有哥哥的感性，是個獨善其身的人，看到外甥雖然喜歡但不會想知道姊姊的過往，姊姊自然也不會跟他說些什麼，只道不要告訴父親，等他移民來美後再說。

如行到東部念書，所有開支均由康妮支付，如行也只對姊姊說了聲「謝謝」，沒有其他贅言，不像哥哥如篤心疼姊姊的付出。

對康妮來說，如行這種不被感性左右的人反而讓她放心，不需要考慮他的感受，如篤卻不然。如篤心思繁細，每每一個決定就會想到周遭的家人，這種感情包袱常影響他的抉擇，康妮也因此多了一層思慮，她多希望如篤像如行一樣將感情拋在一旁，乾淨俐落的放手去做他想做的事。

自從如行也去了美國念書後，家裡更顯冷清，趙昕善時不時的提醒太太「男大當婚女大當嫁」，要兒女留心婚姻大事，別光賺錢忘了結婚生子。康老師總回說：「兒孫自有兒孫福，輪不到我們操心。」趕快轉移話題，唯恐說多溜了嘴。

康老師對於女兒的事原本有些操煩，可是看到她在外奔波，回家也經常跟客戶聯絡，日子過得很充實，連一聲嘆息哀怨都不曾有過，也就放心不少。

康老師知道女兒的事後曾擔心不已，唯恐女兒消沉自怨，脾氣暴躁，沒想到女兒卻有超乎尋常的毅力，已不局限於稻糧謀而是鴻圖大展的格局。

趙家夫妻私下曾談起女兒的未來，無論容貌身材或學歷，女兒應該會遇到良人，沒人會嫌棄她，康老師做夢都沒想到不到二十五歲的女兒就已經結束了婚姻之路，看樣子要當岳父母的夢是遙遙無期。

趙媽媽自從去過美國後就變得熟門熟路，每年暑假都到L城女兒家住上兩個月，教兩個外孫中文，有時也幫忙做個飯，雖然女兒並沒要她做，可是一看到兒女成天忙得天昏地暗就心疼，至於拖地燙衣服等工作是按時計酬，每星期一次，請人幫忙。

母親有時也會跟兒子談該結婚之類的事，如篤也敷衍幾句並沒當真，原因無他，難忘嫁入豪門的女友。周遭的適婚華人女孩不是洋里洋氣就是價值觀相異過大，即使同樣來自臺灣也是少了默契，反正無一能取代之前的女友。

姊弟倆對感情的事如出一轍，如要歸因遺傳一定是承襲母親的因素較多。

趙媽媽對兒女的婚事是心有餘力不足，口才再便給也無動於衷，一個是非君不嫁，一個是非卿不娶，這種專情不知是撼天地或是讓父母為之氣結！

兩個月倏忽而過，趙媽媽又要打道回府，她來美國這段時間，趙昕善的晚餐都是在鄰居家搭伙，趙媽媽除了伙食費付得大方外，回來後總會送點美國貨，鄰居也樂得賺外快。趙昕善也因太太每次回來都帶些美金，心裡雖不願她去美國，但是看在美鈔份上也就閉嘴。

過了五十五歲的趙媽媽開始申請退休，趙昕善知道後十分不悅，認為學校沒逼退，自己又沒病沒痛健健康康，孩子都大了無後顧之憂，退休閒在家實在是無聊，說穿了是還能賺錢為什麼不賺？趙媽媽平日溫順好講話，但是該堅持的一定堅持到底。

自此兩人不斷齟齬，家無寧日。趙昕善吃飯叨唸，躺下也嘮叨個沒完沒了。趙媽媽實在受不了，心一橫就把女兒的事說給丈夫聽，趙昕善氣到整夜無法安眠，趙媽媽梗在喉嚨的痰一吐為快，睡得安安穩穩。

早上夫妻二人誰也不理誰各自上班，下了班趙昕善安靜的坐著看報等吃飯，一肚子怨氣無從發洩，直到上了餐桌才不屑的說：「從小我就說她花樣多，沒什麼事不敢做，這下可好，玩出花樣來，妳這個當老師的教別人沒教好自己的女兒。妳現在是自食惡果，滋味如何？」

「好得很！我樂得當外婆！」

趙媽媽起身到房間拿了幾張照片放在丈夫面前。

「你自己看看兩個外孫後再生氣吧！其他那幾張照片都是妳女兒蓋的房子，都在出售中。」

趙媽媽收拾碗盤後就在廚房清洗，趙昕善拿起照片戴上老花眼鏡仔細的看了又看，兩個外孫長相俊美，人模人樣，笑起來真像他這個外公，不過旁人可不這麼想。從照片中窺到女兒家無論是客廳、餐廳、廚房都非常寬敞，看樣子手頭有不少資產。一堆空話不如幾張照片來得鏗鏘有力，張張都顯示女兒追逐阿睹物的成果：金子、房子、車子等等，頓時一肚子氣漸漸地消散。

答應滿十六歲告訴兒子身世的這一天終於到了。

兄弟二人來到母親房間分坐在母親身旁，只等母親開口。

康妮原原本本的將如何認識他們父親的事仔細說給兄弟倆聽，隨後又取出一信封袋，拿出裡面所有的資料；出乎康妮意料，兄弟倆並沒有想看的意思，她覺得奇怪。「為什麼不想看，對你們父親有不滿嗎？」

兄弟倆實在憋不住了才大聲笑了出來，康原一面笑一面說：「我們十二歲時為了慶祝生日，就做了一件媽咪不允許我們做的事，偷開妳的抽屜拿出這信封，裡面的照片及他寫給妳的信，全部都看過；不過沒跟任何人說過。」

「為什麼不早說，我就不必講那麼多。」康妮原本有點生氣，後來想到自己以前在家時也跟如篤偷翻父親的抽屜，看到一些言情小說，還有父親寫給母親很露骨的新詩，如今兒子的行為只當有挑戰的潛能，這並非全是壞事。

「我們想知道，妳講的跟他寫的有沒有不一樣，愛情有時是一廂情願的。」

「那你們認為呢？」

「有點說不出口，反正是他愛妳，妳愛他，很浪漫的愛情，可惜命運乖舛。」康原形容得還很貼切。

兩個兒子又問了一些較隱私的事，康妮也如實回答。聽完母親的往事，兒子感覺到他們的媽媽不同美國同學的母親，不知是文化使然或是愛情觀的不同，母親執著不婚在他們眼裡簡直是不可思議。

以為慎重其事的身世，居然是輕舟過萬重山。做母親的當大事處理，孩子當小事看待，唯一交集是只有三人知道此事。

康妮對兒子偷看信件的事，原本有點惱怒，後來想想，兒子不受身世的影響過著自己的生活是件好事。就怕孩子知道身世後自怨自艾，無所適從，使得單純的生活蒙上陰影，如今兄弟倆不受任何影響，仍舊健健康康的過日子。

## 十三

趙昕善退休後也來了美國，想到女兒的事情心裡總有疙瘩，可是看到女兒的衣食住行樣樣都綽綽有餘，開始佩服她的「花樣多，沒什麼事不敢做」的勇氣。趙家夫妻都是薪水階級，沒有其他生財的本事，對女兒敏銳的營生孳息嗅覺只有點頭稱許的份，無法提供或分享資訊和意見；女兒事業上做的任何決定他們都不出聲，這方面趙家夫妻是白紙一張。

來美後趙昕善的氣焰也變得越來越弱，英文只會早年商務印書本裡的一些基本用語，電視及報紙看不懂，唯一還有的利用價值就是講些古文觀止上的歷史故事給外孫聽，也算功德一件。

趙家父母畢竟是受過教育的人，不甘來美後當文盲，兩人就興起了學英語，請外孫每日一句一句的教二老。半年學下來，趙昕善的上海英語，只有懂上海話的人才知道他說的英語是啥，趙媽媽就刮目相看了，無論是購物、問路，只要不是華人就串串英語說不停，越學越精進，漸漸看得懂淺顯的肥皂劇，時間也就好打發。

兒女看到父母如此認真學語言也深受感動，每兩個月就帶二老上一次西餐廳，讓他們點菜，實在看不懂的如篤才會提點一下。古有名言「活到老學到老」，趙昕善自己也沒料到從二十多歲投筆從戎後就沒認真學過任何東西，如今六十過半居然拾起課本學語言，雖無大成卻有小成，至少字彙就增進不少，路邊的招牌看懂了，也知道商家賣的是啥玩意。

趙家父母早先都由兒子開車接送他們去「華夏之家」參加各種活動如打牌、聽歌聽戲、同鄉會餐敘，次數多了就不太願意煩勞兒子，兩老異想天開要學開車；兒子並不贊成，可是父母執意要學，如篤只好充當教練，教了三次兩老就打退堂鼓，因為趙昕善一時不察差點衝了出去，事後想到橫衝直闖要人命的，就安分的不再提學開車的事。兩老決定步行一小時內的行程就按步當車，超過一小時的就徒步到車站搭公車，不再麻煩兒子，至於女兒向來就不願接送，早就告訴父母學會搭公車，事到如今才覺得女兒的建議是正確的，當初還抱怨女兒眼裡只有錢沒有父母。可見兩老永遠猜不透女兒的心思，雖然很想知道女兒的過往，尤其是外孫的父親到底是何許人也？可是不敢問，只要一開口就是不歡而散，兩老只有憋住氣。

平日女兒也交待過父母沒事不得進她房間，趙媽媽幾次想進去翻翻找找，可是理智勝出都沒翻過任何東西。

這天趁著家裡都沒人時就走進女兒房間，迅速的翻了幾個抽屜，沒多久就找到一個壓在最底層的牛皮紙袋。這種翻箱倒櫃的技巧是練出來的，每當學生掉錢掉東西又沒人承認，導師就搜書包翻抽屜，往往都有戰果，趙媽媽康老師還算厚道，搜到也不公開，只是私下把學生叫來訓斥並跟家長聯絡，讓父母子女保住顏面。對遺失物件也處理得當。這種教育愛值得讚許，可是逢到與切身有關的事就少了道德取向。

打開紙袋看到幾張照片，女兒和身旁的男孩盡是滿面春風，張張笑逐顏開，簡直是珠聯璧合天生一對，趙媽媽還想看紙條時，忽聽有人進大門的聲音，馬上物歸原處，匆匆離開。趙媽媽做夢都沒想到進門來的是女兒。

「怎麼那麼早就回來了，中午在家吃飯吧！」

「好啊！下午要去兩家銀行處理一些事情。」

「嗯！妳忙妳的，吃飯再叫妳。」

趙媽媽避開女兒，有時她還真怕跟這個滿臉冷霜的女兒講話。想到剛看到的那些照片也略微推敲出當年女兒一定很快樂，從照片上看來，那位是「男孩」，不像有家室的男人，這點讓趙媽媽一掃疑雲，她曾懷疑女兒被調情高手懵騙失身。

郎才女貌的兩人相愛而互許終身倒也情有可原，如果真是女兒所說不想跟他回國，那也怪不得那男孩；趙媽媽自己就為了愛情跟家裡鬧翻，這點她能體會，當然也不會怪罪外孫的父親，只希望女兒有個美滿的第二春，一了兩老心願。

「華夏之家」的會館是華人排解思鄉的好去處。

會館在蘇達鴻館長的策劃下安排了不少活動，有每星期的固定節目，也有每月舉辦的文藝、美食、中醫推拿等華人耳熟能詳的傳統文化；另外也會開幾桌麻將，因為平日牌搭不是那麼好找，只能到會館來湊個兩、三桌，僅這幾桌方城之戰就讓會館人聲鼎沸，雀聲喧嚷，華人到哪聲音就到哪，真是無處不歇停。

趙昕善夫婦每月會來會館一兩次，有時自己搭巴士，有時找兒子接送，久了自然和館長也熟了，人一熟就能天南地北家中大小事情脫口而出，什麼未婚、離婚、分居、同居這些事聽得更是一字不漏，總想在蛛絲馬跡中覓得什麼訊息，好為周遭缺伴的牽線，了卻做父母的一樁心願。

蘇達鴻有個弟弟蘇達勝年近五十，在大學教比較文學及東方藝術，離婚後一人獨居在S城，蘇館長偶爾也會請弟弟蘇達勝教授來館裡開講，談些藝文之類的講座，還算受歡迎。趙家夫妻看到蘇教授儀表清爽，言談儒雅得體，書卷氣特濃，觀察了一陣子後就想撮合女兒認識。

蘇館長雖然看過康妮，但不知她是單身，她很難得來會館，除非客戶指定到此一談，她對這些活動沒啥興趣也不熱衷，大家見面僅止於禮貌打個招呼，不攪舌也不聽閒言閒語，來去都是獨自一人，蘇館長也不知道她就是趙昕善的女兒。

趙家夫妻往常都是找如篤來接，從不找女兒，就怕別人問東問西不好回答，康妮當然也知道父母的顧忌，自然樂得省事，這天父母指定要她來接，她只好遵命。

進入會館，康妮看到父母正在和館長喝茶聊天，並沒有馬上要離開的打算，心裡就開始揣測，今天指定要我來接，這其中定有什麼花樣吧！果不其然。

「我看過她，但不知是您的千金。」

康妮禮貌地回應一下便坐在一旁，這時蘇館長招呼他弟弟過來並介紹跟康妮認識，一桌五人，除了康妮外，其他四人聊得起勁，蘇教授時不時地看看這位趙家的大小姊，兩人相視時，康妮不帶任何意義的淺淺一笑，算是一種基本禮節，讓父母不至於難堪。

蘇教授看到趙家千金，心裡很難想像這麼雅麗的女子是如何失婚的？是難以相處？是夫妻外遇背叛婚姻？或是生離死別？對讀文學的人總有不少文章可作，留到以後有交往時再了解。

談了近一小時才結束，彼此都盼望日後再聚，但不包括康妮在內。

康妮對蘇教授有幾分好感，但絕不是男女之間的那種情意，這點她非常清楚。她第一眼看到馮力的感覺是怦怦然有所心動，當時流露出來的眼波，事後想起來都羞赧不已，如今對這位蘇教授就無動於衷，可有可無，心平氣和就像沒發生任何事一樣。

沒想到兩星期後父母居然邀請蘇氏兄弟來家裡便餐，弄得康妮有點尷尬，讓人誤會她對蘇教授有意。亞洲父母一向善於自作主張為兒女安排這類的聚會，康妮很想離開，母親卻笑著說：

「吃吃飯而已，又沒要妳嫁他，別小家子氣。」

一頓飯吃下來，她也就稍稍放鬆了，跟蘇教授談些無痛無癢的雜事，反正沒放在心上也就泰然自若。蘇教授也覺得趙家千金不難相處，心裡暗自高興以為能成事，回去後就開始計畫邀約看表演等事項。

趙媽媽隔了幾天試探女兒的意思。

「沒什麼，不就是個教書先生嘛！」康妮爽快回應。

「可以考慮考慮先做個朋友，如何？」

「本來不就是你們的朋友嘛！」

說實在的，康妮也覺得蘇達勝口若懸河很能談，講起文學作品，能從蘇聯、歐美到亞洲日本、中國的什麼浪漫文學、農民文學、無產階級作家，頭頭是道，可惜的是康妮對此一無所知，隨著他講沒有置喙的餘地。

半年來蘇教授也常來家裡吃飯聊天，一日熟一日，雖然康妮一開始就表明是朋友，且篤定的告訴他自己沒有結婚的打算，可是蘇教授總有幾分文人的浪漫，以為日久可生情，不信東風喚不回。

漸漸的，康妮感覺不耐，但又不便下逐客令，尤其是父母熱心過度，給了錯誤的訊息，讓蘇教授不輕易放棄。

直到那天，兩人面對面的坐在沙發上聊天，蘇達勝突然起身靠過來拉住她的手，讓康妮嚇了一跳甩開他，不客氣的說：

「蘇教授，如果你沒事的話就請回吧！再見！」這句「再見」說得特大聲。

蘇達勝像被人搧了一記重重的耳光，憤然離去再也沒來過。

事隔多日，趙家父母問起原因，兩人都不說，蘇教授只推說談不來。

趙昕善心裡嘀咕八成是嫌棄女兒不明不白的過去，心裡氣卻也不好說什麼，畢竟是他們夫妻一廂情願，女兒一開始就已經跟大家說清楚講明白了。

經過此事，父母再也沒亂點鴛鴦譜。

趙昕善夫妻倆參加以前在臺灣的同事老錢女兒的婚宴，席間都是移民來美的退休人士居多，新娘新郎的朋友沒多少，一對新人是來美才認識的同校同學。老錢的女兒大學畢業來美讀碩士，去年拿到博士，目前在大學當個助教，工作還算穩定；新郎從事工程設計，在一家中型的公司任職，夫妻倆的收入加起來還算不錯，做父親的自然有些得意。

華人聚在一起就喜歡比較子女的成就，趙昕善這一桌都是臺灣來的移民，大家雖不認識但總能聊上幾句。趙昕善旁邊坐著一位陳校長，開口閉口談著他女兒在某醫院當醫生的事，且一再強調女兒是那間醫院唯一的亞洲人又是女性，足見自己女兒有多優秀；對面的郭太太亦不甘示弱，說起女兒更是眉飛色舞得意至極；被尊稱將軍的鍾先生嘆了一口氣道：「我家除了老六不爭氣外，其他都是博士。」趙昕善本來也想炫耀一下小兒子，可是太太捏了他一把不讓說。

席間大夥談起兒女都是風光無限，個個是青年才俊，尤其是女兒的成就更顯得難能可貴。

身為炎黃子孫，有這般地靈人傑的兒女，還真讓人驕傲，華人子弟的斐然成就都在父母口中膨脹了幾分外又到處顯擺飛揚！至於沒開口談論兒女學經歷的總有不識相的追著問，陳校長就是這種志得意滿的父母，看了看左右就對著趙昕善問：「趙先生，你的兒女應該也在美國念書吧！」

「還在唸，正在讀博士。」趙昕善當然指的是小兒子趙如行。

大兒子趙如篤人如其名篤實忠厚，學業成績向來是獨占鰲頭，念書沒花父母什麼錢，只要申請跟學業成績有關的獎學金，十之八九都順利通過，包括美國大學的研究所。可惜的是拿到碩士後不想讀博士，隨便掰個理由給父親，說什麼一看書頭就暈，想休息一陣子再看看。這再看看就斷了讀博士的念頭，專心幫著姊姊康妮學著買屋賣屋及建材建屋方面的事務，日子久了體悟到賺錢才是正途。如果拿到博士不也是要找工作，與其摸索找工作不如眼前學些售屋的實用技巧，何況他對此行業頗有興趣，所謂的興趣也是因為賺了不少錢所帶來的成就感。有讀博士的能力固然不錯，如對所學的興趣缺缺，不如找個有誘因的工作來得實際。趙昕善對如篤的寄望落了空懊惱不已，只好把這份不滿算在女兒頭上，心想一定是這個姊姊給弟弟灌了念書沒什麼用的想法。如今在這婚宴當口沒啥好炫，就輕描淡寫的帶過。

這一頓喜宴吃得趙昕善一肚子彆扭，別人留下來說說笑笑交換電話互為聯絡，他拉著太太要兒子快來接，只想趁早回家，免得相形見絀。

趙昕善上了車，一臉的不悅，但不願在兒子面前發作，他心疼大兒子，唯恐刺激他，其實如篤是個心思細膩又能察言觀色的乖兒子，從不惹事生非，對父母大多言聽計從，除了沒繼續修博士讓父親失望外，其他方面還算盡了孝道。

如篤看到眉頭緊縮的父親，心想一定有什麼不愉快的事，但他也不便問，生怕說到什麼傷心的事兒。

趙昕善回到家，一眼看見女兒康妮坐在廊簷下抽菸，兩腳的指甲塗了蔻丹交叉放在茶几上，菸灰缸滿是菸蒂，想到別人的女兒成就非凡，自己的女兒卻是個老菸槍，進入門來怒火中燒，指著院子裡的康妮劈頭就破口大罵。

「看看妳那個樣子，女孩家抽菸抽得那麼兇，腳又放得那麼高，坐沒坐相，簡直就像賣笑的！」太太一聽馬上跑過來阻攔叫他閉嘴，趙昕善哪肯聽，幾年的怨氣一股腦地像萬馬奔騰的洪水洩個不停，繼續大聲斥罵。

「當初我跟妳媽省吃儉用存錢讓妳來美國好好讀書，結果大學唸了什麼，沒畢業就懷孕生孩子。」趙昕善邊說邊把領帶扯下，準備暢所欲言罵個夠！

「瞞著我們在美國亂來，我猜八成是妳自己生性放蕩行為不檢才讓人有機可趁，連孩子的父親是誰都說不上來，妳不覺羞愧，我們都覺得丟臉丟盡了啊！」嘆口氣再加強語氣道：「我們趙家一世清白都毀在妳這個傷風敗俗的風流上。」

康妮聽到父親用這麼惡毒的話罵她，氣得發抖，拿起玻璃菸灰缸朝地上猛力一砸，頓時碎片四射，趙昕善一看更加氣憤，沒遮攔地繼續狂罵。

「人家離婚的至少當初還有結婚，妳呢？隨便就跟人搞上，是朝三暮四呢？還是生張熟魏，妳到底有沒有羞恥心。」

趙昕善越罵越起勁，一吐為快的罵不絕。

「難怪蘇教授也不要妳，讓父母蒙羞又禍及弟弟，連累妳那兩個兒子，真是家門不幸！」

康妮聽到此已瀕臨崩潰，真想狠狠地甩上那個罵她的人幾巴掌，可是是父親啊！誰有這膽量，只能放聲大哭！

趙媽媽端起康老師的角色，發飆地衝向丈夫又打又罵地遏止他。

「你胡說八道什麼，她哪點比人差，你看人家女兒讀博士你就心裡不舒服，拿女兒出氣，趙昕善你這混帳東西，當初我父母也看不上你的學歷，你大學讀不下去只好去從軍我也沒嫌過你，你口出惡言利刃傷人，傷自己的女兒啊！你還有資格當人家父親嗎？」趙太太康老師是靠嘴吃飯的，這點責人的力道是基本功夫，以前在校或在家她是能不用盡量不用，今天是「撥亂反正」糾正丈夫的惡言惡語。予豈好辯，不得已也！

兒子如篤聽到父親用這麼難聽的字罵姊姊，也氣得指責父親說：

「姊姊為了我們才沒跟康晉的父親回國，一個人承擔這麼大的擔子，我和小弟在美的生活費都是姊姊付的，你同事中有哪一個人的女兒有能力擁有三棟房子，有股票還有自己的公司，家裡還請吳玲阿姨幫忙做飯做菜，我和媽都心疼姊姊的犧牲，你居然黑白不分顛倒是非，昧著良心亂罵一通，你最好跟姊姊道歉！」

趙家爸爸突然一愣，這麼乖的兒子居然教訓起老子來了，還要我向女兒道歉，豈有此理。來了美國才知道西方的文化裡居然父母做錯了或冤枉了子女，要向兒女道歉，直接挑戰「天下無不是的父母」這句名言。

「道歉？是她該向我道歉才對吧！我和你媽把當年帶出來的金條通通都典當換了美金給她，拿了我辛苦的錢沒認真去念書，我們心痛啊！」

康妮憤憤不平的喊叫：「我所有的努力和付出在你眼裡分文不值對嗎？我沒唸博士我沒結婚，我罪該萬死，我不配做你女兒是嗎？」

康妮歇斯底里的吼完後，跌跌撞撞的回到二樓的房間，碰一聲關上門，外面的羞辱已聽不到了，可是這番痛入心脾的話卻烙印腦際，成為生命中的重大傷害。

康妮回想這一、二十年沒真正高興過，除了工作還是工作，賺的錢購屋置產，讓父母及弟弟還有兒子吃好穿好用好，用在自己身上最大的開銷也只是化妝品和時裝，偶爾也和好友茱蒂外出旅遊，如今在父親眼裡自己是如此的不堪，不禁悲從中來，淚如泉湧流個不停……

好在兩個兒子不在家，這一幕讓他們兄弟倆瞧見，後果還真不敢想像！

趙媽媽氣急敗壞的跌坐在沙發上，一語不發地直盯著丈夫，眼裡充滿了憤怒；想到當初抱著喜樂的心來美探視兒女，後來知道女兒未婚生子心裡也曾失望難過，可是看到女兒不求家人，一人承擔所有責任，日夜忙碌的工作，趙媽媽也就不說任何話，能幫忙的地方就盡量幫忙，減少女兒的擔子，女兒也心知肚明感謝母親在其他方面的分憂，不時地塞些大錢小錢給母親，母親雖有退休金，但換成美金就不值多少，對康妮來說，母女互相體諒，也算得上是一種莫大的安慰。

弟弟如篤和姊姊感情一直都很好，來美後才知道姊姊的事，在姊姊要求下絕不透露任何口風給父母，如篤當然知道家裡知曉後會有什麼後果，寫回去的家書只談自己念書的情形，讓父母寬寬心而已！

如篤是很好的舅舅，放假回到姊姊家就幫忙照顧兩個外甥，也會帶他們打球看球，總之四個人是一團和氣；如篤這個弟弟也從不問外甥的父親是誰，姊姊說什麼就是什麼，剛來美國時自己的花費也都是姊姊買單，姊姊花在家人身上的錢從不吝嗇，對姊姊是由衷的感激。

看到剛才那一幕，如篤為姊抱不平，可是又不能犯上，雖然惡狠狠地對父親說的那幾句話還嫌不夠，當下還是姊姊比較重要，離開客廳走向姊姊房間，敲了門，不等回應就開門進去，看到坐在沙發上的姊姊還在流淚，如篤還沒開口，自己的眼眶也紅了。康妮見狀，拉起弟弟的手緊緊地握在一起，這麼多年來弟弟是她唯一相信的人，兩人經常談一些工作上的事，無論是公司或家裡的收支，只有他們姊弟最清楚。

如篤名下至今有的資產也都是靠姊姊開山闢土的精準眼光外加捷足先登賺來的，讓原本只想當個研究工作者的他放棄追求博士學位而樂在營利中。

他很清楚姊姊的生活起居，每天早上六點起床後就在樓下的健身房運動，外甥大了，姊姊就不再隨便進入他們的房間，也就有更多充裕的時間做她自己的事，家裡的早餐做好後任由著各自去吃，大家都吃得自由舒暢；姊姊總是第一個吃早餐的人，全家也只有她吃的是熱騰騰的早餐，她喜歡獨自吃飯，獨個看電視，更喜歡一個人觀賞影片，能夠獨自完成的她絕不牽拖任何人，每天的生活都安排得有條不紊，周而復始過著規律無變化的單調生活。

在公司也不多話，視公司營利盈餘為首要目的，公司員工也知曉她的原則，沒事也都避著她，總之，有一位不囉嗦的上司，大夥在心裡上也就沒那麼緊繃。

公司在姊姊全心全意地經營下成績斐然，資產逐年增加，相對付出的心力是無法用言語來形容，家裡除了父親外，每一個人都感念姊姊對工作的投入。

如篤對父親的蠻橫非常厭惡，尤其是那種老舊的思想，什麼萬般皆下品唯有讀書高；這類陳腐的認知常用來數落只有大學學歷的姊姊，往常姊都當耳邊風不回應，她只關心銀行存款及身家資產又增加了多少；如今聽到那麼不堪入耳的話簡直讓母親和如篤為之氣結，有時也因類似的事弄得家裡烏煙瘴氣。

如篤知道姊姊不可能馬上消氣，又怕她悶在心裡難以自拔，遂開口問道：

「姊，我們出去走走好嗎？」

康妮當然知道弟弟用心良苦，甚或比自己還難受，她也想離家出去透透氣。

「好吧！我們去C校逛逛。」

兩人正要出去時，吳玲敲門進來，端了一壺剛沏好的檸檬花茶。

「這是剛沖好的花茶，妳喝點吧！緩緩氣。」

剛才趙昕善罵康妮的醜話，吳玲聽得一清二楚，她替趙家大小姐難過不說，甚至還偷偷的在一邊掉淚，在某些境遇上兩人還有幾分相似處。

吳玲和先生當年都是偷渡來美，因為沒有身分又沒念過幾天書，兩人只好到處打零工，每天過著暗無天日的生活。屋漏偏逢連夜雨，來美不到三年，先生就因病過世，不巧的是吳玲才剛懷孕，不知是喜還是憂？

大德曰生，吳玲那天正好被康妮遇上而有了轉機。

康妮帶著兒子去中餐館吃飯，看到身懷六甲的吳玲穿著圍兜拿著桶從側門走出去，為之一驚，多熟習的一幕。

康妮迫不及待的問櫃檯的老闆娘，那是何人，經老闆娘一說，馬上興起要人的念頭，幾經商量彼此問清楚背景後，吳玲就到她家工作，幫忙三餐及家事，這一待就是十幾年，小孩也在康妮家成長，無論吃穿上學都沒虧待過他們母子，吳玲對這位單親媽媽也盡忠盡職，生活倒也安適。

吳玲從不到三十歲守寡，十多年來沒有枕邊細語，也沒有一雙厚實的手撫弄她那一頭秀髮，每天孤獨的躺下孤獨地起來，寂寥地挨過漫漫長夜，她能體會康妮為什麼要抽菸。

康妮比吳玲好過的是她會英語可以看書聽音樂，而吳玲自己總學不會英語，看不懂電視，只能看耍寶好笑的節目，孩子大了閒暇也多了，寂寞也跟著長了。

康妮當然能同理吳玲的心境，再加上吳玲也竭盡心力從未有過非分的要求，這些都讓康妮看在眼裡感激在心，整個家交給她都很放心。

康妮謝過吳玲端來的花茶順便交代。

「吳玲，我和如篤要出去，也許很晚才回來，不要為我們留晚餐。」

「我拿些飲料和點心帶著吧！」

吳玲很利索的裝了幾罐飲料及小點心放在紙袋內讓如篤帶著，吳玲就是這麼貼心的人，除了趙昕善外，家裡從沒有人跟她大聲吼過。

母親看著姊弟倆匆匆出去，趕上來問：「去哪？早點回來啊！」趙媽媽著實有點矛盾，一方面希望女兒出去散心，一方面又恐生出什麼歹念，好在如篤跟著也就稍稍安心。

「媽，你放心！我和姊出去走走！沒事的。」

康妮打開正駕駛門準備開車，弟弟馬上搶著開，他不讓心情尚未平復的姊姊開車，萬一出了什麼事，他難辭其咎，康妮只好順著弟弟，一語不發地坐在副駕駛位上。

開了近四十分鐘左右，一路上姊弟都無話，直到停妥車後康妮才說：「我帶你去圖書館。」

如篤隨著姊姊來到圖書館，因是假日不開館，但仍有三三兩兩的人坐在臺階上聊天，姊弟倆上了階梯後就坐在最上層的石階上，康妮告訴弟弟：「當年我就是在這裡遇上康晉康原的父親。」

弟弟這才知道姊姊要來C大的目的。

康妮從來沒有和人談過她和馮力的事情，除了茱蒂外，也難怪父親誤會如此之深，她只說不願意和康晉的父親回國，她要留在美國發展，家人也一直認為所謂的回國是指臺灣，其他就沒多想。如今她把和馮力從認識到分手的經過都詳詳細細的說給弟弟聽，如篤聽得入神。

康妮從敘述中又回到了從前，不時流露出她對馮力的思念，一度沉思良久，兩眼滿是淚水，直到弟弟拿紙巾給她才回過神來。

「走吧！我們去木桌椅區，順便吃點東西。」

這時已六點多了，校園裡的人也漸漸的少了，木桌椅區只有一兩桌有人，其他都是空的，康妮找到當年他們常坐的那桌，經歷這麼多年，這些桌椅尚稱良好，看樣子是經過一番維修才能保持完整。

康妮拿出紙袋裡的食物放在餐巾紙上，就如當年她和馮力用餐時的情景一樣，不同的是對面坐著的是弟弟，兩人邊吃邊講。這時康妮拿出牛皮紙信封袋來，抽出幾張她和馮力的照片拿給弟弟看。

照片不多，卻很珍貴，每張都笑得燦爛，一副陶醉情海終日不悔。

如篤終於看到讓姊姊生死相許的情人是如此的翩然俊秀，以前以為兩個外甥遺傳了姊姊或母親的氣韻，現在才知道原來承襲了他們父親的俊朗，可惜無緣，誤了姊姊一生！

看完照片，如篤語重心長地跟姊姊說：

「曾經滄海難為水，除卻巫山不是雲啊！」

如篤為姊姊喟然一嘆！

康妮接著也嘆了一口氣說：

「世事如此這般，只能接受，也許將來有見面的一天，只是白髮蒼蒼話當年。」

二十多年的壓抑及鬱結一傾而出，頓時覺得清爽多了。

如篤忽然想起蘇教授的事就說：

「那位蘇教授又是怎麼回事？」

「他能言善道，人還不錯，可以當朋友聊聊天而已！」

康妮又繼續說：

「我事前就跟他說清楚了，只能當朋友，可是他不以為然，結果才悻悻然離去！」

如篤無可奈何的嘆道：「唉！爸爸寧願偏袒別人卻不問是非。」對父親這種火爆脾氣，雖然家人已習慣，可是想起來就氣得牙癢癢，姊弟倆談著談著不覺天色已晚，看看時間已不早了，兩人離開了校園。康妮想起以前她和馮力手挽著手散步的情景，每個散步的晚上她都像雲雀一樣，總會唱些中英文流行歌曲，馮力有時也會附和幾句，真是此曲只應天上有。自從馮力離去後她再也沒唱過這類的歌曲；孩子小時倒是常常唱些兒歌。

沒想到這麼多年過去了，原本已平靜的心卻再次被斲傷，好在有個好弟弟也算安慰。姊弟倆出去好幾個時辰，九點多才回到家，心想母親應該已睡了，沒想到坐在沙發上的母親心不在焉地翻著雜誌，看到他們才鬆口氣，如篤歉意的對母親說抱歉，母親用眼飄向女兒，如篤也知母親的意思，也已眼神示意沒事了。三人各自回房休息。

康妮也到兒子房間探了頭，知道他們打了一天球，累了，早已睡了。

康妮來到陽臺看著滿天星斗，想起畢業前夕兩人躺在草地上的那夜，物換星移，不知心中是實還是虛？

其實這許多年她已走出了一條屬於自己和兒子的專屬大道，跟馮力不沾親不帶故沒有絲毫關係，即使他永遠不再出現，她也只是遺憾但絕不會被擊垮。奮鬥的生活激發了她的潛能，也讓她找到自我的能量，那種自我肯定及成就是源源不絕的生命食糧。兩個兒子雖是她這些年感情的依托，但她明白這種親情也有離散的一天，唯獨內心的堅強及經濟的獨立才足以支撐未來的歲月。偶爾的傷感只當一陣煙霧，飄散即無。

今天只因為父親的失心瘋才讓她深埋的痛閾崩裂，也因此才有一吐為快的機會，家裡沒人知道她的過往，母親和弟弟沒人敢問，就怕舊事重提引來更多的傷心事。

今夜的星空與畢業前夕那夜無異，有情必有苦。

四十多歲的康妮事業上已達顛峰，所謂巔峰也就是存款厚實，身居豪宅，想買的東西大多買得起，好在讀過司馬光的〈訓儉示康〉由儉入奢易，由奢入儉難，非必要的絕不闊綽出手。兒子的零用錢給得略顯寒磣，給父母的孝親錢倒是大方，二老則是有錢無用武之地，除了去「華夏之家」打打牌喝喝茶外無其他花費，且在四、五十塊左右，康妮也慶幸家裡沒敗家子，她的金山銀山始終屹立不搖，進的多出的少，唯獨該奉獻的一定如數奉獻，當年的恩典不曾忘記。

一心盼望兒女成龍成鳳的趙昕善如今又添了一樁不快的事，女兒的終身大事已讓他顏面盡失，如今最乖的兒子如篤也讓他如鯁在喉，弄得他傷心傷神。

早已過了而立之年的如篤終於在臺北和當年的女友蔡富美結婚。

如篤讀大學時參加校際聯誼認識了T大的蔡富美，兩人自此開始交往。大學畢業後如篤服兵役，蔡富美在外商銀行當會計，情投意合的兩人本打算等如篤服完兵役先訂婚，學成後再論婚嫁。可是趙昕善硬是不答應，要兒子以拿學位為重，隻身出國專心念書為要，萬不可拖泥帶水被感情限制了發展，如篤不願耽誤女友，一對戀人只好選擇分手。蔡富美在熱心親友介紹下嫁給財力雄厚的夫家第二代，結果是虛有其表紈絝子弟一個，不學無術，沒上一代的刻苦精神卻沾染一堆惡習，蔡富美度日如年，最後以放棄兒子扶養權換取離婚。娘家父母及兄弟都反對她離婚，認為有失家風且遺禍還沒結婚的手足，對蔡富美承受的苦不置可否。

既然執意離婚就無法回娘家，蔡富美索性在外租屋，好在有些本事，立刻應徵到大飯店當會計，就這樣上下班過著單身女子的生活。

如篤因業務關係常回臺北，知道女友的遭遇，馬上轉住她工作的飯店，兩人舊情復燃，如篤徵求富美同意，決定以快刀斬亂麻的方式在臺北地方法院公證結婚。如篤將這些過程瞞住父母只告訴姊姊。等生米煮成熟飯，父母「不吃也得吃」，尤其是趙昕善知道後簡直快發瘋了。女兒未婚生子已讓他不稱心，如今兒子先斬後奏，更是雪上加霜。他一生愛面子，偏偏兒女就讓他難看，這一氣血壓飆高差點要了老命。趙媽媽雖然也有怨言，可是愛兒女的心勝過面子，她只好極力勸丈夫想開點。

「當年我們康家從老祖宗到我最小的弟弟沒一個贊成我嫁給你，我還不是跟著你跑到臺灣，你就當遺傳了我們的反骨，他們有追求自我婚姻的勇氣。」

「唉！早知如此，出國前訂婚也好，讓我趙昕善的媳婦先到別人家逛一圈，真嘔！」

如篤娶了當年的愛人，也算心滿意足。

富美辭了工作跟如篤到上海打拼，生活安定心裡也暢快，如篤也把妻子拉進工作團隊，幫著公司做財務管理。婚後一年生了白胖小子，遠在L城的公婆總算嘗到一些甜頭，希望媳婦趁年輕再生一、兩個。兒女沒有博士學位可誇，手上抱個孫子也不錯。

富美很感恩大姊康妮，當初如篤把女友的遭遇告訴姊姊時，她就鼓勵弟弟，不要因為同情，而是因為愛而娶她，並指點他們在臺北公證結婚。如篤也毫不猶豫的做了自己婚姻的自主決定，出國前的錯失總算彌補過來。

這年康妮又去上海弟弟家，如篤一家人向來殷勤款待她這位姊姊。

如今只要康妮或康晉兄弟來上海，富美就極盡地主之誼照顧得無微不至。每次來上海康妮總會買幾本書回去，有些是自己要的，有些是買給父母的。兒子康晉對設計很有興趣，到任何地方都會買些當地的書或雜誌，從這些具有特色的雜誌來研究民族色彩和圖騰，有時康妮也會提供一些看法，他們母子都喜歡藝術裝置，不同的是兒子當事業，康妮則為閒暇嗜好，家裡這方面的書是堆積如山。

富美帶著康妮走進一家新開的書局，裡面裝潢新穎，各種類別的書也算齊全，即使不買書，光看設計就讓人流連忘返，康妮還是選了一些書，尤其近年來書的種類越來越多，封面也跟著新潮，看樣子方方面面都在翻新中。

兒子要的書她都買足了放在櫃檯，順便又瀏覽其他的書籍，無意中看到一本報導經濟的雜誌以馮力作封面，擺在並不顯眼的書架上，看樣子書局並不看好這類硬梆梆的雜誌。雖然他已四十六歲了，可是不顯老，不知是以前的舊照或是近期的新照，康妮毫不遲疑地拿到櫃檯跟兒子的書一起結帳。

## 十四

很難得康妮今天不去公司，一向事必躬親又不輕易請假，今天卻例外，只是為了一位知名行草書法家俞書恩要在「華夏之家」的會館當場揮毫。

俞老師這次來會館是因同鄉蘇館長之請，近年來俞老師到處受邀，她寫的行草隨著年齡增值，目前是炙手可熱的書法大家，這是她第二次來L城，十年前來時與康妮失之交臂，這次機會難得，非好好聊聊不可。

記得第一次看到俞老師是如芬讀高一時，俞老師教美術，一星期才一節課，見面機會少之又少，這類藝能課有時被借去上數理課，甚至由保健室安排量身高體重，一學期下來要學到什麼繪畫技巧是天方夜譚。

那時俞老師經常穿著素樸的旗袍，一米六左右的身高，身材微胖，講話略帶江南口音，上課總會遲到幾分鐘，下課則非常準時，光憑這點就很受學生歡迎，可惜同學都當消遣的課，大家也都意興闌珊得過且過，少有人認真學習。

林美月是班上的學藝股長，負責將同學的美術作品送到老師辦公室，有時會找她一起去，因這層緣故，俞老師認識了她們。

俞老師單身一人住在學校宿舍，其他住宿舍的都是單身的男老師，俞老師是沒伴的寂寞人，男老師們都避諱跟她有任何瓜葛。

林美月喜歡畫畫，常拉著她作伴，放了學兩人就纏著俞老師說話，久而久之，俞老師就帶她們到自己的宿舍，有時也會拿些點心招待她們。總之，有吃有喝，大家心情也就忒好，師生情誼也就不普通了。

在老師的宿舍裡只看到一、兩幅水墨畫，書法多到滿坑滿谷，東一疊西一堆到處都是，有些還裱框掛在牆上，林美月這個學藝股長不是浪得虛名，一看那些書法，就說：

「哇！這些字好美啊！是草書？行書？什麼體？是老師寫的嗎？」

林美月練過鋼筆字，能寫一手好字，班上的任何紀錄都是她包辦，同學都慶幸自己寫不出好字，免去了這等勞役。

俞老師像遇到知音鍾子期般的興奮。

「這是行書，介在楷書及草書間，宋朝蘇軾就善於這種字體。」

「我沒古人的才氣，只能臨摹沾沾氣韻而已。」俞老師還真謙虛呢！

對高中生的她們來講根本分不清什麼體，除了看不懂的就是篆書外，其他任何體都混淆不清。

俞老師很有耐心地為她們講解各種書法的特質，又示範寫給她們看。對遒勁雄放，飛逸順暢，既深峻又淺出的行書更是說得精闢透徹，林美月聽得為之神往，居然想跟老師學行草。

兩人蠢蠢欲動，決定跟俞老師學書法，時間排在星期六下午。

兩人開始窩在老師宿舍寫字，師生都很投入，林美月進步神速。如芬就差遠了，不過心倒慢慢靜下來，總算有點長進。

時間長了、久了、熟了，林美月的話也就多了。

「老師您為什麼不結婚呢？您長得還算好看呢！」

俞老師對突如其來的這句「為什麼不結婚？」嚇了一跳，從來沒學生敢問她這個問題，這是頭一遭，心想學生還年輕沒惡意，純粹是關心她吧！

俞老師笑笑說：

「結婚跟好不好看沒關係。」

「那是自己不想結婚的嗎？」

俞老師猶豫了一下才緩緩道來：

「我訂過婚，只是……」停頓好一些時間，心裡暗忖該不該跟這兩個學生說？

兩人一聽老師訂過婚，更生好奇，迫不及待地追問。

「那怎麼沒結婚呢？是你們吵架分手了？」

十六、七歲的學生是單純的，認為訂過婚的男女沒結成婚，不是其中一人得不治之症就是吵架分手，其他都不在她們生活經驗所能想到的。

這些高中生除了讀考試的書外，腹中空無一物，其他生活知識更顯貧乏，俞老師當然很明白，也就不介意她們的想法。

「老師你們怎麼認識的？」兩個女孩滿是期待的想知道，什麼時間、地點才容易「邂逅」？

「告訴妳們也無妨，可別到處去亂說，做得到嗎？」

「我們發誓！絕對不說，您放心！」

「我們是美術學院同班同學，大二開始交往，大四訂婚，畢業後他無心從事所學，一心想著投筆從戎，雖然苦苦求他，但執意從軍，我只好由他，這一等就是兩年，音訊全無，後來聽說他來臺灣，我就從上海找到臺灣，從北到南毫無訊息，盤纏用盡，只好謀工作，好在天無絕人之路，應聘在這女中教美術。」

俞老師說得真輕鬆，無惆悵無唏嘘，連一聲嘆息也無，這是何等的豁達。

「老師，他會不會在別的地方已經結婚了呢？如果是這樣，您不是白等他了嗎？」兩人對老師這種無悔的等待似乎不以為然。

「如果他結婚，我還真替他高興呢！心上的一塊石頭總算落地，就怕生死不明，揪著心不安。」

「其實老師您也可以結婚啊！沒必要等，以後老了更不容易結婚了。」兩個女孩真關心老師的未來。

「兩個小丫頭，我俞書恩要結婚是要嫁我愛的人，不是因為年齡大才要結婚，每個人對愛情的期待也許是大同小異，可是戀愛的過程體會殊異，結局也因個人心性而有不同的選擇，我不結婚，也許我精神上永遠倘佯在當初的戀愛中。」

「老師您現在還愛著他嗎？」兩個小丫頭打破砂鍋問到底。

俞老師點點頭算是最肯定的回答。

這兩個十六歲的女孩，很難想像情是何物；一心只盼望早點能嘗到愛情的滋味。

自從知道俞老師的過往後，俞老師也視這兩個學生為忘年之交，亦師亦友，偶爾三人也會一起去看電影，像馬龍白蘭度主演的《櫻花戀》就讓她們意識到心性不同結局也不一樣；男女主角有情人終成眷屬，男女配角卻選擇了殉情，這樣的結果給兩個小丫頭不少啟示。

隨著大考的來臨，兩人仍舊往俞老師的宿舍跑，不同的是，以前是寫字，現在是讀書。炎炎夏日宿舍通風又不是頂好，俞老師特地增購了一臺電風扇，讓兩個拚大考的女孩能盡力衝刺，考上好大學。

兩個女孩經常往來於宿舍，曾引起學校的注意，好在通情達理的訓導主任覺得沒啥違規事件，也就沒禁止，真正的原因是同情俞老師，放學後孤獨無伴，尤其是假日，如今有兩個學生環伺在側，增添幾許熱鬧總比冷冷清清一人獨自來去要好得多。

其實俞老師也怕學校說她耽誤學生讀書外，又怕家長怨她，讓孩子花時間學跟考試無關的書法，所以到了高三，要求她倆以準備大考為主，考上後再練書法。這兩個丫頭頗能體會老師的用心，每次來宿舍也心無旁騖地念書，憧憬著大學生活。

皇天不負苦心人，美月考上公費大學的中文系、如芬勉強擠進F大。

兩人北上讀書後，俞老師的宿舍又恢復以往的冷清，兩人只有寒暑假南返時才相約去看俞老師，老師仍然勤於寫字，美月在大學也參加了書法社，字也越寫愈有風範，師生相聚互相切磋。

如芬唸完大一後就出國了，出國前夕特地去看俞老師，俞老師叮嚀她一些事情。

「讀書戀愛可以並行，但不要本末倒置，女人在經濟上要獨立，精神上更要堅強，不能輕易被擊倒。愛情不是人生的全部，還有其他值得追求的事物。」

俞老師牽起她的手，語重心長地又說：

「妳外型姣好固然不錯，但干擾也會隨之而來，交友要慎重啊！」

如芬點點頭，很不捨俞老師，緊緊抱住老師，眼淚汪汪的。

「我常來打攪您，又吃又喝的，可是書法卻學不好，我太笨讓您失望。不過很感謝老師陪我們度過枯燥的三年。只要我回來一定來看您。」

「每個人的能力不一樣，表現在不同的地方，美月有這方面的潛能，所以她有成績，妳隨機應變的能力不錯，將來也會有發展的。」

自此告別，任誰也沒想到，再相見已是二十年以後了。

美月是個有心人，年年寒暑假都會來看俞老師，因成績優異，畢業後分發回母校教書，跟俞老師成為同事。如芬不常寫信，偶有書信也是簡短數語。

俞老師安閒自處，除了上課外，回到宿舍就是勤練書法，她的行草漸漸寫出了名聲，開了書法展後更是遠近馳名，墨寶邀約不斷，美月就成了老師的助理，幫她打理相關的事。慕名學書法的人也不少，俞老師只好搬出宿舍，住在自購的公寓，方便學生習畫寫字。俞老師的退休、書法展、回鄉探親、世界巡迴展等點點滴滴的狀況都由美月傳遞給如芬。

時光荏苒，三人都有了別樣人生，美月幾經波折才如願嫁給大她近十歲的中文系教授，夫妻倆都喜愛俞老師的字，也就義不容辭的照顧俞老師，逢年過節總是聚在一起，俞老師慶幸自己有這麼好的學生。

如芬曲折的生活並沒和盤托出，她釋放出的訊息微不足道，俞老師和美月只當她在美一定忙得不可開交。事實亦是如此，她埋首工作，早已失去燦爛的笑容，心情也不再敞亮。然而俞老師當年的話讓她受益匪淺，激勵她在逆境中茁壯，堅石不摧的站穩腳步。

這次來觀賞俞老師揮毫的人不少，這其中有事先指定要寫的詞牌，像蘇軾的念奴嬌就寫過上百次，無論來自哪的華人，蘇軾的詩詞是最受歡迎的。兩位得到墨寶的都是紅頂商人，潤筆費豐厚，俞老師悉數捐給海外書法協會作為文化推廣。

這場盛會約莫兩個多小時，待結束後康妮才走到老師身邊，老師正和蘇館長用上海話聊天，看到康妮就對蘇館長介紹說是她的學生。雖然蘇館長認識她，可是因弟弟蘇達勝的事情有了過節，總覺得她傲氣凌人不宜親近。

康妮接老師回家一敘，二十多年沒見，有好多話要說。

美月知道康妮的事多是零星不整的，如今跟老師促膝長談是知無不言，言無不盡，毫無保留的傾巢而出，說到傷心處是淚流滿面，談到馮力滿眼是光，當年老師豈知她會經歷這些事。

俞老師聽完她的告白後，摟著她輕拍她的臉頰說道：

「妳應該去找他，不是續前緣，是讓他們父子相認，無論他認或不認妳都無遺憾，兩個孩子清楚自己的身世，一生也能坦蕩蕩，無陰晦，妳覺得如何？」

「我當然希望他們父子相認，只是目前他的身分不是一般，我指的是他的職務，如果帶給他困擾是我不樂見的。我從沒怨過他。」

「那就等適當的時機吧！如需要我幫忙就告訴我好嗎？」

老師嘆口氣又說：

「我回鄉探親，也去了未婚夫他家，可惜他已離世。當年他離開我去從軍，結果天不從人願，生病倒在異鄉，顛簸輾轉才回到河南老家。他找了我三年，音訊全無，後來才結婚生子。我孑然一身並無怨言，有妳們也算安慰；妳要把握機會、製造機會，不要蹉跎孩子跟他團圓的時間。」

「妳對他的執著堅持我能理解，孩子帶給妳的歡樂就像妳和美月帶給我的安慰是一樣的，但這種歡樂不能取代愛情，曾經上過心的愛最讓人無法忘懷，我們都有經驗是吧！在我身邊我就珍惜，離我而去我就放手，總之擁有過總比沒有好，不是嗎？」

俞老師醍醐灌頂固然不錯，不過也得審時度勢，不然吹皺一池春水，反倒壞了事，康妮謝謝老師由衷的關懷。

師生談了不少時辰後就走出書房，俞老師看到康晉康原兩兄弟就小聲地問：

「像他們的爹吧！」

「弟弟比較像，前額上一撮頭髮最像。」

兩個男孩一看就像在國外長大的孩子，喜歡運動，身材魁梧健壯，少了中國讀書人的溫敦和煦。這些華裔孩子似乎比較喜歡西方人的體格，喜愛運動也經常練體魄，對東方人的儒雅缺少認同。

康妮和老師談得很盡興，多年夙願終於找到聽得懂的人。相對於朝夕相處的父母在心理上是有距離的，至今都沒跟他們說過馮力的底細。

俞老師回臺後本想閉門作畫，期望不久的將來也能開個畫展，以前多是書法展，少有畫作，這次和康妮會面後，她就計畫後年到SF區開個以傘為主題的水墨畫展；預計兩年時間畫個四十來幅，這當中還要花不少時間構圖，希望心中的那幅畫能釋出一些訊息。

得知俞老師回來後，美月馬上登門拜訪，看到老師無恙，也就放心，老師也正想和美月商量一些教學的事情。

老師也述說了一些旅途見聞，聽得美月也想展開翅膀去旅行。

「老師，如芬怎麼樣？她改名字叫康妮對吧！有沒有像我一樣發福？她還好吧！」

俞老師很有長者風範，康妮的事只是略微說說，而且只說風光的一面，其他較隱私的絕口不提，雖然美月和她是好友且能守口如瓶，畢竟這種牽連身世的事不宜張揚。俞老師轉達康妮邀請他們一家做客L城，美月早有前往之意，可是礙於先生懶得動，三個小孩輪番聯考及參加暑期營隊，外加風燭殘年的雙親，讓她動彈不得，目前只好作罷興嘆！

俞老師想休息一陣子，然後安安靜靜的畫畫，徵得學生同意後，推薦跟美月學書法。

「美月，有幾位學生想繼續跟我學寫字，我年紀大體力有限，我推薦他們跟妳學可以嗎？」

「我很樂意，就怕他們嫌棄我。」

「我已告訴他們，青出於藍勝於藍，妳就先準備吧！」

俞老師對美月很有信心，她不但是有實力的中文老師，她的字和畫也都具有一定的水準，教學生是綽綽有餘，當教授的先生更是文采斐然，夫妻倆心性契合，對受教學生來說，除了主學習外，也多了一種潛在學習。

俞老師終於拋開俗務，專心致力於她想要描繪的畫。

她將每幅畫都簡略的幾筆畫在紙上，然後再琢磨要表達的意象，一幅草稿畫就反反覆覆的畫了好幾張，直到滿意為止才正式落筆。

這些以傘為主題的作品都不是大器磅薄的水墨；幅幅皆煙雨朦朧，人傘相依，情深意長讓人沉思的小品。

每幅畫的傘下人物有民初的及現代的，意境各有不同。

雷雨下有撐不住的傘

疏雨中的傘是輕柔的

煙雨的那把傘是朦朧的

寒雨中的傘是哭泣的

夜雨的傘是孤獨的

暮雨的傘是沉重的

微雨中的傘是飄渺的

好雨時節的傘是潤物的

至於那把藏青色的傘，唯有撐過的主人才能讀出「她」的故事。

四十多幅畫終於底定，有卷軸的有裱框的；合作過的經紀人早早就安排了畫展，時不時的就打電話提醒俞老師展出時間，唯恐延宕砸了他好不容易建立的口碑。

金牌經紀人金大榮是個老謀深算的藝術行銷者，專門安排藝術作品到處展覽。老金不到五十歲卻一副老相，不過他的八方人脈是大家公認的，他眼光銳利，那些畫家藝術家有何行情，他都能掐指算得準；俞老師聲譽水漲船高，要想開個書畫展，馬上安排；這次SF區的展覽，由老金一手安排，俞老師希望離SF區辦公大樓不要太遠，金大榮是道道地地的金牌經紀人，展出地點果然在辦公大樓附近。

萬事俱備，只欠東風，剩下的只等作品的運送了。

「傘下情　俞書恩大師國畫展」為名的展覽終於揭幕了，開幕當天來了不少藝文界的名人，尤其是上海幫的文人雅士都不辭千里趕來捧場，一般觀眾更是絡繹不絕。

來參觀的聞人，俞老師幾乎都認識，兩岸開放後，俞老師臺灣、上海往來頻繁，上海老家的兄姊親人還在；當年美術學院的同學，凡是堅持畫作的同學，多數已有一席之地，對當年尋夫到臺灣的老同學俞書恩也極力肯定，俞老師的後半輩子也愈發忙碌，活得也精采有味。

至於這次展覽的心意，唯俞老師心知肚明，她等著那位人士出現，在康妮家裡看過他年輕時的照片及雜誌上的封面照，是否真能識得出還不敢斷言，但是那幅畫應該會找到他。

傘在華人風俗裡是不能送人的，有散之意；可是經過俞書恩大師的撥弄卻將它美化成一把能繫住情絲、親情、友情、愛情等人間至愛的傘。

參觀的人在每幅畫前都駐足良久，莫不驚嘆畫中人物是欲語還休？是識盡愁滋味呢？或天涼好個秋？

人算不如天算，一星期下來，那位人士並沒出現，俞老師因近日奔波體力透支，病倒了送進醫院，她的那些老同學各個緊張萬分，不准她再滯留展覽會場，強迫她好生休養，這麼重要的心願只好暫時擱下！

這次展覽報章有大幅報導，馮力有意無意中也瞧見了；他對任何藝術都興趣缺缺，這類的展覽想必也不會去看。想到以前陪如芬看過一次抽象畫，實在看不懂，只憑如芬天花亂墜講得頭頭是道，現在想起來還很好笑。

如今看到「傘下情」三個字，就有點悸動，想起了那一場雨那一把傘的往事……

他利用午餐時間，人較少時來到展覽會場，好在離上班地點不遠，如果要花個五、六十分鐘的路程，肯定不會來看。

原本以為人會少些，結果仍有人潮，偶爾也有民眾跟他這個SF區的負責人點點頭，馮力與這般人不同的是，他們是佇立細看，馮力是走馬看花，瀏覽一番而已，直到他看到標題為〈借傘〉的那幅畫，他驚了一下，仔細瞧，畫中的女孩是綁馬尾，著洋裝，站在男孩旁邊問可否共撐一傘，隱約中的背景是圖書館。

天啊！當年如芬不就是這身打扮嗎？怎麼會畫得如此相似，看了其他畫都有買主，唯獨這幅和旁邊那幅標的是非賣品，〈倚門期盼〉畫的是母子三人在廊下看著撐傘遠去的男人，馮力並沒多想母子三人的這幅畫，因為跟他無關。

馮力重新再看了一遍所有的畫，是否還有蹤跡可循，他發現另幅也有點眼熟，一對男女在微雨中撐著傘對看，像這樣的畫是非常普通，不是某兩人專屬行為。讓他疑惑的那幅畫，久久纏繞不去，於是他走向招待處詢問：

「請問俞書恩老師在現場嗎？我如何跟她聯絡？」

「真不巧，她前陣子太累病倒了，目前在休養，你可以買本她的《傘下情》畫冊了解她作畫的過程或意念啦！動機啦！不也是一種心靈溝通，對吧！」真是行銷高手調教出來的子弟兵，好在這些子弟兵不是該地區的市民，不認識馮長官。馮力哪有不買的道理，只覺得太不巧了。

步履沉重的離開畫展，回到辦公室後趕緊打開畫冊，看個清楚；首頁只是介紹俞書恩老師的簡歷，每幅畫只有主題並無說明，不過提到大師曾在臺灣教書，目前時居上海時居臺灣，光憑這點就讓馮力起伏不定，他很想進一步了解該畫的源頭，但又恐剪不斷理還亂，招致無謂紛擾，想到此只好跟姊姊馮敏商量。

下班後直接到馮敏的學校談此事，馮敏有個人辦公室，談話十分方便。

聽完弟弟的述說，馮敏決定明天去看個究竟。

馮敏在現場繞了一圈，弟弟說的那幅〈借傘〉的畫已看到了，她走到門口問了接待處的人員：「為什麼那兩幅畫是非賣品，有什麼特殊用意？」

「我哪知道，我只是負責招待而已！妳看上哪幅？」

「打擾你了，我慢慢看。」馮敏又回到那幅畫前看了又看。

時隔了兩天，馮敏直接打探俞書恩大師目前所在，結果緣慳一面大失所望，俞老師因病歷都在臺灣，已速回臺灣治療。

原本平靜的生活，突然因一幅畫起了波爛，弄得馮力坐立難安，不知如何是好，俞老師那裡也像斷了線的風箏。馮力對這件事極為謹慎，不宜讓人知道，不然仕途受挫，家庭不寧，多年的努力化為烏有，唯有姊姊可商量；根據馮敏的推論，「俞書恩大師想必認識她，看樣子她在臺灣，應該早就結婚生子了，女人都不希望婚前的事被挖出來，尤其是你們那麼相愛，對她來說是想盡辦法隱藏過去，你最好不要追究，讓大家平靜過日子。」

馮敏這番話說得也有道理，馮力自己就不曾告訴太太他的過往，太太曾問他在美國有沒有女朋友時，他非常不耐煩且惡狠狠的說：

「窮學生吃飯都成問題，哪有錢？有閒？交女朋友，更何況我那身分只能低調生活！」

太太被兇過再也不敢問，心想你一定是作賊心虛，可是對馮力來說是永遠無法癒合的痛。

經過姊姊的一番分析後，馮力帶著一些遺憾回到現實，不知今生是否還會和她重逢。想到自己兩鬢已有白髮，不知她是否也走了樣，年過四十的女人，身材發福兩頰下垂，拖兒帶女一副大嬸或大媽的模樣，真是那樣，我們還會愛著對方嗎？當初彼此都被對方的外型吸引，俊男靚女羨煞不少人，記得他的印度室友看到如芬時說他很有福氣，居然能遇到這麼有味道的女人，聽得他喜上眉梢自鳴得意。事過境遷，往事逝水，年輕時的那份愛情早就塵封在記憶裡，沒想到這會兒又搬了出來，咀嚼一陣又吞了回去，難忘綺年玉貌的愛人。

俞老師的一番苦心化為烏有，回到臺灣後經醫生嚴重警告她已不適再東奔西跑，至少需要長期調養，連作畫寫字都有損眼力及體力。好在所有的畫都有買家，只有那兩幅非賣品已寄回來了，俞老師拖著病體到郵局親自將這兩幅畫寄給美國的康妮，她不想讓美月知道她畫的內容，美月是何等聰慧的人，一看就知道這中間必有文章。

年輕時的康妮是機靈有活力的，如今卻是那麼的深沉漠然，眼裡總有一股鬱結，俞老師對她有說不出的憐愛。美月家庭幸福，夫妻恩愛，小孩健康，家中經濟又不錯，相對於康妮，俞老師就沒那麼用心思在美月身上了。

同是花樣年華，有戀愛有歡笑，結果卻不一樣，真替她嘆息也婉惜，那麼美好的女孩只倘佯在短暫的愛情裡，還沒織成的夢就匆匆的幻滅了，剩下的是獨自過著苦澀的日子，興許是同病相憐，俞老師能幫忙的就是保持聯繫，讓她抒發心事。

收到老師寄來的畫及開畫展的用心，簡略的幾句就讓她感激涕零，康妮把畫掛在自己的房間，免得父親問東問西，母親敏感一眼就看出苗頭，問她：

「畫妳和他吧！還真像妳呢，紮馬尾穿洋裝。」母女心照不宣，母親也不多問，問了也不會說。康妮對母親的關懷是感恩的，唯獨叨唸要她找個伴，將來老了有人照料等等，實在受不了。

有時不耐的回答了好幾次：「到時候是誰照料誰啊！」

更讓她生氣的是母親的這句話：

「讓兩個小孩有個父親總不是壞事吧！」

不說還好，這一說讓她火冒三丈的大聲吼：

「他們有爸爸，他們的父親是有頭腦又有長相的七呎之軀。」

她跟母親講過多次不想結婚，可是父母總是聽不進去，每每弄得關係很僵。

關上門，躺在床上，欣賞著，僅這兩幅畫就把旖旎歲月做了總結。

〈借傘〉這幅畫讓她緬懷錦色華年的一顰一笑，〈倚門期盼〉倒是她未決的懸念，孩子滿十六歲時已跟他們談過身世，清楚地告訴他們的父親是已有家室及目前的職務，兄弟倆沒什麼特別的反應，只是謹記心中沒有與人道說。康妮頗感安慰的是兩兄弟從沒因父親的缺席而自憐，吳玲的兒子則多愁善感，常怨嘆生命中少了父親為伴。

長期以來她並不希望兒子心繫這份未知的親情，一個人能卸掉感情的包袱，輕騎簡從瀟灑來去，這是多麼自由！

事實上，馮力和康晉康原終歸要有父子相認的一天，至於待何時何年則需仔細思量。俞老師的那句「莫蹉跎」給了她很大的啟示，世事難料稍縱即逝，尤其是這等大事更不能有遺憾。

俞老師原本不打算告訴她開畫展的目的，歷經大病一場，覺得有些話還是要告訴她，自己未能成事，希望康妮能早早了卻心願，他們師生相濡以沫互相砥礪，無論事情有多繁雜，總是朝光亮的一面迎去。

這次未能遂願，仍有來日，就像俞老師當初隻身來臺，不棄不餒的在孤獨中過日子，用時間毅力尋找未婚夫，雖然天人永隔，總算放下懸念之心，此段時間也沒浪費，提起筆揮灑文墨造就生命中的另一篇章。

俞老師開畫展的心願未遂，精心籌畫兩年付出的心力無從估計，卻在最後關頭突然病倒，那幅畫等不到相認的主人……夜闌人靜時康妮反覆地推敲：

馮力是去了？還是沒去？

他不會關注藝術，可能根本就沒去看。

那麼明顯的主題，難道忘了「傘」，他曾把那把傘送給了她？

去看了，往事如煙不值得追尋？

身分敏感不宜深陷，豈能冒身敗名裂之險。

總之，他不主動來找她，一切隨風而逝？

## 十五

美國「飛捷汽車公司」的總經理阿里要來SF區拜訪馮力，二十多年沒見的阿里是公司派來的。

有朋自遠方來，不亦樂乎，馮力期待阿里的來到，兩人有很多生活經驗要分享。他要讓阿里看看泱泱大國的風貌，當然更重要的是盡地主之誼敘敘舊。

兩位中年男子終於相見了，馮力已有了中廣的身材，不過風采依舊，阿里的身軀早已變得圓柱形，頭髮黑白夾雜，鼻梁上架著一副金邊眼鏡，兩人相見緊實的抱在一起，久久不語。鬆開後才發現二人的眼眶都有眼淚，相視一笑，各自拿出手帕擦去淚水。阿里受「飛捷汽車公司」的指示，這次來是開發市場，當他知道馮力的職務後就積極的和他聯絡，馮力本著上面的政策也表示歡迎，詳細的計畫則須有詳盡的書面說明，馮力會將「飛捷汽車公司」的資料送呈上級和團隊做研討，一時半載是無法定奪的，這之間的來往就會變得頻繁。談完一連串的公事後就聊到彼此都很關心的私事。

馮力告訴阿里，如芬來過SF區，他們見過面，談了一些瑣碎的事。阿里也把家中的大小事件說了一籮筐，妻子普雅在大學當系主任，他們育有一兒一女，目前都在讀大學，物質生活超過他和普雅當初所期盼的，夫妻感情則有不少波折。阿里坦承物質富裕後誘惑跟著來，有兩年的時間背著普雅和一位女同事過從甚密，後來普雅知道後鬧離婚，他才幡然悔悟斷了這段不軌的婚外情，可是普雅受傷後一直到現在都對他冷冷淡淡的。阿里在家是人不如普雅養的狗，在公司則意氣風發，現在全心於事業上，無心感情，兩個小孩正是需要用錢的時候，不能再讓他們也成為受害者。相對阿里，馮力就單純多了，生活用度上沒阿里那麼闊氣，和妻子的互動還算好，大家都卯足了勁忙自己的事沒時間吵鬧，女兒在她媽媽的學校念書，用不著馮力接送和操心，順便遞了張全家福給阿里看，阿里也拿出了他們一家的合照給馮力看，馮力直誇他兒子比阿里帥，女兒像普雅，除了漂亮外也很精敏。

阿里一聽讚美他兒子帥也回說：「你兒子長得帥極了！」

「什麼我兒子，我女兒是漂亮不是帥。」

「我說的是你雙胞胎的兒子。」

「什麼雙胞胎兒子？我不明白。」

「如芬沒跟你說？」

「說什麼？」

「天啊！我又做錯了什麼事，說錯了什麼話。」

阿里在馮力咄咄逼人下，才說出有關雙胞胎兒子的事。

阿里喘了一口氣，慢條斯理地細說從頭……

「我和普雅在你離開後的感恩節去看她，才發現她懷孕六個月，當初她不願告訴你，怕你回國後心神不寧，如果你滯留美國不歸，會造成你家困擾，所以她獨自承擔懷孕、生產、扶養的擔子。孩子出生後的兩、三年時間是住在修女辦的育幼院，到三歲時貸款買了房子才帶回家。」

「我和普雅在幾年前去過她家，她事業有成賺了不少錢，她和她父母、孩子住在很寬敞的豪宅裡，生活富裕，家裡還請了人幫忙做家務。」

「她先生呢？」

「她應該沒結婚，她說一個人很自由，沒人管。」

馮力聽到這裡，已知曉別後她的大概情形，跟他那年知道的完全不同。她隱瞞太多的事實，不知何故？

阿里發現馮力的表情不似剛才那麼欣喜，眼神有點渙散，心有所思，馬上拍拍馮力的肩膀說：「我認為你有機會該去看看他們母子，我和普雅都覺得她不是很快樂，以前她的眼睛會笑會發亮，那次看到她的一雙眼睛很冷清，不過她還是很熱情的招待我們。」

「當然會去看他們，非常謝謝你告訴我這麼重要的事。」

兩人又談了一會兒才結束，臨行前馮力對阿里說：「我會盡快回覆你公司的計畫，到時候再聚，記得帶普雅一道來，我很感謝她也很想念她。」馮力說得沒錯，當時普雅曾告訴他如何追如芬。最終雖是憾事一樁，可也曾繾綣難忘，歷經人生的高峰經驗。

馮力回到家後脫去讓他窒息的衣服換上居家便服，打開櫥櫃拿出上司犒賞他的一瓶紅酒，斟了滿滿一杯坐在客廳喝悶酒，程蓉蓉關心的問了幾句話，馮力一臉沮喪無力的說：「我想一個人靜靜，妳先休息吧！」

程蓉蓉很識相的回臥房不再打擾他。

回想那年他們從四月慶生後就經常在一起直到他八月初回國，這段時間懷孕的機率是有可能的。

那年在翰林飯店，她曾說孩子還沒出生他們就分手了，另外也說過孩子跟他們父親一樣聰穎，原來指的是他。讓他難過的是父子相見不相識，當時介紹兒子和他認識，彼此握手問好，這一切是如此真實卻也殘忍。突然又想到前幾年小紅回國省親到母親家裡時，也曾私下問他在美國有沒有女朋友，記得他回說：「哪有什麼女朋友，頂多禮貌上打打招呼而已。」小紅又說她在醫院看到一位年輕的華人因喉嚨發炎發高燒求診，因長得很像馮力所以才起了聯想。馮力還調侃地說：我這種長相到處都有不奇怪。現在想起來，覺得蹊蹺，莫非小紅看過他們母子？

或聽說過什麼。

其實最讓他百思不解的是她為什麼不告訴他，難道他如電影《郎心似鐵》的男主角一樣無情無義。記得那時他們在學校的地下室跟一群同學看些黑白的影片，這部「A Place in the Sun」中文翻譯為《郎心似鐵》有深刻的印象，看完後如芬問他：「你為了前途會做這種喪盡天良的事嗎？」

「什麼話，我馮力哪是這種人，妳太糟蹋我了。」

如芬唯恐馮力不悅，馬上奉送一句中聽的心聲：「我是很有眼光的人，我喜歡的人絕對是正人君子。」

「妳呢？富家子和我之間妳會如何選擇？」

「我不選你……」如芬故意想逗弄他，停頓半晌再說：「我也不選富家子，選我愛的，終身不渝。」

當時的一段對話，一語成讖，她選她愛的，終身不渝。

馮力將才智聰敏都發揮在工作上，幾乎無往不利，他和她之間的事卻從未思慮後果，也難怪他給她打電話時總是回一句謝謝、保重之類的客套話，從不多言。現在想起來，自己昏昧無知到出現他面前的事居然混沌得一點感應都沒，也許她在試探中已看出他根本沒有想過的事，也就什麼都不說了。

事實如此，他不能裝聾作啞不聞不問，目前他該如何面對康妮和孩子的事，結論是先跟姊姊商量，馮力之於馮敏就像康妮之於如篤，姊弟會彼此保密和協助，打定主意後明天請馮敏來家裡一趟。

馮力因心緒混亂整晚無法闔眼，早上就打了電話請假，不知情的程蓉蓉問他要不要看醫生；馮力心想他要看的是心理醫生。

上班上學的都離開了，姊姊在他緊急召喚下請了外出假，趕來家裡看弟弟，一進門看到兩眼腫脹神情萎靡的馮力就嚇了一跳，焦急的問：「出啥事，跟程蓉蓉吵架了？」

「吵架這種小事不會找妳來，是大事找妳商量。」

馮力把阿里說給他聽的事一五一十的告訴姊姊，馮敏不可思議問：「你確定嗎？有沒有人想陷害你拉你下馬，編些無中生有的事？」

「我沒政敵，在政治上我清白得很，沒有拉我下馬這檔事。跟康妮是有逾越的行為……」

事到如今，馮力只有坦承，他把想法跟馮敏講了些，兩人商討如何面對。

馮敏想到看畫展的事，「你記得曾經要我去看臺灣畫家開畫展的事嗎？」

「記得！有什麼蛛絲馬跡脈絡可循嗎？」

「有兩幅非賣品，其中有一幅畫是〈倚門期盼〉，一位母親牽著兩個一般大的稚齡小兒在門口等人的水墨畫。」

「我當時有買畫冊，一直放在辦公室抽屜，有時候會拿出來翻翻，可沒注意到這幅畫的意思。」

「弟弟啊！你除了工作，其他的事還真一無所感。」

商量的結果是馮敏利用暑假去美國康妮家一趟，馮力因身分敏感不宜貿然前往。當然馮力會先打電話給她，徵得同意才能成行，不然一切也是枉費心機。

心急如焚的馮家姊弟，算了算時間，這會兒是上午十一點，L城是前一天下午八點左右，她應該在家吧！別人的電話他未必記得住，她的電話0021……再多碼他都記得清清楚楚。

馮力撥通電話，確知是康妮後開口就說：「我姊姊可以在今年暑假來府上拜訪妳嗎？」

康妮有點驚愕，禮貌上的表態當然是歡迎，「非常歡迎，是她一人或還有家人？」

「應該是她一人，她兒子在美國東岸做研究很忙，不會來。」

「確定時間後再通知我，我會去接她。」

就這麼簡潔的敲定一件大事，讓馮力懸在半空中的心安定了。馮家姊弟都認為這件事目前不宜和程蓉蓉說，蓉蓉知道後會告訴她父母，她父母又會跟小女兒說，他們程家在宣傳上是天生異稟，成效卓著。至於父母也不提，免得大驚小怪找來舅舅一幫人摻和，然後抽絲剝繭發展出好幾條線索。這一切等確定後再作算計。

馮敏要去美國時，先生錢偉交代她一些事情，錢偉並不抱著什麼大希望，希望馮敏心裡有點底，即使敗興而歸也不要太過氣餒。

馮力在美有雙胞胎兒子這件事，目前只有馮家姊弟及錢偉知道。錢偉自小與母親相依為命，父親在他兩歲時回江南老家探親，結果一去不回，後來才弄明白，他父親回到江南又再娶，拋妻棄子。母親不哭不鬧也不求人，把江偉改為錢偉跟著自己姓，與負心漢一刀兩斷，咬緊牙關含辛茹苦地把錢偉養大。錢偉書看得不少也算爭氣，對母親百依百順，和馮敏交往時有言在先，將來和母親同住，如不願意兩人就分手，十足以母為大的乖兒子。馮敏喜歡錢偉那種燕趙男兒的豪爽及氣度，自然答應錢偉的要求，何況她自己要上班，有人操持家務吃個現成飯何樂不為。錢偉的娘不識字卻懂禮有肚量，對媳婦如同兒子一般，一家人相處倒也和諧美滿。馮家二老對這個女婿也是非常滿意，家中任何事都會找他一起商量，錢偉也義不容辭替岳家分憂解難。兩家人實為一家人，過年過節錢偉的娘也跟著到馮家一起熱鬧從不彆扭。

這次馮敏要去美國康妮的家，錢偉就把自己被父親遺棄的感受講了些，提醒馮敏要有同理心，別弄得不愉快反而誤事。
馮敏不是第一次去美國，以前也曾去過兩次，一次跟錢偉探視在美國東部馬利蘭州進修的兒子，另一次隨學校參訪到過波士頓。西海岸沒去過，不過康妮已在電話上詳實說明接機地點等事，請馮敏放心。
飛機抵達已是下午了，馮敏走出海關後忘了當初說好碰面的地方，不得已只好朝接機處張望，沒想到CA州的亞洲面孔特多，她的視線盯著那些看起來五十歲左右的亞洲中年女子，看到一位打扮入時衣著時尚的女子就朝著她走去，結果對方沒啥反應。
這時，有位男士跟她打招呼：「請問妳是馮敏教授嗎？」
「我是，你哪位？」
「康妮的朋友，她在妳們約好的地方等妳。」馮敏跟著這位男士走到相約處。
康妮看到他們走過來就迎上前去表示歡迎，馮敏不太相信自己的眼睛，康妮比五十二歲的馮力小兩歲，可是眼前這位女士看起來頂多三十五、六歲左右，太年輕了，心裡有點不踏實。
康妮看出馮敏的不安，就問她：「請問有什麼不妥嗎？」
「沒有，我覺得妳比實際年齡年輕了許多。」
「我比馮力小兩歲，已經不年輕了。這位是張先生，他經營機場、車站的接駁生意，我們在這等，他去開車。」

馮敏稍稍安了心，努力回想她曾看過馮力和她在校園草地上的合照，漸漸的影像越來越清晰，她就是這模樣。那時笑得很甜，現在也微笑，卻很冷。

康妮之前有跟父母提起有位內地的馮教授要來家裡作客，希望父母少講兩兄弟的事，母親問原因，康妮只說「我不希望他們被打攪」，母親自然就明白要來的客人可能不是普通的人，至於是何方神聖，只有等見面後再說了。

馮敏進了康妮家門就跟她的父母問好，趙家父母看到馮敏也誇了幾句：「女教授不簡單，佩服佩服！」講完後就在院子裡蒔花弄草消磨時間。

吳玲也出來跟馮敏打個照面，幫她把行李放到客房。

稍事寒暄後康妮就帶馮敏到客房去，告訴她長途電話撥號說明在桌上，喝的熱水在哪裡拿，以及盥洗室冷熱水開關的使用等等。交代完後又補充說：「妳可以休息，我不打擾你，七點吃晚餐。」然後就離開沒再出現，直到用晚餐時間才碰上。

目前這一切跟她想的完全不一樣，以為兩人會促膝長談，沒料到康妮是如此的刻板沒有溫度。躺在床上越想越不舒坦……懵懵中聽到有人敲門，「馮教授吃晚餐囉！」

馮敏看了桌上的鐘已是七點十分了，心想慢個十分鐘有啥關係，讓他們先吃，仍舊慢吞吞地來到餐廳，到了餐廳一看，大家都在等她還沒開動呢！馬上連聲說抱歉睡過頭了。康妮先給馮敏介紹她的兩個兒子，馮敏用力的跟兩位大男孩握手坐下後就開始動筷，沒想到他們一家要作飯前禱告，一聲「阿門」才開動。趙昕善能言善道，總希望家裡有客人來吃吃飯聊聊天，難得有客人，他的話就不曾停過，問東問西又講些陳年往事，這些過往之事，家裡的人都充耳不聞，但是趙昕善樂此不彼的重覆講著乏善可陳的舊事，馮敏倒覺得這是待客之道，表示熱誠。像康妮寡言少語讓她這個來客不知所措，想要聊天卻不知如何啟齒。

吃過飯後，馮敏主動跟康晉康原找話說，兩個大男孩心裡也知道來的是何許人也，不過沒經過律師這道手續是不能說的。馮敏先說自己的兒子在美做研究的情形，又說些她服務學校學生的學習狀況。康原也適時地回應幾句，康晉默不作聲地聽她講，頂多點點頭作為附和，康妮坐在一旁也不說什麼，偶爾幫忙添個咖啡或茶，靜靜的聽馮敏開講。打開話匣子的馮敏滔滔不覺的講了一個多小時，兩個大男孩看看時間就禮貌的要告退，馮敏馬上說：「我們照個像好嗎？」兄弟倆就和馮教授照了幾張，康妮說什麼都不照，馮敏也就知難而退收起相機。

兄弟回房做自己的事，剩下她們兩人，康妮單刀直入地問：「請問馮教授來此的目的是什麼？直說無妨。」

馮敏講了一些不著邊際的事，正要講馮力剛回國那段沮喪的日子時，康妮馬上說：

「我去SF區時他已經說過了。」

馮敏這才轉到重點：「他們兩個是馮力的兒子吧！」

「對不起，我不能回答妳，我的律師只能跟當事人說，連我父母都不敢問。為了保護我兒子及他們父親的名聲，茲事體大，恕不奉告，請見諒！」

康妮口氣堅定既明確又犀利的回答，讓馮敏招架不住，根本沒有下文可說，尷尬地回說：「說得沒錯，名聲很重要，我了解！我了解！」

康妮換了另種較平淡的口氣說：「上個月跟妳聯絡時經妳同意，我已經幫妳訂了三天兩夜的S城之旅，明天早上九點出門我載妳到集合地點，早餐在餐桌上，妳自己想吃什麼就自由拿取，別客氣。旅費已繳了，導遊及司機的小費也付了，妳就不要再給了。早點休息，晚安！」

逕自回房去了，如此的待客之道華人是絕對受不了的。

馮敏回到客房躺在床上，心裡實在不好受，心想弟弟怎麼會愛上她，除了外型姣好外，個性孤冷，連跟她這種平易近人的人都格格不入，真是難以相處。馮敏想到弟弟認識的幾位女孩；小紅不僅容貌勝過這位康妮，個性溫和又有護理專長；程蓉蓉長得也娟秀宜人，進退得宜很好相處，和她們在一起總有一堆話好聊，對馮敏這個被稱為大姑的也尊敬有加，想到此就慶幸馮力沒娶她，不然和母親及她這個大姑水火不容，弟弟夾在中間難以度日。

馮敏因為沒達到目的也就不打電話回去，因不知要說啥，不過馮力卻打了通電話給康妮，其實康妮很想聽馮力的聲音，但強制壓抑自己對他的思念，每次電話總是講一兩句就掛掉，久而久之轉化為身心上的一種「超我」的不合理要求。她心裡很清楚馮力仍舊愛著她，她也容不下別人，明明有溫潤的愛情湧入她的生命，可是偏偏把冷漠罩在臉上讓人敬而遠之。就像今晚的電話，馮力是希望跟她講話，她卻轉給了馮敏。她想盡辦法把浸在愛情海裡的感情擰乾，甚至連滴下的水都要擦乾，她的強迫行為來自於馮力在身心上都不再屬於她。康妮很篤定的感應到馮力對她的用情，只要她一鬆動往前跨一步，馮力的事業家庭就完了，既然相愛就更應該為他著想。她也不願逾越道德去維繫這份兩人都還存在的戀情，康妮用這種冰寒雪冷的言語回應馮力，為的是隔絕舊情。

度過難熬的一夜，馮敏八點多才起床，梳洗後就去餐廳用餐，康原也正在吃早餐並跟她說了聲早安，她坐在康原對面，發覺他前額有一撮很明顯的頭髮，馮敏看得目瞪口呆，這不就是弟弟馮力的翻版嗎？如果康原出現在國內是多危險的一件事，婚姻外的父子關係及相似的容貌定會帶來蜚短流長，弟弟的前途也就不堪設想。馮敏這時捏一把冷汗，還好康原身在千里外的美國，想到此就對昨天康妮的態度有了體諒，尤其是那句「他們父親的名聲」。難怪錢偉說要有同理心，如人只憑自己的感受去衡量事情是有誤差的。這下她學到了經驗也長了知識。

「馮教授，希望妳玩得順心！」康原面帶微笑地祝福馮敏的S城之旅。

康原比哥哥康晉善交際，為人八面玲瓏，有他在絕無冷場，笑話一籮筐，什麼顏色都說得有聲有色，真是咳唾落九天，隨風生珠玉，這點特質並非馮力所有。康晉沉穩不輕易出手，承襲馮力的內斂，康原外型神似他父親，個性較像母親，應變能力佳。

馮敏有舉一反三的本事，接著康原的話：「以前有去過北京旅遊嗎？」

「去過上海，沒去過北京。」

馮敏有點放心，因為以他的長相很容易引起騷動，高大俊帥的外型，倜儻不羈有著大明星的風采。雖然兄弟是雙生，可是哥哥看起來較長了幾歲，認識他們的朋友從未誤認誰是兄誰是弟。

快九點時康妮請馮敏準備出門，她拿了一個信封給馮敏，「這裡面都是小鈔，方便付小費，這是美國文化，到處要給小費。」

馮敏推遲一番後才勉為其難地收下，拿在手裡心中掂了一下，哪裡是小費，厚實得很。康妮待客之道在語言上是言簡意賅，物質上是大方不失禮，尤其這位跟兒子有血親關係的親戚，將來仍會來往。

馮敏外出旅遊後，康妮的母親好奇的問她，馮教授到底是何許人也，因為康妮幾乎沒有招待留宿過內地來的客人。以前來的有好友茱蒂及其家人、阿里一家人、臺灣的俞老師，卻從未聽過馮教授這個人，突然造訪又招待她旅遊。

「妳在哪裡認識她的？」

「大學同學的姊姊，她兒子在東岸做研究，順便來西岸看看。」

「大學同學是男的還是女的？」

康妮不耐煩的說：「男的，有太太有孩子，跟我沒有任何關係。」

母親康老師不是沒心機的人，之前才被叮嚀不要談孩子的事，肯定她和馮教授之間有點什麼；雖然女兒說了「跟我沒有任何關係」，依此推測應該有點瓜葛。

當過老師的就有「抓」說謊瞎掰的職業專長，學生的花樣老師是見招拆招，直到學生認錯，老師才會高高舉起輕輕放下，一句孺子可教也！就給了學生機會。

然而自己的女兒完全使不上任何教育理論，唯一從女兒身上學會的就是「百忍千忍」，磨練修養靜觀其變。她不肯說，做父母的就裝著沒這回事，幾年下來康妮守口如瓶，從未談起孩子爹的任何事。趙昕善私下跟太太用諷刺的口吻說：「也許是什麼大人物吧！」他們父女早有裂痕，趙昕善那些不中聽的話也只到太太的耳朵為止。父女同桌吃飯，大家都有說有笑，康妮只對兒子或如篤的話有反應，父親的說笑一概面無表情，時間久了大家習以為常。雖然康妮也想告訴母親她和馮力之間的事，但母親知道就等於父親也知道了，趙昕善不是深思熟慮的人，事情只要碰上他就成事不足敗事有餘；舉凡茲事體大的事通常都瞞著他，如篤交女友就瞞到結婚後才告訴他。不然身家調查問得一清二楚，祖上三代都不放過，唯恐結了家世懸殊的惡親家。

康妮按照約定的時間去接從S城回來的馮敏，馮敏一下遊覽車就看到康妮面無表情地站在那，沒和任何人交談，其他來接的多少會聊聊問問，唯獨她遠遠的站在一邊，等馮敏自己走過去，這種接待也算另類。馮敏心想以後不會再來打攪，還好不是姻親無需保持聯絡。康妮開了後座門請馮敏坐在後面，馮敏也就恭敬不如從命，雖然覺得失禮卻無奈這位冰山美女的作法。

馮敏在車上總聞到一股香菸味，用鼻子使勁吸了一番，康妮從後視鏡看到後就說：「我來時在車上抽了兩支菸，所以有味道，對不起。」

「沒事！沒事！」馮敏又學到一樁事，不能從外表行為妄下斷語。原來抽菸後不便與人近距離交談，不然滿腔滿口的菸味實屬不禮貌。馮敏看著開車的康妮，心想這位女士有啥特質讓弟弟當年如此沉醉，而後又受傷甚深，她自認了解弟弟，怎麼都看不出來康妮的魅力何在？

住在漂亮屋宇內的人未必生活也漂亮，馮敏住不到一星期就想快點離開，金窩銀窩不如自己的狗窩，這棟豪宅不是久留之地，趁早回家才是上策。

晚上用過餐後，康妮拿了一袋東西給馮敏，一件質料非常好的西裝式外套及皮包送給馮敏，也送給她兒子兩件襯衫；另有兩罐維他命，紅色大罐送馮敏夫婦，綠色小罐送馮力。康妮特別說明用法，「紅色罐賢伉儷都可吃，綠色是給馮力的，午飯後吃一粒，適合五十歲以上男士吃的。」康妮想得多細膩，既然是午飯後吃，這罐維他命勢必要放在辦公室，省去他妻子問來自何處等一連串的問題。

「送那許多東西做啥？真不好意思。」馮敏也知道推辭別人禮物是不禮貌的行為，但口頭上還是要表態一番，不似西方人一句謝謝來得俐落。

「妳來時不也送了一堆內地的特產嗎？禮尚往來是我們華人的傳統。」

馮敏在不順意但又不失禮的招待中結束了未達成的任務。

回去後，馮敏當著馮力和錢偉俱實陳述，言語中對康妮多有貶抑。錢偉笑著說：「我料中妳敗興而歸」然後又接著說「妳認識那位女士是五十歲的女人，馮力認識的是二十多歲貌美如花的女孩，當然不一樣，戀愛中的女人和長年獨守空閨的女人心性是不同的。妳馮敏處處有人疼有人捧，很難體會她的心境。」

馮力聽到姊姊如此評價，心裡很難受，不是替姊姊而是替康妮，順便說了句「她在臺灣長大又在美國讀書做事，一些文化差異難免會有，別放在心上。真謝謝妳幫我跑一趟美國。」

馮敏陳述有關康妮處理事情的態度是她的感受，不是真實的原貌，文化差異豈止這些芝麻綠豆的小事，中西方碰撞後才知道思想上的天差地別，雙方僅憑文字書寫這類刻板印象而作判別實屬幼稚，誤會叢生造成的間隙也就越來越大。

對於這趟未達成的美國行，錢偉說得很明確中肯。

「康女士希望你們父子相認團聚，不是姑侄相認，馮力你要三思後行，想清楚再做決定。照馮敏觀察和照片顯示，他們兄弟應該是你的骨肉，你們馮家祖上有雙生紀錄。」

馮力聽了姊夫這番話，也覺得這麼大的事自己沒出面讓姊姊去探尋，實在魯莽且失分寸。

馮力吃過中飯後回到辦公室，拿出康妮送他的維他命，又從抽屜拿出畫冊翻閱那兩幅非賣品一看再看，自己到底要如何面對目前的問題。如果要去美國，之前隱瞞不讓人知道的戀情就要從實招來，父母可以體諒兒子，妻子心裡會不會有疙瘩，重點那是婚前的事，沒出軌的問題。最難臆測的是工作單位會如何處理，讓他們父子相認或聲明與己無關或拖到退休再說。

經反覆掙扎冷靜思索後決定要親自去趟美國，之前不知道也就罷了，如今具實存在，他不能不聞不問。不過最重要的是先跟康妮聯絡，她允許後馮力才能去探視，如拒絕只好作罷！

這通電話並不好打，馮力很難啟齒，他拿起話筒想了又想不知如何開口，吸了口氣撥通後緩緩地說：「康妮，謝謝妳上次招待我姊姊，她說妳把兩個孩子教得很好，我可以來府上看你們嗎？」

「我很慶幸他們有好基因，我們很歡迎你來，什麼時候，需要我們去機場接你嗎？」

馮力一聽康妮答應得如此爽快，梗在心頭的大石落下了，馬上回說：「我要先向上級請假，核准後就與妳聯絡好嗎？」

「核准你就來，不核准也無所謂，你的心意我明白，沒事我就掛電話囉！」多爽快的回覆，幾分鐘就把事情講得清清楚楚，不拖泥帶水，馮力想多說些話的機會都沒有。

馮力決定後，首先呈報上級依規請假，至於工作單位要如何處置，他尊重上級。請假單上另附陳情書一份，文情並茂的陳述當年在美的一些事情。

請假的相關資料送出去後，不到一個月就回覆了，上面居然指派他前往L城、S城兩地考察十天。真是喜出望外，感激涕零。

馮力終於向父母坦承當年在美發生的事，馮大爺馮大娘簡直不敢置信兒子有這麼大的膽子，在那個時代敢跟「國黨」的女兒戀愛，難怪回來不敢吭氣。如今還有雙胞胎兒子，馮家大爺大娘看了馮敏幫他們照的相片悸動不已，大娘拿在手裡瞧了又瞧，問東問西。馮力也只能說他看過老大，小的沒見過，其他的事根本不清楚。

父母這邊交代好了，回家又向程蓉蓉講了過去的事。程蓉蓉看著丈夫心想，「你真夠陰，從不透漏一個字，我還以為你跟我一樣單純，沒想到厲害到一舉兩得，做個現成的爸爸，而且是美國人的爸爸」。

馮力也觀察到程蓉蓉不自在的表情，為了安撫妻子，順手摟緊她在耳邊說：「那是以前的事，我不會對不起妳，放心！」

馮力的柔情蜜語一向無往不利，好在這類的話都在不同時段說的，小紅聽過、康妮都背起來了，現在是說給程蓉蓉聽。男人在換了不同女友時說這些話無可厚非，只要不是同一時段說給眾多女友聽就好。

程蓉蓉稍稍放心後才問：「她現在的丈夫是個什麼態度呢？」

「她沒結婚，跟父母孩子住在一塊。」

「沒結婚？為什麼沒結婚？難道她還愛著你？」

「我哪值得人家如此厚愛，那是她的事，與我沒任何關係，我畢業回國後就沒去過美國西岸。」馮力這番話說得他心虛欠安，明明知道康妮不結婚的原由，但能與誰訴說？

程蓉蓉聽到對方未婚，就開始忐忑不安，也懷疑馮力有蒙騙之嫌，心情時好時壞。他倆都到中年，四十多歲的她身材早已發福，也有了魚尾紋，皮膚已無光澤，可是馮力卻散發出熟男的吸引力。程蓉蓉學校的女同事曾暗戀過他，好在馮力根本無心這類的事。無心最大的原因是他心裡長住著一位難忘佳人，尤其是上次的相聚讓他平靜的心湖又起了波濤。

真是牽一髮而動全身，程蓉蓉也開始不安了，丈夫和在美國的那位女士還有情愛嗎？他倆會不會舊情復發或藕斷絲連等等，這一連串的問題讓她寢食難安，決定找馮敏談談，到底馮力和那位女士之間關係如何。

馮敏看到程蓉蓉滿面愁容，心裡就知道是怎麼一回事了，她當然是幫著自己的弟弟說話，保證那是以前的事。她數落康妮是位冷颼颼、沒笑臉、心高氣傲難以接近的中年婦女，就是不提康妮看起來還很年輕好看，只要提這點，程蓉蓉的信心就會被擊垮，整個家也就雞犬不寧。

馮力確定了去美的行程後，程蓉蓉幫他打點行李，心裡酸楚苦澀，當年能讓丈夫看上的女孩絕非庸俗之輩，在沒有婚約下敢懷孕生子定有一股與眾不同的膽子，如今這位不侷限於傳統的中年女子又會做出什麼驚人之舉，馮力的定力又如何，她實在難料，連日來輾轉反側無法安眠。隨著即將飛美的日子，馮力也開始心緒不寧，他的不寧除近鄉情怯外又多了羞愧難言，上次見面他神采飛揚，這次見面他是帶著層層內疚，這種截然不同的心情就像是受到良心的譴責，愧煞人也！他們夫妻各有各的心事，結果殊途同歸——失眠難安。

## 十六

既然是考察，接機就由駐外單位負責，S城是此行的第一站，三天後才到L城，馮力也把該盡的責任逐一打理妥當，該考的該察的都詳實紀錄，回去後再整理成一篇篇報告，也算不虛此行，對上有交代，如此公私兼顧兩相宜。這次考察只有他和秘書兩人，馮力私行時，秘書自有上級安排他要去的地方，這種窩心之舉是不常有的，可見馮力的位置是穩固又獲賞識的。

雖然馮力在政治上沒拉幫結派，可是忌妒他人的人不是沒有，為了杜悠悠之口，上面只核准了三天私行的假，從星期五至星期日，因為星期一上級指定馮力要拜訪當地的僑領。

當康妮確定馮力行程後，開始安排律師安迪來家的時間，星期六日是假日不能安排，馮力只能星期五當天來就面見安迪律師，這些事情康妮也都跟馮力溝通過，當天大兒子康晉會去接他，緊湊的行程對一向講效率的馮力來說，沒啥困難，只希望一切順利，千萬不要衍生出什麼事端來就好。

隱瞞多年的事，康妮終於向父母交代她和馮力的關係，父母聽完不可置信的問了一堆問題，康妮也耐著性子詳細回答。趙家上上下下都期盼看到這位失之交臂的女婿，尤其是趙昕善做夢都沒想到，這位俊材居然跟趙家有淵源，頓時眼角嘴角生出來的得意，讓他與有榮焉。

馮力為了父子相認這件大事，心神不寧了好幾星期，如今相見就在當下。星期五當天，馮力一大早起來盥洗，穿好衣服在鏡子前端看一番，儀表軒昂令人傾心，希望趙家的人都能欣然接納他這位失職的父親。

康晉在約定的時間抵達駐外單位，馮力也早早到了駐外處，該單位的劉主任當然知道馮力來此目的，劉主任看到康晉心照不宣的跟他聊了幾句，在官場多年，這種私事他見多了，馮力與人不同之處是發生在婚前，所以沒什麼太大爭議。當著劉主任的面，康晉稱馮力為馮長官，馮力也不敢貿然相認，他跟劉主任說了聲星期一見，隨後和康晉離去。

上了車馮力就問：「你是康晉，弟弟是康原？」

「我是康晉，健康的康，魏晉南北朝的晉，弟弟叫康原，原因的原，我媽咪取的。」馮力一聽心裡十分感動，康妮對他用情之深，連孩子的名字都繫著他出生的土地，古城太原。

這是康晉第二次與馮力見面，之前在翰林飯店跟馮力握過手，那時沒有特別的感覺，雖然知道他是父親，可是單方面的認知無濟於事，如今父子關係即將確認，康晉有點激動，他想起舅舅為彌補他們沒有父親而百般疼愛他和弟弟，陪他們成長，青春期容忍他們的狂飆言行，耐心聽他們的傾訴，讓他們感受到源源不斷的父愛；至於母親，康晉更是難過，長年獨守空閨，沒有感情生活，別人出雙入對，母親總是獨自來去。這一切只因血緣上的父親他們無法擁有，想到此，有淚不輕彈的他，眼淚不自覺的流下來。坐在一旁的馮力看到康晉流淚，拿出手帕給康晉，康晉含著淚看了一眼馮力說：「我們在路邊停一下。」

馮力當然知道康晉掉淚的原因，他自己也強忍著不讓眼淚蹦出來，就怕還沒到康妮家就情緒失控。康晉調適好情緒後繼續駛往住家，一路上父子彼此互看幾眼，一切盡在不言中。快到家時康晉才說我們這區有警衛負責安全，治安還不錯，可以放心出來散步。

車還未開到門口，馮力就看到康妮站在那裡等他。上次看到她幾乎面無表情，這次會不會又像姊姊形容的一樣，一副冷若冰霜的臉，馮力心裡打了一個顫，真是如此他也得陪笑以待。

車慢慢駛向家門的道旁，康晉讓馮力先下車，然後再把車開進車庫。

康妮看到馮力，馬上帶著盈盈笑語地迎向他，柔聲細語的說：「歡迎！歡迎！看到你真高興。」

這意想不到的春風吹去馮力的不安，心中頓時清明舒暢多了。康妮那一雙眼睛流轉有韻，讓他看到以前的她，女人的眼眉隨心情看人物轉變，一霎時的變換讓人喜讓人憂。馮力近十年來大場面經歷多了，言談舉止也恰到好處，如今面對康妮他心裡有點慌亂及膽怯，此時此刻她的舉措讓他放心不少，可是他認識的康妮也是個演戲高手，提醒自己言詞還是謹慎點，畢竟她在吃苦受委屈時他不在身邊，都是她獨自承攬吞泣，光憑這點他就得忍。

馮力看著淡掃蛾眉的康妮仍舊美麗如昔，心中長嘆一聲！兩處銷魂，相思相望不相親，天為誰春？

「馮力！我父母很歡迎你來，不過我們家不作興大爺大娘的稱呼，你稱他們伯父伯母就可以了。」

馮力點了點頭說：「這一趟驚動貴府上下實在不敢當。」

「甭客氣，我可沒當你是客人，你是我最要好的朋友，對嗎？」

「當然！我亦如此。」

「馮力你怎麼變得文謅謅的，緊張啦？放心！你到哪都受歡迎的。」

「妳又捉弄我了，對吧！」

兩人一陣嘻嘻哈哈進了客廳。趙昕善看到西裝革履，儀表出眾的馮力，馬上伸出雙手用力握住他，口中一連串的蓬蓽生輝，大駕光臨，歡迎之至，對馮力個人也用上了才貌雙全，棟梁之材，為國為民等阿諛諂媚極盡讚美之辭，聽得馮力全身不自在，連回應都來不及。

康妮給母親使了一個眼色，母親拉住趙昕善說：「好啦！讓貴客坐下吧！」

四個人在客廳坐了下來，馮力恭敬的向趙昕善夫妻問安，稍事聊了幾句，趙媽媽說：「安迪律師已在書房等你們，辦正事要緊，晚上用餐時再聊。」

康妮帶馮力進入書房，康原和安迪站了起來，跟馮力打招呼並交談幾句，後安迪拿出一份文件遞給馮力請他觀看，並半開玩笑的說：「實事勝於雄辯，康原就是最好的證明。」安迪看到康原跟他父親簡直是一個樣，才開起玩笑來。

馮力看到比自己高的康原，眼睛一亮，心裡暗忖：「好一個帥小子，我哪裡比得上你。」

大家圍著桌子坐定後，安靜地讓馮力看文件，父子相認需要文件來證明嗎？真要靠文件佐證定是涉及龐大財產或法律糾紛等不愉快的事吧！康妮之所以如此安排，全是維護他們四人的隱私不受流言干擾，只要放一句話，康妮就告到底。安迪是教會的朋友，頗知上進，比康晉兄弟大十歲，康妮很相信他，收費公道，教會內不少兄弟姊妹都是他的客戶。

那張出生證明，內載出生年月日及地點、出生時的重量及小腳印等，父母欄填的母是趙如芬的英文拼音、父是馮力的拼音及父母國籍年齡等基本資料。這張平面的紙，紀錄了當年她身心上獨自承載的辛酸，馮力看到此心裡激動不已，雙手抱著頭抑制快要流下來的眼淚，康晉拿了紙巾給馮力。

安迪停了幾分鐘後才開口說：「馮先生如無異議請在此簽名，我的任務完滿結束。」

馮力拿起筆用中英文各簽了名。這份文件不再屬於律師保管，父子關係至今明朗。兩個兒子馬上開口叫了聲「爹地」，馮力左右手緊緊的各拉一個兒子。

安迪有所感的講了他自己的身世。他十二歲時父親回到天鄉當天使，他再也沒喊過「爹地」，母親換了幾個男友，不是叫他們叔叔就是喊繼父什麼的，高中時跟繼父打架，最後離家出走投奔親叔叔才有安定的環境讀書。

安迪對著康晉兄弟說：「你們很幸運有這麼好的母親，沒有讓你們因母親不停換男人而感覺羞恥。我那時真想揍扁我母親和那些進出我家的男人。」

康妮首次聽到安迪的自述，馬上過去擁抱安迪，說他是他「爹地」最勇敢的好兒子。安迪這些話並不是說給馮力聽的，但他每一個字都聽到心坎裡了。康妮陪安迪走出書房後，離去時回頭對康妮說「妳真了不起」，康妮也溫馨地說「我愛你如同愛康晉一樣」。

康原沒有哥哥感性，自小就視舅舅為父親，從不覺得有什麼遺憾，周遭的同學或朋友，父母離異分居的比比皆是，有無父親不是那麼重要。

如今出現在眼前的人與他形貌相似，康原有了不同以往的感覺。「父親」這個名詞逐漸在他心中有了生動的形象，當他抱住馮力時，整個人好像注入了前所未有的一股力量，眼淚隨即湧出，一聲「爹地」讓他緊實的握住不同與母親的愛，那是男性血脈的力量和認同。

康妮再走進書房時，看到父子三人抱在一起，兩個兒子左一聲「爹地」右一聲「爹地」。馮力老淚縱橫說不出話來，康妮拿了紙巾替馮力拭淚，滿眼的愛意看著孩子的父親。

好一陣子，馮力才斷斷續續地說：「我對不起你們母子，這個債今生也還不完。」

康原一聽立刻回道：「這個債應該是我們還「爹地」才對，媽咪常說我們對不起你，沒跟「爹地」一起吃苦受累，我們在美國吃香的喝辣的，過著優渥的生活。」

這句話剛說完，康妮和康晉就笑了出來，馮力也破涕為笑，這說法也有幾分道理。

康晉拿出一本翻印的相冊，四個人圍坐讓馮力一頁頁的翻看。這是一本從兄弟倆還是嬰兒時就開始收集的，孩子十歲以前康妮很有心的整理，之後兄弟就自己收集，一共翻印了五本作為成長軌跡。康妮和馮力早年的照片是日後才加上去的。

第一頁是馮力和趙如芬坐在校園草地上的照片，底下標了時間地點，這張照片馮力也有一張，不過他把當時兩人寫的紙條及幾張照片都存放在姊姊家。

這張是他倆都很喜歡的，那時喝的是甜水，講的是蜜語，相看一眼都沉醉，兩人世界盡是濃情蜜意，可惜只有短短兩年而已！第二頁也是當年的一些照片。

馮力看到康妮懷孕時仍在餐廳洗菜的照片，馬上伸手拉過康妮緊摟她，心想程蓉蓉從懷孕到生產他都無微不至的照顧，把懷孕的妻子捧在手心上。自己心愛的女人身懷六甲仍在烏煙瘴氣的廚房打工，心裡的虧欠已無法彌補，來日也無從報答，只有目前這一摟盡點情意。

另外又看到康妮和稚齡的兒子坐在C大圖書館的石階上及木桌椅吃東西的照片，這些照片再再顯示康妮的心裡一直有著他，思念卻不能緬懷。舅舅如篤也經常出現在他們成長的寫實照片中，從小帶著他們去看棒球、打籃球、游泳或男孩喜歡的運動，舅甥關係異常親密，並沒因父親的缺席而少了父執輩的關愛，尤其青春期以後跟母親不再親暱，舅舅成了最信賴的長輩。

馮力看到文質彬彬的如篤照，問了康妮：「妳弟弟目前在哪高就？」

「他和我弟媳婦在上海，他的公司在那裡。」

康妮順便介紹弟弟如篤的工作狀況，馮力聽後很自然的反應：「如有需要幫忙的，或使得上力的，告訴我，一定竭盡所能協助他，千萬不要拒絕，我虧欠你們太多了，有機會略盡綿薄也可讓我減輕一點罪惡感。」

「我弟不會犯法違規，不過會找最有利的條文行使利潤。他雖然學化工，後來因為我從事房地產工作，我們就去社區學院修了這方面的課，至於內地的法規他也知道，他讀書做事都很認真，這些特質對康晉康原影響也大。」

「有機會我想認識他，當面感謝他對兒子的照顧。」

「待會兒我拿張如篤的名片給你。」

其實如篤也很想認識這位有點身分的人，並非他的職務，而是想一睹廬山真面目，為何能讓姊姊如此傾心。如篤也曾問過姊姊，可否接觸康晉的父親，姊姊一句「保持距離」他就打消念頭，不招惹無謂的是非。

看完照片後，康晉問：「如果需要的話這本送給你，家裡還有四本呢！」

「不方便帶回去，就存放在這，別為難你們的父親。」有道是薑是老的辣，裡面有康妮的照片，不宜帶回去，免得馮力又要費一番口舌說明澄清。不過馮力是很想帶回去讓父母看看孫子的成長。

「沒事！沒事！我帶一本回去，讓我娘看看。」其實他不僅要讓父母看孫子，也讓他們看看康妮，知道當年他們的寶貝兒子喜歡的是什麼樣的女孩。

看完照片後，兒子離開書房，康晉跟父親說：「爹地我愛你。」康原也不落後：「我愛你們。」康妮也回說：「我們也愛你。」

多美滿多溫馨的親子對白，只有在趙家可以如此的應答，出了大門就不宜。

馮力笑著對康妮說：「康原真像妳。」

「他們兄弟倆兼具父母的基因，康晉個性像你，穩重踏實；康原形貌神似你，個性像我，大而化之。」

「妳看他們長大，看得一定比我準。」

「也因為在此成長受教育，所以和內地的小孩不太一樣，讀書只是生活中的一小部分，其他交友及各種運動都占了不少時間。他們追求壯碩的體魄，對文弱書生是不屑的，我弟剛來美國就是一副弱不禁風的身體，後來因帶著他們運動，身體才逐漸強壯。」

馮力和康妮聊了不少過去的、現在的，越談越起勁。

馮力很清楚康妮獨身的理由，可是還想聽她說出他想聽的事。

「妳條件那麼好，想追妳的人一定也不差，為什麼不結婚？我不值得妳為我守候。」

當康妮回說：「你是不值得我為你守候，我也很想結婚。」這時馮力挪動了座位，把原來很靠近的姿勢擺正了且稍稍跟她保持一點距離。

康妮這時看著馮力說：「我尋尋覓覓了很久，卻沒遇到第二個馮力，一個讓我想嫁的人。」然後笑著說：「愛他們兩兄弟就很享受了！」

書房裡的兩人在靜默中似乎讀到了以前曾有過的感覺，當時是一曲纏綿婉約的生命樂章。如今這一幕在隱約中緩緩地拉開簾幕，馮力期望回到過去，讓長年席不暇暖的身軀及心沉醉；康妮如夢初醒迅速站了起來，噢了聲：「馮力，我帶你去他們的房間看看，走吧！」

「這是為什麼？我們之間啥都沒了嗎？」馮力失望卻無奈地站了起來，跟著康妮去孩子的房間。

還沒走出書房，康妮轉頭小聲地向著馮力說：「我依然愛你，包括愛你的家人你的名聲，絕不做害你的事情，希望你明白。」

馮力一把拉住康妮，幾近貼身回說：「我的心意妳應該很清楚，不過我尊重妳也感謝妳處處為我想，我也沒忘記過妳。」然後輕輕的在康妮額頭上吻了一下。

馮力走進孩子的房間，看到裡面的擺設及衣物就對康妮說：「依我的能力是無法給他們那麼好的生活條件。」

躺在床上看書的康原立即回說：「爹地，有些東西是我從小打工賺錢買的，我媽咪沒有你想的那麼大方，借個錢都要加利息還的。」

「你打過哪些工？」

「早年幫人鋤草、洗車，考上救生員執照，也當過海邊的、游泳池的救生人員，還有送貨員，這些只能掙點小錢的工作，新聞系畢業就用筆賺錢了。」

做父親的聽到自己的孩子有這種吃苦的能耐也就很欣慰了，突然想到他們的母親不就是這種人嗎？今天他們能過如此這般生活是努力換來的，應該沒有僥倖。

康晉看到父親進來馬上從椅子上起來，恭恭敬敬請父親坐下，不像康原那麼隨意的躺在床上，其實康原已經把生疏的父親當親人了。

馮力發現書架上有不少中文書，順便問：「你們中文比一般華裔好很多，學多久？」

「小時候我外婆教我們讀和寫，我媽咪依我們中文程度給零用錢，我弟背了不少成語也賺了不少錢，後來又請了臺灣來美的中文系畢業的老師教唐詩，我外公有時也會講《古文觀止》上的歷史故事給我們聽，不過我媽咪不放心外公的價值觀，她說有些忠孝節義不合人性……」

馮力聽了猛點頭贊同，的確古籍中有些矯枉過正的觀念。

康妮也接著道：「中文是世界上最有價值的文字，上下左右都可書寫，有些字望文生義，拼音字母哪有這些優點，差遠了。只要會中文，上至古詩下至現在都能讀，拼音文字沒有辭典根本不知道五、六百年前的文字是啥意思。反正學會中文有助開拓視野，說得現實點，將來多了一個挖金礦的地方。」有個三句不離財源的母親想怠惰也難。

康晉和父親很投緣，兩人的話不少，康妮出去端了兩杯咖啡給父子，這一聊就是半小時，從言談中馮力頗為得意和欣喜，沒想到年過半百多出兩個兒子，如今這個長子有乃父之風，父子彼此欣賞，沒有陌生沒有隔閡，也許血液中自有馮家因子，對此馮力更是感恩孩子的媽媽在教育上傳播的是愛是體諒而不是怨更不是恨。從兄弟倆的言語中得知，他們從小就學會為爸爸祈禱，希望爸爸健康，工作順心。也知道他們是在父母相愛中孕育生命的，父母分開是不得已的事。

參觀完兒子的房間後，康妮不拘泥也不避諱的帶馮力進自己的臥房，房內整面牆是象牙白，床單床罩都是淺灰色調，室內布置得雅緻又冷靜，長形的矮櫃安放在床的兩旁，上面放著相框，都是她和兒子從小到大的照片，每張照片都是陽光燦爛，笑得盡興。馮力順手拿起一張兩個兒子在公園的照片，看完正要放下，赫然發現照片後面是他四十多歲時登在雜誌上的一張照片，他驚訝的問，哪裡弄來的？

「我去上海時看到某雜誌有你的訪問就買了一本，從上面翻印的。」

馮力不懷好意的調侃：「妳真的那麼想我？」

「別往臉上貼金了，什麼想你，是用來鎮妖魔鬼怪的畫符。」兩人都笑得很率真，也就不再受限禮數，同時坐了下來放鬆連日來的疲憊。

馮力坐在一人座的扶手沙發，旁邊的茶几上放了一些書和雜誌，茶几旁豎了一盞一米四外型特殊的直立燈，也就是閱讀時專用的照明燈。

「閱讀是最好的享受……」馮力話還沒說完就靜止了。

立燈的管柱是半透明的，裡面放著一把藏青色的傘，不明的人看到是新穎造型，有人看到情深深幾許。

「這把傘妳還保存到現在！」

「別多想，傘面早就壞了，傘骨也不穩，就當廢物利用而已！」

「妳常坐在這看書吧？腹有詩書氣自華，難怪妳看起來還是那麼年輕……」馮力頓了一會又接著道：「跟以前一樣好看。我案牘勞形，內心空無一物，傷神啊！」

「書中自有黃金屋，想盡辦法弄出幾棟黃金屋來賣，我早已是唯利是圖的庸俗之輩。」至於容貌，康妮可是保容以俟悅己，砸下了大筆銀子。這自然不宜說，她對自己的外表有較高的要求，為的是哪天再相見時，依然美麗如昔，不憔悴不失色，是他眼中永遠的麗人。

康妮伸出手拉馮力起來，他也握住她順勢站了起來，看了看矮櫃裡放了不少書，大多是從臺灣寄來的文籍之類的書，馮力說近日北大出了一套中華文化選集，他會寄來給她。康妮直言道：「我看簡體字很吃力，雖然是『簡』，可是有些字無上下文就要用猜的了，不過先謝謝你啦！」

馮力一轉頭看到牆上掛著兩幅熟習的畫，一幅是〈借傘〉，一幅是〈倚門期盼〉，問了原由，果然跟他倆有關。康妮也把俞書恩老師和她的師生關係及這兩幅非賣品的緣由詳細的說給馮力聽。

他聽完後很感慨，心中思索著，她處處用心想要傳達給我一些訊息，讓我主動來找他們母子，怕傷害我又恐孩子受到委屈，一連串的失之交臂，延宕至今才相聚。何苦呢？我馮力豈是薄倖郎，無奈夢中不識路，何處慰相思！

看看時間也到吃晚餐的時候了，大家聚在餐廳，吳玲做了八道菜，平日都是五菜一湯，今日每道菜都加了分量，另有湯及甜點和紅酒，這些都是江南菜系。馮力不是老饕，有啥就吃啥，對飲食菜餚不講究，到哪都隨遇而安，吃得賓主盡歡。

趙昕善豈能錯失良機，一頓飯下來就屬他的話最多，紅酒下肚一時興起居然說了他的肺腑之言：「我女兒當初的眼光真準，可惜沒福氣嫁給你，不然我有你這麼好的女婿有多榮耀啊！唉！」

「哪裡！哪裡！是我沒福氣當您老的女婿。」

有這種父親，也難怪兒女都跟他保持距離，任何重要場合都得提醒他哪些話不該說，說出來就會讓場面尷尬，今日這頓飯就是他的「本事」營造出來的。

趙昕善似乎還有話沒說完，舉起酒杯對女兒說：「為以前那件事跟妳道歉，妳也不該瞞著我們嘛！」

康妮沒說什麼，只是嘴角牽動一下，那件事對她來說是重重一拳打入她生命的印記裡。

看到這場景，康原舉起杯來說：「大家來敬我爹地，祝福他身體健康，官運亨通。」敬完後又說：「祝福我媽咪青春永駐，日進斗金。」又是一陣祝福：「祝外公外婆老當益壯。」最後祝福自己：「希望喬治的女朋友變成我的女朋友。」大家笑成一團。

一場尷尬吹得煙消雲散。

吃過晚餐後，馮力和康妮及兒子坐在簷廊閒話，趙昕善也想摻一腳，太太康老師馬上拉他回房，唯恐他又雜七雜八亂講一通，一把年紀無所事事，成天弄些笑話也算他的看家本領，人活著就是要動，不僅是身體動，腦筋也要運轉，像他老人家遇事會反應的離失智尚遠。

康晉康原談著小時候的趣事，什麼打架、跟老師對撞、從整女孩子到追女孩子，還有不成熟的初戀，這些樁樁件件的生活點滴都在康原口沫橫飛及唱作俱佳下立體形象化；康妮看著小兒子這項說事的天分，心中暗笑，他得到自己的真傳，馮力心裡亦是如此想。大兒子一向據實不誇不狂，偶爾說個笑話也含深意，目前已有論婚嫁的女友，康原讀的是新聞，在傳媒工作，兩兄弟各有所長，至今都沒出過岔踏過紅線，總在規範內，省了康妮不少心思。馮力短短不到一天就知道兒子成長的大概情形，兄弟倆沒有哀怨更沒有自卑，反而像陽光裡走出來的阿波羅。

機會難得，父子在清風明月下推心置腹，康晉說了一句正經話：「爹地，我們愛您，但我們不會改姓馮，將來我們的孩子會隨您姓馮，希望您能諒解。」

「我從來沒想過這問題，姓啥都沒關係，何況我也沒盡過一天做父親的責任。」

「謝謝爹地接受我們的想法。」說完後兄弟倆抱了一下父親。

相對目前的父子關係，馮力想到跟女兒越來越疏離，女兒小芬隨著年齡日長就不再像兒時靠在他身上撒嬌，以前他會躺在女兒的床上聽小女孩說長道短，後來女兒就不讓他隨意進房間，更不讓他躺在她的床上，規定他不能挨她太近，彆扭得很。父女除了金錢上的給予外，其他的事少有溝通。如今兩個兒子彌補他父親角色的失落感。

夜越來越深，平日康妮早就進入夢鄉，今晚她實在撐不住就先行告退，回房前如平日一樣親吻兒子們的臉頰。這時康原拉住她：「媽咪，妳也親我爹地一下吧！夢會很甜的！」

康妮也大方的在馮力臉頰上親了一下，並提醒他打個電話回家。康原這句「夢會很甜」超出了預期，不只是康妮，馮力的夢也很甜。

馮力回到房間後，打了通電話給程蓉蓉說一切都很平順，勿庸擔心。程蓉蓉更關心丈夫現在躺在哪？

「我住在樓下客房，他們都在樓上，沒其他人所以方便講話，有啥事？小芬還好嗎？我爹我娘呢？幫忙轉告請他們放心。」

「他們沒為難你吧！多替他們想想，兩個兒子有沒有叫你爸爸？記得你娘說的話，約他們一道回來過農曆年。」

「知道了，在別人家不好意思講太久，越洋電話不便宜。他們沒叫我爸爸，叫我爹地。」

馮力講完就掛好電話，不然還會有一串耳提面命的話要交代。

馮力喃喃自語的說道：「程蓉蓉妳想多了，我姊看到的跟我感受到的不一樣，我是他們的父親，康妮和我有過很深的感情，他們一家視我為親人，這點不足為外人道，只有我自己心裡最明白。」

不過娘的提醒倒讓他差點忘了，明天一定要誠懇地邀請他們。

興許是太累了或夢太甜，馮力睡到九點多才起床，盥洗一番後走到餐廳，兩個兒子也正在用餐，今天是周末，大家都不趕時間，這是第一次父子三人一塊用早餐。吳玲怕馮力吃不慣西式早餐，特地熬了稀飯，炒些小菜，也開了一罐醬瓜一罐花生，這醬瓜和花生是吳玲到華人超市買的，專為馮力而備的，由此可知康妮之用心。果然馮力選取中式早餐，他以為趙家早餐是中西皆備，一問才知為他才弄了中式，十分歉意打擾吳玲，吳玲很高興地告訴他，你們一家人見面相聚用餐，我都感染到康妮的快樂；事實也如吳玲所說，康妮自從知道他要來已經樂在心裡，只是用淡然的外表掩飾內心的狂喜。她為他準備全新的床單床罩及大小毛巾，洗髮乳沐浴乳都買了最好的，上次他姊姊就沒這等級，足見康妮對人是有親疏之分，同是馮家人，馮力何許人也。她最愛的四個男人是父子三人，另一位是她大弟弟如篤。父親根本排不上她的名單，結怨深了點。

馮力沒看到康妮，就問兒子：「你媽咪呢？怎不來吃早飯。」

「她生活很規律，六點運動，七點吃早餐，平日八點多就開車出門了，我外公外婆是外出散步回來再吃。現在九點多了，媽咪大概在房間看新聞或做什麼。」

趙家一家子人從來都沒一起用過早餐，各吃各的很自由。他們趙家的生活大致如此，一早就互不干擾，接下來的時光就順心多了。一家人就怕一早起來耳根不清淨，吆喝這叮嚀那，沒完沒了地囑付，說是關心，其實是煩心惹人厭。兩個兒子長大後康妮就沒再囉嗦過，只要不捅婁子就啥事不聞不問，他們很清楚她的個性，如果敢做傷天害理的事就斷金源滅戶頭，讓你自生自滅，所有享受取消，康原最怕的就是這招，他和母親一樣愛財愛鈔，少了這些生活就沒意思了。有道是「君子愛財，取之有道」，這是康妮給兒子立下的規矩。康晉自律甚嚴不受綑綁，康原就以不觸庭訓為原則。

父子三人吃完早餐後就準備外出，兒子問馮力要不要約媽咪一起出去，康原接著道：「爹地您去請比較有肯定的答案，如果我猜錯了，今天的花費全算我的。」

知母莫若子，康妮在馮力邀請下也答應跟他們父子一道外出。昨晚康妮回房後，父子三人決定第二天外出走走，其實兄弟倆早計畫好四人出遊，只怕母親有所顧忌。

康原主意甚多，他跟哥哥說，我們先載他們倆去C大，待會兒再去海邊，如何？

馮力和康妮在C大下了車，很自然的走到舊時處，康妮告訴他圖書館幾年前就拆了，現在是多功能的圖書館，至於那片木桌椅也鏟平蓋了網球場。送君南浦，傷如之何，目送馮力離去的地方也消失得無影無蹤，唯有舊時散步的小徑依稀還在，鋪在地上的石板已踐踏得更深入土裡。曾經幾晌溫存的住所也換了屋宇成為商場，一切事物也都風流雲散。

康妮和馮力再次走在小徑上，當年女的冰雪聰明，男的翩然俊逸，而今盛年不再，只有從殘夢中尋些往事。康妮告訴馮力，最讓她痛斷肝腸的就是眼看他離去，所有的希望都碎在那一霎時，另一是生產後第四天她在此徑漫步，想到兩人分別就低迴唏噓。之後再也沒有情傷心痛到如此地步。

馮力聽完她的「黯然消魂者，唯別而已矣」，也述說了他悽惻的心情，他曾消極到跌入生命的底線，即使今天學以致用有所成，可是不復的眷戀是他最大的遺憾。他倆都不沉溺於低層次的生理需求，他們追求的是高層次的被愛被尊重及自我實現。也因層次高，道德上就有了自我約束。

康妮把長年積壓的鬧打開後整個人開朗了不少，而今馮力又來到面前，再次印證到他的初心，直教人生死相許的愛已昇華為生命中最珍貴美好的一部分。

一席談話擴散了心境，也融入了更多的寬宏、仁慈及度量。馮力放下所有的猜測和不安，能得如此佳人讓他掃除了虧欠的自責心理，飄浮左右的烏雲散去，陽光從隙縫中射出金色的光線，每道光芒照在他愛的家人和親人身上，如此的境界，他才能安穩的睡在臥榻而進入他尚有的夢。

兩人走了一小時後兒子出現眼前，康原笑著說：「談得還愉快吧！良機不可得，媽咪妳早該把那些情啊愛啊說出來的，唯有我爹地才能回應妳，對嗎？」

「爹地你也一樣，身懷巨石會壓垮你的，讓我媽咪幫你移除這塊石頭好輕鬆過日子。」

「媽咪有你這麼貼心的兒子真好，謝謝你和康晉。」

馮力沒想到兒子居然有這分心思，之前的窮操心根本是多餘的，他們過得比想像中的好太多了！

四人隨後又去了海邊，因過了高峰時序，海邊人不多，父子三人下海游泳，康妮躺在沙灘椅上放鬆四肢，渾身舒暢有活力。

馮力看到兒子一米八二魁偉的身軀，肌肉結實，俊挺的長相勝過自己，那種青出於藍勝於藍的驕傲溢於言表，不時的欣賞點頭讚許他們努力的成果。一個下午就在此消磨，很是享受，對康妮來說，偷得浮生半日閒，如不是馮力她絕不會來海邊，一定窩在屋裡納涼聽音樂，獨吞寂寞。

馮力很久沒游泳了，這次他游得十分盡興，體力雖不如兒子，心情和毅力卻高昂有勁，三人又游又戲，父子幾近裸裎，這樣赤條條的相對，沒有身體上的距離，至於他們的心思，也從言語中知道梗概，兩天的時間讓馮力逐漸了解他兒子，而非陌生到一無所知。

夕陽西下，打道回府，在車上馮力想到他娘交代的事就說：「我娘，也是你們的奶奶，邀請你們到老家過春節，如何？」

兄弟倆一口答應，康妮默不作聲，她不認為她是被邀請的，老人家要看的是孫子絕不是她這個外人，何況差點毀了她兒子，其實真正的原因是她去SF區時看過馮力一家三口的照片，她不願攪亂他們相安無事的生活。

回到家後大家都回房休息，沒一會兒康妮來敲馮力的門，手上拿了半打襯衫說是給他的，馮力受之有愧的言道：「怎麼又買衣服給我？我衣服現在是穿不完，以前妳買的西裝外套我穿到發福才沒再穿，睡衣是結婚後就不便穿了，不過都放在我娘那。」

「我知道你有的是衣服，這幾件試試看。」

馮力也就當著康妮的面試穿衣服，兩人自然得像夫妻，康妮也順手幫他提提領子拉拉袖口，每件都試每件都合身，就像訂做的服裝。馮力的感覺和康妮是一樣的，覺得自己又年輕了幾歲。突然間馮力想到當年在拉斯維加斯買衣服的情景，兩人一路上還「太太、先生」的調情。如今他是名符其實的「先生」，康妮卻沒那個頭銜。

「謝謝妳送我這些襯衫！」

從認識到現在，馮力不只一次的謝謝她，她也熱衷為他購物。

「這些襯衫是你兒子送的。」

晚餐時馮力穿上兒子送的襯衫，整個人英姿颯爽，趙昕善夫婦都不停的讚美他一表人才，馮力馬上接著道：「你們把康晉康原養得那麼好，他們才配稱一表人才，我哪裡稱得上。」

「謝謝你們兄弟送的衣服，非常合身又好看。」

康原的看家本領又有發揮的場合了：「我們找我媽去挑的，她買單，我們具名。」

康晉適時的補充：「爹地長得英俊，穿什麼都好看。」

母子三人的演技雖是天衣無縫，可是明眼人心裡都清楚，那是康妮一人的傑作。

康原舉起酒杯敬母親：「感謝媽咪，做好事總把我們都帶上。」

馮力站起來舉杯敬大家：「我由衷的感恩你們，我何德何能受到你們如此厚愛，往後有什麼需要我效勞的我一定盡力而為。」

趙昕善總算說了正經體面話：「你是我外孫的爸爸，自然也是親人，我們永遠把你當家人，好事共享，需要協助的量力而為，千萬不要自責內疚，我們趙家也把康家、馮家當親人。

我女兒跟你結緣也算她當年有眼光，過去的事是時代造成的，怨不得人，現在往前看就是最好的態度，祝福你和你家老太爺一家子健康。」這幾句話說到每個人心坎裡也都猛點頭，這頓晚餐吃得有檔次。

星期日早上，馮力在房間窗口看到康妮打扮得光鮮亮麗開車出去，他就利用跟兒子共進早餐時問：「你媽咪早上去哪兒？」

「星期天她一定去教堂望彌撒，不到十一、二點不會回來。」用完早餐父子三人坐在書房，馮力又問些他們母親有啥消遣，身體如何之類的家常閒話。

「我媽咪每天在四個男人堆裡轉，哪有時間消遣。」

馮力像被潑了一盆冷水，猛然一驚，原以為康妮沒有男友，兒子居然說有四個男人。真會演戲啊！

康晉看出爹地的疑惑和不安，馬上接著說：「我弟說的四個人是美鈔上的華盛頓、林肯、傑克遜、富蘭克林。」然後用手比了比數鈔的手勢。

馮力才恍然大悟，康妮忙著賺錢。從兒子口中得知她根本沒啥嗜好，除了參加朋友的喜慶及歲末舞會外，社交生活付之闕如，連歲末舞會都是兩個兒子大了輪番上陣權充舞伴。她從沒單獨邀請任何男性朋友來家裡吃飯、聊天，來的男性通常是夫妻二人或小孩。

康妮的生活鎖事在兒子的言談中傾巢而出讓馮力感慨萬千，以她的個性本該有個多彩的人生，現在除了賺錢外找不到啥樂趣，終年過著一成不變的單調生活；誰使之飲恨吞聲？

兒子非常清楚母親對爹地的感情，但他們並不贊成母親在感情上的封閉，總希望她出去玩玩甚至交些朋友宴遊，多年後才知道他們的母親不同一般失婚女性，她有強烈的自尊心，不能讓孩子因她而受委屈，更不能接受任何一句針對她未婚懷孕的事說嘴。當兒子長大後才慢慢了解母親的剛毅帶給他們的是尊嚴的生活，從小到大沒人敢說家裡的是非。馮力知道得越詳盡也就越心疼這個心境清澈明亮的紅粉佳人。父子敞開胸襟，馮力也剖析自己的感情歷程，有情卻無緣他們的母親，那種情的空虛有時很難熬，至於已有的婚姻也盡量做個稱職的好丈夫。

兒子聽到父親的心聲後頗能體會他隱匿心頭的糾結，康晉安慰父親：「媽咪的心境比你自由，你有枷鎖，她沒有，所以你不必心心念念的為她難過，我們常帶給她歡樂，尤其是康原經常逗得她開懷大笑。」

康原接著調侃父親：「有兩、三個女人愛你，該滿足了，我看著別人吃肉，自己只能流口水，這種滋味更難受，我喜歡的女孩是人家的女友，喬治是我朋友，不便橫刀奪愛，投懷送抱的我看不上。」然後說了他喜歡的女孩叫 Sophia 周，父親是麻醉醫師，母親是護士，喬治是中英混血，家裡有點資產。自認不比喬治差，可是愛情是奇妙的。馮力一聽什麼麻醉醫師又姓周、護士啊，好像是他腦中可以找出的人，問有沒有照片？想瞧瞧！康原拿一張多人的合照指著 Sophia 周讓父親看，馮力怎麼看都看不出當年出國時來家裡的模樣，一副火辣的身材，性感十足。這些出國後的孩子跟內地的女孩差別太大了，想到自家的小芬還真純樸。不過對兒子的胃口有點不以為然，當然他是不會說的。

三人在書房談得十分盡興，約莫十點半左右康妮回來了，看到父子在聊天，打聲招呼就要回房去。

「嗨！媽咪今天怎麼那麼早就回來了，想誰啊？」

「想你啊！」

「剛上完教堂回來就撒謊，有罪喔！」

馮力當然知道她想誰，笑著說：「坐下一起聊聊，下午我就要回辦事處了。」

平日在家康妮是不打扮的，外出一定略施脂粉，可以施力道的一定抹點紅敷點白，描個眼線，無非就是增添姿容，西方人上教堂都盛裝，亞洲人只有吃喜酒才打扮，去教堂就隨便套件衣衫，讓天上的神看到他們是樸素的貧窮的，因為窮人比較容易進天堂。

兩頰微紅的康妮，看在馮力眼裡盡是風情。以前兩人外出散步時她就會塗個口紅，抹點香粉，弄得馮力心神盪漾。時隔二十多年，又是這般光景在眼前，不想退更不能進，誠如康晉說的，一把枷鎖把他扣得緊緊的，難受啊！

康原突然想到那天敬酒時，外公向母親道歉，大家心裡都疑惑，當時不便問，現在想到就開口問個究竟：「媽咪，那天外公說他錯了是指什麼？」

康妮就把趙昕善吃喜酒回來的事講了一遍，馮力不可置信的眼神讓康妮尷尬說不出話來，哪有父親用那麼惡毒的話罵女兒，康晉摟住母親不停的說：「我們愛您，不會讓您再受傷。」

馮力以為只有他父親如此跋扈蠻橫，原來趙家父親不遑多讓。多數華人以禮教為上，做父親的永遠是家裡的霸主，左一句禮又一句孝，子女不幸失足或為情所困，當父親的不思紓解對策，反而視為極不光彩的醜事，大張撻伐非罵個淋漓盡致才甘心，鞭笞子女於萬劫不復。

聽到康妮這些隱藏多年的心事，馮力父子都佩服她承擔羞辱的勇氣，也難怪父女不太講話，原來有此憾事。家醜不可外揚，視他們兄弟為子的舅舅都不漏口風，為的是保護他們和受傷的姊姊。看似祥和的家也有不為外人道的一面；忍氣吞聲的康妮並沒被擊倒，反而越挫越勇。

此時馮力牽起康妮的手對兒子說：「我讓你們的母親受太多的冤屈，我們沒法一起生活，只能彼此祝福。康晉，你媽咪的事就是我的事，希望把我當親人，有啥事都知會我。」

康原一看這傷感的場面就想善後：「爹地，好在你來我們家幫媽咪出口氣，我媽咪總算沉冤大白，你功德無量。我媽咪也夠厲害的，一股冤氣居然能忍多年，現在可以揚眉吐氣啦！」

收拾了一段不愉快的往事，就像心理分析師讓當事人說出受傷的觸點，一絲絲的扯出來，直到和盤出盡。馮力來得對也來得好，這一切都和他有關，唯有他的出現他的表態才有曙光。

康晉拉了康原離開書房，康妮語重心長的告訴馮力她的立場：「只有在這可以沒顧忌的談天說地，出了我家大門，我不會跟你如此親暱的交談，希望你諒解，我愛護你的名聲勝過我自己的名譽。我不希望你妻子心裡七上八下的揣測我們之間還有什麼。愛是原始本能無法控制，可是互不糾纏是可以控制的，這點知識你我都清楚。能得你這位知心人我已滿足，這麼多年的夙願也許沒能各如其意，不過你們父子相認相聚，也算圓滿。」

父子天經地義的長相繫，他倆可是「直道相思了無益」，不宜曖昧只有昇華。滿眼春風百事非，唯有清朗的關係才能維繫彼此的友情。

馮力聽懂了，長久以來的思念及縈懷於心的糾結不得不卸下。

康妮跟即將離去的馮力道別，禮貌的輕輕抱了一下，說聲祝福，兩人相視笑笑，所有的意念情絲被康妮處理得乾淨俐落。

兄弟倆送父親到駐外辦事處，一路上康原發現父親沉默不語，他關心的問：「爹地你怎麼啦！有心事啊！說出來聽聽，我幫你拿主意。」

「你媽咪讓我捉摸不定，我總覺得她有滿腹心事，強顏歡笑，不知她平日是不是也這樣過日子。」

「哥，你覺得呢？」

「她在感情上的確不夠開朗，長年把自己心理及生理的需求綁得緊緊的，心門鎖上後鑰匙也扔了，誰也別想打開。我記得她四十歲生日時在房間喝酒，心情有點鬱悶，不讓我問。我猜想跟爹地有關吧！另外她和外公也不和，心裡自然有疙瘩，跟我們和舅舅在一起倒是有說有笑的。爹地你不要多想，媽咪有我們兄弟沒問題的。」康晉唯恐父親多慮，所以又講了母親的一些事讓他了解。

「母親看似無情卻有情。茱蒂阿姨生第三個孩子時，她先生在外地服役，媽咪就坐飛機到西雅圖去看她順便幫她帶兩個小孩；墨西哥的麗莎阿姨先生離世後又回這來，媽咪免費讓她住在我們第一次買的房子裡直到現在，也幫她介紹工作；對曾經幫過她的人都泉湧以報，那個開餐廳的湯姆現在行動不便，媽咪在教堂看到他時會幫忙推輪椅，逢年過節也寫卡片送禮物感謝他當年的恩情；平日也常暗中助人，所以爹地看到的不是全貌。她對爹地的愛是絕對的完整，不讓人介入，上次馮敏姑姑來時她都不說一個字，依我看，她把當年的愛視為生命中最珍貴的一部分，除了她自己以外不讓任何人觸碰，也許是愛情潔癖吧！」

康原聽到哥哥如此分析母親，也補了一段話：「其實媽咪是怕自己無法控制對爹地的感情，所以才自縛手腳，她不涉入爹地的婚姻，更不屑暗通款曲這種不入流的行為，把感情生活局限在『超我』的雲端上，所以在爹地面前她有兩種情愫纏繞，若即若離的跟自己拔河，與其說孤潔自賞不如說怵然自惕，不允許自己犯下絲毫的錯誤而牽連到爹地。」

沒想到平日嘻笑怒罵的康原，居然用不俗的字句做恰如其分的解析，可見他在上海某大當交換生讀的中文還真有相當實力。馮力聽了這一席話，也實不相瞞的跟兒子講他和康妮最隱私的一些事情：「我和你媽咪都是四月生日，分開前我們同時慶生，我們也是在那時有進一步關係，康晉你說得沒錯，跟我有關，我惹了事人卻跑走，留下她一人面對生活。在沒有親人噓寒問暖及足夠的金錢下，挺著肚子讀完書又要打工賺錢，我想到都覺得悽惻，她挺直腰桿一步一步向前走，真是女漢子啊！唉！造化弄人，原以為我會帶給她春天，結果是凜冽刺骨的寒風。她心在吃黃連，卻不願叨擾我，我也渾然不知，即使知曉我也無力為她解憂，她一身傲骨，婉謝我的好意。以後她生日我會打個電話給她，你們幫我替她慶祝。」

「我們是三月生日，你們四月生日，多美好的春天，以後就有為『爹地』慶生的藉口，大肆慶祝，大家喝個夠，不要讓她躲在房間獨自飲泣，爹地你在遠方舉杯邀明月，我們就不陪了。」

父子三人在辦事處分手，彼此相擁，再聚也要等到農曆年。等待的時間是親情的加溫，感覺好長也好短。

短暫的三天帶給馮力不一樣的人生，從沒想到半百才看到相似自己的兒子，那種滿足和得意是前所未有的。他感恩康妮對他所做的一切，大恩不言謝，這份恩情默存心中永誌不忘，無人能取代她在他心中的地位。

## 十七

考察回來後，鉅細靡遺地寫了整整一冊考察建議，這種事上面沒叫寫通常都沒人願意寫，馮力不同，他非常感恩上級的體察，讓他這次CA州之行成為他生命中重要之旅。他不能辜負上級美意，用心觀察後的心得逐一寫清楚，並佐證目前環境的可行性。公私兩宜的這趟美國行是豐碩的。

馮力原本忐忑不安，抱著負荊請罪的心踏上讓他顫慄的親子會，出乎意料的是如此的和諧美滿，簡直是喜出望外；兒子跟他相談甚歡，一下就拉近了父子關係，兩個出眾的兒子讓他滿意極了；康妮也沒說一句抱怨責怪的話，更沒擺臉色讓他難看，從第一眼看到他就眉開眼笑，情意無限的好禮相待，僅僅三天就妥妥貼貼地讓他當個現成的父親，無論中外，這種親子相認的大戲通常沒那麼順利，曲曲折折的總要弄個人仰馬翻才會收場。這一切要歸於康妮的大器及識見，她請律師處理孩子的身世，讓法律來說話，要認不認無所謂，反正生活自在不受任何事件影響。孩子從小也培養自信和豁達，不以物喜不以己悲，對有無父親關懷不強求，何況有親如父的舅舅，不覺有憾。

回到家後程蓉蓉也看出丈夫的好心情，她一則以喜，丈夫回到身邊，一則以憂，擔心日後會牽出什麼事來。馮力不待她開口就主動拿他們父子的照片給她看，程蓉蓉好奇的問：「怎麼他們媽媽不一起照呢？」

「年邁色衰，人老珠黃不喜歡照相，我能逼她照嗎？」馮力越來越老道，一句話就封住程蓉蓉拐彎抹角想要問的事。

「今後有啥打算？你這個做爸爸的該盡點責任吧！」

「沒啥打算，他們生活比我們好太多，不需要我瞎操心，老大學設計老二學新聞，都有本事也很獨立，大家平安過日子，妳也不用替他們煩心，照顧好我們的小芬就可以了。」馮力說得多精采多省事，程蓉蓉根本就無縫隙可探，以後也無藉口可談，反正能講的就講，不能說的就隻字不提，一個人有私情祕密何嘗不是一種自娛。

對妻子對父母雖有少許不同程度的說法，基本上是大同小異，小異處是妻子醋勁大沒必要提康妮，父母再不苟同也不會找兒子麻煩，頂多搖搖頭而已。

回來後一星期才去父母家報告此行的點點滴滴，馮力拿出相冊給父母看，邊看邊說明，尤其是第一張他和康妮的照片，馮大爺馮大娘戴著老花眼鏡看了又看總覺得面善，心想這個女的像哪位明星吧！總之就是漂亮，難怪兒子當年不肯回來；然後看到她懷孕的照片，二老起了同情心說了些勇敢堅強這類的話。最讓二老興奮的莫過於兩個孫子，看到康原那副帥勁，馮大爺口裡滿是得意連連稱許是馮家的好種，康晉的沉穩也讓馮大爺攬功說是像他，站如松、坐如鐘，天生一副將相，有那麼健壯的孫子可惜沒在眼前，急著問：「什麼時候才能看到他們？」

「大概過年吧！」

「我們都八十好幾了，不能拖啊！抓重點告訴他們，爺爺奶奶來日無多，一定得回來看看。」

「那個女的我們也歡迎，一起回來吧！你家程蓉蓉該不會反對吧！」

「什麼那個女的，她叫康妮！是康晉康原的母親，別說得那麼難聽，什麼那個女的。」

馮力打心裡對康妮有無限的憐愛和疼惜，對父母這種語氣不以為然。

「你不會對她還有情吧！」

馮大爺看得出兒子對康妮仍有愛意，他沒有責怪的意思，只是想確定他沒猜錯。

「說這個幹嘛！都過去那麼多年了，兩個兒子都那麼大了。」

「你心裡愛誰，我們不一定知道，不過你愛誰，我們也祝福誰，希望她生活過得好。」

沒想到馮大爺神來之筆，聽得馮力暖心又順耳。

「這本相冊擱在你們這，別給人看，除了姊和姊夫外，千萬不能讓程蓉蓉看到，不然家裡滿屋子醋味。」因為裡面有好幾張康妮三、四十歲和兒子們的照片，每張都細緻光華，尤其那氣質和風韻還真吸引人，馮大爺也是看了這幾張才推論兒子難忘佳麗。

馮力從美國回來後，程蓉蓉很留心他的一舉一動，總想從丈夫的舉措中窺到什麼好讓她藉機發難問個清楚，可惜的是，不是真的沒有什麼不可告人的事，就是隱藏得天衣無縫。

程蓉蓉原本每月一次的票戲，現在變為每月兩次的晚上都去練唱吊嗓，這是她最大的消遣及安慰。女兒上了中學課業繁重，每天溫習功課需要安靜的環境，母女連談話的時間都越來越少，丈夫雖然沒叨擾她唱戲的嗜好，可也無心跟她談心說事，就算說點心事給他聽，他也虛與委蛇「嗯嗯啊啊」點點頭當作回應。

夫婦走到了中年，家裡的互動差不多都已定型，沒啥新鮮感了，夫妻之間就像喝白開水一樣沒味道，但非喝不可。懂個中三昧的如倒吃甘蔗，不甘寂寞非要摸底的結果是人間煉獄，個個不想回家。程蓉蓉選擇票戲，從戲中找出口，將怨氣冤屈隨著婉轉唱腔釋放出去，每次票戲回家心情略顯輕鬆愉快。程蓉蓉不管唱到幾點回家，馮力都不囉嗦，只要人平安到家就可以。他心裡很清楚自己更需要獨處，一人坐在客廳沉思，燈也不開，靜寂的黑夜讓他可以穿越時空，一旦燈亮，所有的寄託變為無情的現實。

有時他拿起電話猶豫很久，結果還是放下，有言在先互不糾纏，康妮真是如此希望不被糾纏，還是口是心非？

這次去見他們母子，無論從眼神或肢體語言都讓他感覺到康妮的真情流露。進入她房間看到有他存在的氛圍，雖然形貌無法在一起，可是精神卻停留在一處。這並不是說康妮是雙重人格，雙重人格是一個人有兩種獨立的人格自己卻不知；康妮就像在佛洛伊德（Sigmund Freud）的本我和超我間掙扎，她原始的本能很想投入馮力的懷抱，道德上卻用超我栓緊自己不越雷池一步，那種約束的毅力不但跨過感性，也超過基本的理性。所以當馮力出現眼前時，她的掙扎是處在灰色地帶，整個人看起來不是真正的清朗，而是強制壓抑內心對她心愛人的故作姿態，無非就是不陷害他墜入深淵。

康妮說好，在她家可以暢所欲言無拘無束，除了肢體上不親暱外，其他就像回到從前，這部分是真實的她。之前到SF區時，那時她是偽裝的演員，離開家她用演員的角色跟他來往交談；兒子說他有枷鎖，其實她的枷鎖不比他輕，兩人各自馱著重負。不見面是心如止水，一見豈止攪亂一池春水，簡直是層層漣漪不斷擴大。

「爸，你怎麼不開燈啊？」女兒突如其來的出現在他眼前，嚇了他一跳，趕緊回說：「關了燈好瞇下眼休息休息，等妳媽回來我才放心睡覺。」

「我聽媽說你在美國有兒子，真的？假的？」

「妳媽還說什麼？」

「她說你年輕時很風流……」

原本不打算那麼早告訴女兒，看情形似乎到了要說的時候，免得聽些蜚短流長加了鹽醋調味料，扭曲真相的不堪情事。

馮力拿出他和兒子的照片讓女兒看，也講了一些當年戀愛的事，跟女兒的講法是保留的，不便啟齒的不提，跟兒子是毫無保留的說清楚，父子相認雖短但推心置腹暢所欲言，父女雖親卻不交心，何況才十五、六歲，不宜說太多。

「妳爸絕不是風流那種類型的男人，千萬別聽妳媽胡說，我跟妳媽結婚後從沒跟什麼女人來往過。以後不准亂講，知道嗎？」

女兒小芬看到兩位哥哥的長相的確跟爸爸很像，自然比較採信媽媽的話，至於爸爸的戀愛她無法體會，只覺得那個女人很豪放吧！

「爸，那個女的長得好不好看？作風很大膽吧！」

「哥哥的媽媽就稱她康阿姨，她沒妳媽漂亮。」馮力太了解他家這對母女，這句「沒妳媽漂亮」傳到程蓉蓉耳朵，家裡至少可安靜不少時日，對他更是有百利無一害。

「不漂亮為啥還要跟她在一起？是她纏著你不放嗎？」小女孩的心思單純到漂亮是戀愛的唯一理由，哪裡知道情人眼眸中的言語。

「那時大家都年輕又談得來，以後妳戀愛就知道了。」

「爸，你放心，我不會像康阿姨這種女人隨便纏著男生，然後不結婚又敢生孩子。」

馮力發現越描越黑，不談也罷，沒想到女兒的認知是如此的離譜，言談間流露的居然是不齒康阿姨的行為，這是他始料未及的，心裡難過但也不便再說什麼。只要任何人批評康妮他就心痛，他沒辦法去澄清。趙家父親因他的出現有了真相，讓康妮一吐冤屈。馮家總認為是她糾纏他才懷孕生子，這段感情雖然當初有跟姊姊講過，可是因為康妮冷冷的表情讓姊姊不悅而招致不滿；遠在美國的她也許無所謂，反正不接觸也無大礙，可是她的兩個兒子要來往，知道馮家對他們母親的不屑，可能影響父子關係，茲事體大，他要趕快處理。

馮力約了姊夫錢偉並到父母那兒取了相冊後就去姊夫家商量大計，錢偉也是找馮敏不在家的時段讓馮力來，人多嘴雜。馮力把家人包括姊姊等人對康妮不友善的看法一五一十的告訴錢偉，然後嘆了一口氣道：「他們都認為我是被她纏住才有後來的事，其實不然。是我先看上她的，用了欲擒故縱的手法接近她，認識後彼此喜歡，那時也是我人生中最快樂的一段歲月。」

馮力翻開相冊第一頁他倆坐在校園草地上的合照。

「赫！俊男靚女。」錢偉這句「赫」是讚嘆，隨後又加了一句：「我絕對相信你的話，是你先看上人家的。」

當翻到康妮懷孕時的照片，馮力羞赧的說：「那時一方面想家，另外自己血氣方剛才害了她。」

「什麼想家啊！別瞎掰了，就是男兒本色嘛！很正常。我跟你姊小試身手後，不知是怕或食髓知味就催我趕快結婚，你馮家姊弟都有才有膽。」

馮力做夢都沒想到，姊姊膽識過人，只是她有好姻緣，康妮卻沒這造化。

錢偉看一張問一張，看完後對康妮也略知一二。

「以她的容貌和財富，只要想結婚不怕找不到合適人選，她對你矢志不移，看樣子你還活在她心中。」

馮力又繼續剛才沒說完的話：「她無怨無悔不再論婚嫁，用心撫養孩子及努力賺錢發展事業，沒再交過男友，當然也無男伴；可惜在我們這邊人眼裡，她是個隨便跟人搭訕沒約束力的女人。如果她兒子來，發現周圍的人用這麼齷齪的眼光評價他們的母親，心裡一定很難過，連我這個父親都當不成了。」

馮力越說越難過，順手拿杯水一口氣喝完，又再說：「希望姊夫開導姊姊，康妮對她不熱誠是因為她不確定我和姊之間的信賴程度，再說有關父子血緣關係都被她慎重的委託律師處理，只要有人亂講一句她就狀告對方，她不遺餘力的保護我和孩子，吃苦受委屈沒少過。」

「我會跟你姊說的，她會了解，不過我看了康妮的照片，心裡有個疑問想問你。」

「什麼疑問？」錢偉把疑惑說了出來，馮力也誠實的告訴錢偉，程蓉蓉的確長得相似康妮。

「我還想問你一句，你應該還愛著她吧！」誠實相告又說對了。

「這次去她家，你們之間還有沒有……」錢偉估計錯了，他只猜馮力的想法，沒猜康妮的想法。

「絕對沒有，非常清白，她有很強的自尊心和道德觀。」

馮力把相冊留在錢偉家，也讓姊姊知道他們母子的生活歷程，外加姊夫的說明，以馮敏的聰慧定然會改觀她先前的誤判。

父母那裡也得說清楚，不能不明不白的給康妮戴上不光彩的帽子。

「爹！娘！我今天來有些事跟你倆說說。」

「啥事？他們什麼時候來呀？」

「我們先說清楚了，我再去確定。」

馮力把在錢偉家說的話，全盤再講一次。

「你到底愛誰啊？小紅？程蓉蓉？你兒子的媽？」

「我要說的不是我愛誰，是要你們尊重康妮，你孫子要是知道你們對他們母親的態度不佳，以後就不來了，聽明白了？」

「我們不會在你兒子面前批評他們的母親，這點禮貌知識還有。」

「在背後最好也別批評，她以前對我很好，我的生活費只夠吃三明治，她會帶牛肉捲給我吃，有時她用打工賺來的錢買給我，自己卻省吃儉用。懷孕時照樣打工，為了養活孩子也是你們的孫子，一天到兩處打工賺錢；她懷孕了卻瞞著不告訴我，就怕我不回來牽連到你們。她沒對不起我，是我誤了她。」馮力越說越大聲也就越激動，嚇傻了兩老。

「我喜歡的女孩卻無法跟她共同生活，一直藏在心裡無法開口二十多年了，他們母子從未埋怨過我，她也守住當母親的職責，拜託爹娘，好好看待你孫子的媽，我們無緣結髮，但總還有恩情。」

馮家爹娘聽了兒子的告白，也驚覺自己失了對晚輩的寬容及愛護，二老自始就沒從兒子的立場去審度這位無緣的媳婦，僅憑刻板印象就妄下斷語，如今醍醐灌頂，開始另眼看待康妮的潔身自好。

平日在家裡吃飯馮力是不會講不愉快的事，總是高高興興的用餐，今天他特別慎重地說：

「我有事跟妳們說。」

「爸，啥事？表情這麼嚴肅。」

「春節我要請他們回來這過年，有些事要跟妳們說清楚，免得因誤會弄得不愉快。」

「爸！你要請誰啊？什麼愉快不愉快？」

「小芬！是妳同父異母的哥哥，如果妳覺得康阿姨很差勁很糟糕，妳爸就更糟糕更差勁，妳懂嗎？」

「有啥誤會？我可沒說什麼啊！你兒子也就是小芬的哥哥，不也就是我的孩子嘛！」

馮力避重就輕的把他和康妮的事講了一下，重點是告訴家裡的兩位女人，他認識的康妮不是她們認為的豪放女。母女互看一眼，程蓉蓉對著馮力說：「我跟你女兒從沒說過也沒想過她是什麼樣的人，只知道你倆有兒子，你別想太多了，傷感情的。」一聽語氣就知道是憋了很久的氣話。

馮力把那年康妮到內地來打聽他的消息，知道他已婚也有女兒的事陳述一遍，又說她並沒跟他聯絡，就是怕打擾我們一家人。兩個兒子也只是過年來探望爺爺奶奶，不會在此常住，他們有自己的生活圈。希望彼此尊重，尤其是對他們的母親。小芬聽爸爸這麼說也就明白了，藉機問些她好奇的事。

「爸，你在美國交過幾個女朋友？是她追你，還是你追她？」

「就康阿姨一位，是同學，談不上誰追誰。」馮力很認真的回答。

程蓉蓉心想還好只有一位，如果再多的話又不知道要跑出幾個兒子來了。

「爸，我將來可以到美國他們家去嗎？」

「他們有邀請，我們就可以去。」

程蓉蓉心不在焉的聽他們父女一搭一唱，低著頭吃自己的飯，馮力看到馬上夾一塊肥滋滋的肉給妻子，「我們家就屬妳最辛苦了，多吃點。」

程蓉蓉也夾了一撮菜放在丈夫的碗裡，「你比我更辛苦，蠟燭兩頭點，身體要緊，好好保養。」妻子的「蠟燭兩頭點」說得特大聲，馮力也知道她的意思，不就是小心眼又上來了，也就不說什麼了，免得多說多錯反而誤事。

那句「好好保養」讓他想到康妮送的「維他命」，他曾仔細看了英文說明書及罐裝上的文字，只看到一天吃一到兩粒，飯前飯後皆可，其他是有關配方的成分，就是沒看到康妮交代的要午餐後吃。女人的心眼真小又真細，康妮就是怕他妻子問維他命從哪來的，所以午餐吃就是擺明了要他放在辦公室。

該說的話馮力都說了，該澄清的也澄清了，目前就再打次電話邀請他們回來過年。兒子很快的回說他們都會來，自行處理行程，不用接機。回來的日期、時間、住處也都自己安排，不勞費心。

馮大爺夫妻因孫子要來過年，興奮不已，每天看著日曆算日子。

家裡一些陳舊不能用的雜物也開始請人來清理，兩老看著一堆以前捨不得扔的東西，現在毫不留情的丟棄，為的是讓孫子看到爺爺奶奶家是清爽宜人的，唯恐雜亂的空間讓他們卻步，以後不再來，老人家想得周到。

在清理東西時，馮大娘發現有一本兒子的日記，順手打開看。父母看子女的信件及日記是關心，子女偷看父母的信件是好奇，尤其是情書之類的隱私，對道貌岸然的父母也有風花雪月的韻事真是佩服之至，更甚者有樣學樣。

這些日記寫的都是他回國那段流光，有繾綣情深難以忘懷的肌膚之親，也有滿腔悲泣痛不欲生的了斷想法，字字辛酸，滿紙無語問蒼天這類消極的字句。

馮大娘就像看了一本言情小說，篇篇精彩有味，只是有些情節讓人臉紅，沒想到兒子用情如此之深，難怪回來時魂不守舍。如是別人的情事就當茶餘飯後的嗑牙素材，自己兒子就非同小可，更不能讓別人看到，心一橫就拿到院子給燒掉，反正兒子自己都忘了有這本日記。大娘也從日記中得知兒子是認識趙如芬後才有愛情的感覺，相較之下對小紅是友情沒那種男女相愛的需求，讓馮大娘吃驚的是康妮原來叫趙如芬，兒子一直難忘舊情，連程蓉蓉生的女兒都取名「芬」，如果媳婦知道不知做何感想。馮大娘一個靈感閃進腦內，為什麼她看到康妮的照片時覺得她很面善了。

馮大娘想到兒子挑三揀四遲遲不婚，最後看中程蓉蓉才結婚，真是居心叵測。只嘆馮力沒他爹的豁達，當年馮老爺子志在千里，小愛小情說甩就甩；哪個男人沒喜歡過女人，過去了就忘掉重新來過，一切往前看，日子也就好過多了。

男兒志在四方，為情作繭自縛也太傻了，男人癡情不是好評價。好在兒子能起死回生，發揮所學，如今才有這番成就，這成就還包括了馮大娘的兩個孫子，對馮家二老來說真是如意啊！

馮力在母親要求下回家一趟，母親問他要添啥家具才好。

馮力環顧四周發現家裡開闊多了，牆壁也請人重新刷過，掛在牆上的字啊畫啊也調整得更有看頭。桌椅仍是舊的，不過能油漆的也上了一層光亮，整個家煥然一新，乾淨多了。馮力也順便告訴母親，他的兩個兒子不會住在家裡，他們住飯店，家裡不需要添什麼家具，到時添碗筷就可以了。

馮力看到每個房間都整理得清清爽爽，馬上走進他以前住的屋內，低著頭朝床腳最裡面張望，發現床底乾淨得無任何雜物，著急的問馮大娘，有沒有看到他的一本日記。

「什麼日記？沒瞧見。」

「找什麼人來清理的？」

「不就是清潔工人嘛！」

「娘啊！您害慘我啦！那日記被人瞧見我就完了，什麼時候清的？他們扔在哪？……」

馮力一副驚恐不安的樣子讓馮大娘覺得茲事體大，只好誠實相告：「我燒了。」

「幹嘛燒了？您看了？」

「能讓人看嗎？」

一句話讓馮力語塞，只好作罷，不再追究；擱在姊姊那的東西，也該有個處置，不然一把火要燒也要自己燒，不假他人之手。

「娘，燒了就算了，跟爹說了沒？」

「我哪好意思開口說那些事啊！」

馮力走過去一把摟住母親，跟她說了幾句貼心話：「我愛您跟爹是親情，我愛康妮是愛情，我婚後也沒跟任何女人有染，程蓉蓉的女同事邀我喝咖啡吃飯，我都拒絕，您兒子已經很守本分了。」

「別讓你家裡知道康妮原名是趙如芬，你家裡小芬小芬的叫，我還怕你露餡呢！」

「她幹嘛改名啊？」

馮力把康妮改名的原由說了，馮大娘嘆口氣道：「可憐！有家歸不得，好在她把父母都弄去美國，總算圓滿。有點能力的女人吃些苦會變得更堅強，不需要你操心，我也該感謝她了。」馮大娘看了兒子的日記後，對康妮的了解就更清晰了，應該是個收放自如不牽拖的女漢子。

「娘！就當我們母子的祕密好了，沒啥事我回去了。」

馮力在回去的路上想起當初會決定跟程蓉蓉在一起，是有那個心思，而且還很強烈，不過幾年生活下來，發現康妮跟程蓉蓉是截然不同個性的人。

程蓉蓉對他是柔情似水，溫婉得像蜜糖黏著不放，凡事都徵求他的意見，不爭辯，弄得他不忍大聲吼她，除非過分才吼個兩句，不過心眼小了點，雖然外貌清新秀麗可是少了韻味，隨著年齡漸長越來越乏味。康妮有主見會爭辯，個性大器不囉嗦，做事乾脆，除了外型十足的女人外，其他多少有點男子氣概，那年第一眼看到她時就被她的氣質吸引。如今都是中年婦女，康妮就越顯神韻，如果當初嫁給他後會不會變得庸俗不堪？為人丈夫的應該也有些責任吧！再說程蓉蓉還比康妮小了好幾歲呢！

程蓉蓉因為馮力的兒子要來過年，她也想趁機裝潢一下家裡，馮力不置可否，這意思就是要裝潢不反對，這個裝潢的錢就妳程蓉蓉支付。兩人商量一陣子後終於協議各出一半。程蓉蓉嬌嗲的嚷嚷：「你兒子不遠千里而來，總得讓他們住得像樣點吧！」

「妳弄錯了！他們不住我們家，住飯店。」

「那得花多少錢啊！你連裝潢的錢都出得不甘心，這飯店的錢可是你出啊！我可不出一個子兒。」

「放心，不會讓妳出一個子兒，康妮不占人便宜，他們自己會付，何況翰林飯店也不是第一次住，有什麼貴賓卡吧！」

「你怎知道他們不是第一次住？」

真是言多必失，馮力不耐煩的說：「我聽他們說的，老大康音以前來住過，啥事我就不知道了，到時候就麻煩妳自己問囉！」

程蓉蓉也從馮力的回答中猜到他隱瞞不少事情，真是越老越狡猾。原來安靜無波的家庭生活，平地一聲雷，轟得他們這個家開始有了裂痕。她根本抓不住滑溜溜的馮力，對康妮也一無所知，一丁點訊息都沒有，她很想看看她的長相，可就是沒個影。於是她開口了：「馮力，你有沒有請康妮也一道來過節，我很想認識她，你可別多心，我是很真誠的。如果你沒邀請她，我打電話給她請她來如何？」

馮力哪會不知道程蓉蓉的心思，為了安她的心就回道：「我已經請了，她謝謝我們的好意，如果表示誠意妳就再打給她吧！也許妳們當老師的口才便給，她會聽妳的。」半是奉承半是挖苦，馮力的口才是與人交鋒中訓練出來的，已達精湛地步，用來應付妻子綽綽有餘。

程蓉蓉算好時間後還真的撥了電話，馮力故作鎮靜帶著笑意看程蓉蓉打電話，他明知康妮不會來，真要來也不會受邀於程蓉蓉，而是因馮力她才會來，康妮和他心神相通，別人是很難插足的。康妮在心機上的運用是游刃有餘，她打定主意不跟程蓉蓉見面，只要見了面，她篤定程蓉蓉會崩潰，馮力也會跟著受傷，她最不願看到的是馮力成為受害者。康妮要保護馮力，不是程蓉蓉。

「哈囉！請問是康妮嗎？我是馮力的愛人程蓉蓉，我們想請妳……」

「非常感謝你們，我的工作行程較忙不方便出國……」

程蓉蓉根本不在意她來或不來，主要目的就是要實際的接觸康妮，聽到她臺灣人說普通話的語調還真有點不習慣，總覺得細細柔柔的，有點嬌嫩，不知她本人是否也是這類長相，心裡有些不安。

「康妮的聲音滿好聽的，她本人大概也很好看吧！」

「每個人的審美觀不一樣，沒妳程蓉蓉漂亮，她個性有點像男人，沒妳溫柔，妳也別在她身上做文章了，我早已忘了以前的事，拜託別再時不時的喚醒我前朝往事，我還想安靜地過日子呢！」

「哼！不好看你會跟她在一起，別說謊了！我同事寫信給你，你不理睬是因為她醜，要是長得像某明星，你心早就飛了。」說得沒錯，馮力的心的確早就飛了，只是沒人知道何時飛的，他的演技不比康妮遜色，這對男女主角才貌兼具外，演技亦屬一流。

馮力聽程蓉蓉這麼說也奉送一句：「別人家是油水多，我們家是滿坑滿谷的醋罈。」

馮力沒料到多了兒子，連帶煩心的事也接踵而至。如果他對康妮已無感情的話也許可以坦蕩蕩的面對妻子，可是難在那份情絲韌性十足，「我心傷悲，莫知我哀啊」！

馮大娘自從看過兒子日記及相冊後，心裡也不希望康妮出現眼前，她把心裡的想法跟女兒馮敏提了一下，女兒一聽才恍然大悟，難怪覺得康妮面善。

記得那時家裡戶限為穿，介紹的女孩不知凡幾，結果舅舅很有把握地當了媒人，原來舅舅在美國見過康妮，知道外甥喜歡的類型，馮力的心思真是高深莫測不可思議，只是後來的發展未若他們的想像，康妮是康妮，程蓉蓉是程蓉蓉，這點馮力最清楚。

馮敏經過母親點明及丈夫錢偉的分析，對康妮已不似以往的看法，她能體認弟弟和康妮的感情不是朝夕建立的，而是用生命凝聚成的，康妮的執著也讓馮敏刮目相看。馮敏將母親和她的想法說給馮力聽後，得知康妮不會來，就鬆了一口氣，倒是馮力義正詞嚴的聲明：「當初是有那意念，不過生活了幾年早就沒當初的感覺了，你們別再瞎猜添亂了。」

「姊，妳有空把我放在妳那兒的東西收拾後給我，我要做個處理。」

「要燒掉嗎？像媽把你日記燒掉一樣。」

真是掛一漏萬，交代母親不要告訴爹，忘了說姊也別講，母親居然告訴姊，女人真有鑽漏洞的天性。

「娘說了啥？」

「你寫了啥她就說啥，不過我不會跟錢偉說。」

說到錢偉，馮力就想到姊的膽識，順口講了句：「每個人婚前多少都有點祕密吧！」

「錢偉跟我說了他告訴你的事，婚前婚後跟同一人沒啥大不了。我不在意，你也別放在心裡，反正日子過得舒坦最重要。我們姊弟無話不說，對你兒子我視為自己人，康妮我也當弟妹般愛護，有機會再見，我會好好跟她相處。」

馮敏就是聰慧，一點就醒，說得當弟弟的不得不佩服姊姊的開明大度，剛開始扭成一團的糾結慢慢的理出頭緒，現在除了程蓉外，大家都打從心裡接納康妮，這讓馮力備感窩心。他不怪程蓉蓉，因為他從認識她開始就聲稱在美國沒女朋友，她被蒙在鼓裡是事實，心理上的受騙短時間難以平復，唯有待馮力日後的表現才可紓解。

## 十八

趙昕善夫婦已近八十了，這次到上海如篤家過春節也許是最後一次了，明年還走不走得動他無法預測，目前已有吃力的感覺。

康晉康原和吳玲都隨同趙昕善夫婦一塊到上海，只是兄弟倆除夕當天一早先去SF區的翰林飯店放好行李，再去從未謀面的爺爺奶奶家。

除夕下午三點多，馮敏夫婦在翰林飯店接了兄弟倆一起去馮大爺家，這是馮家大事也是喜事。馮大爺大娘早就備妥了豐富的食物及物品等著孫子歸來。

錢偉馮敏的車一停，大爺大娘就急著出來，兄弟倆一米八二的身高及魁偉的身軀和高檔的穿著，讓沒見過的人都驚了一下，兩人的確是洋味重了點，缺少華人的溫文儒雅。康晉康原看到二老就熱情的抱住他們，嘴裡也爺爺奶奶的稱呼不停，兩位老人家對這種西式的擁抱雖不習慣，但內心也著實歡喜。

進入屋內，二老才仔細看了孫子，越看越像馮家人，有如鄰人竊斧，一舉一動都是馮家樣兒。兄弟倆看到從廚房出來的中年婦人，一眼就看出苗頭，不待爹地開口，兄弟就禮貌地問候：「程校長好！」來之前康妮就交代他們兄弟一些枝節的事，如爹地的妻子就以程校長稱呼。

「你是康晉吧！你就是康原對吧！」程蓉蓉從兄弟倆的眉宇識到丈夫的基因還真強。「小芬過來，這是妳哥哥。」

小芬靦腆地叫了聲哥哥，兩位哥哥馬上過去跟妹妹握手。順便拿出禮物分給大家，這方面他們的母親是很周到的，絕不失禮。

爺爺奶奶程蓉蓉馮敏也都備好了禮物給兄弟倆，如聖誕節互贈禮物般的有趣有情。二老十分健談，孫子亦不遜色，倒是這個當爹的沒話說，坐著聽祖孫天南地北的窮扯。馮力看到侃侃而談的康原就想到兒子的媽，也是能言善道，如果自己的爹娘能看到康妮不知有多好。

一桌團圓的年夜飯讓馮家比往年更熱鬧，馮老爺子看到父子三人甚是得意，程蓉蓉也感覺出公婆對孫子的那份喜愛，她表面上很熱情招呼他們吃這吃那，心裡別有一番滋味。中國人骨子裡就有那種無後為大的陋習，如今送上現成的孫子而且還是一雙，那種喜在臉上樂在心裡的滿足不是她這個媳婦能給的。

「還吃得習慣吧！」程蓉蓉的關心讓馮力感恩在心。

「可以！可以！很好吃。」兩個人一切以禮貌為先，習不習慣回去再說。

「你媽他們在美國也吃年夜飯嗎？」奶奶好奇的想知道，他們如何過除夕。

「我外公外婆還有吳阿姨都在上海我舅舅家吃年夜飯。」

「什麼？他們也來了。」馮力急著想知道康妮是否也來了。

「我媽一人在L城家裡，她向來都是一人在家。」

馮力終於知道康妮一家近年都會來上海過春節順便提早過清明。康晉康原隨侍老人家，吳玲也順便回廣東老家探視，慎終追遠對老一輩的人是大事一樁。

馮力得知康妮獨自在家，心裡頗不好過，情急的神態也讓程蓉蓉一覽無遺，夫妻二人一是心疼一是心酸，錢偉是局外人看得一清二楚，用手在桌下碰了馮力，他才驚覺妻子的異樣，馬上換了副笑臉舉杯祝福，錢偉也起鬨說鬧一番。

程蓉蓉是有見識的人，靠著努力當上校長，這場合她要好人做到底，安撫丈夫的心疼：「你要不要打個電話給康晉的媽媽，順便代我們問候她一聲，一個人在家冷冷清清的，去個電話也溫暖些。」

錢偉接著說：「別人的話可選擇，程校長的話要聽，打通電話問候問候吧！」

康晉看了牆上的鐘已八點多了，L城現在是早上五點多，「現在她已經起床了，可以打給她。」

「康晉你來撥電話，我弄不清你家電話是幾號。」馮力這話是說給程蓉蓉聽的，康妮私人電話他鑲在心坎裡。

康晉撥通後跟媽咪講了幾句就遞給他爹地，轉身要出去，馮力示意他坐下。

「康妮妳還好吧！他們叫我問候妳……」講了一串任何人都可以聽的話。

「我很好，謝謝你們招待康晉康原。」

「妳為什麼不來跟我們一起過年，一家人嘛！」馮力的這句「一家人」是發自於心的肺腑之言。

「我喜歡獨自一人，很清靜很養神，沒事了，你們好好吃年夜飯吧！」

馮力趁未掛電話時，趕緊講了一句英文，那是當年離開時信上的一句話。

康晉跟著爹地回到餐桌，父子同在，做父親的不會說什麼不該說的話，這是做給程蓉蓉看的。

這頓年夜飯滿足了馮家二老的心願，至於孫子將來是否回來生根已不重要了，能在不同的地方開枝散葉有何不好？

馮大娘趁媳婦、孫女、馮敏在廚房善後，要馮力到她房間來，大娘拿出一件玉環手鐲讓馮力請孫子帶回去給康妮，就說長輩送的禮物，順口又補了幾句：「我和你爹都知道你一直把她擱在心裡，她無緣進我們家門，是沒法的事，你爹和我也感恩她生養兩個孩子，就當是我們馮家的女兒吧！」

大娘這對玉環手鐲，其中一個早就給了媳婦，這隻留在身邊珍藏，女兒馮敏提醒母親送件像樣的東西給兩個孫子的媽，馮大娘也就慷慨地把這隻價值不菲的鐲子給了孫子的媽。馮力接過玉鐲，心裡很是感動，自己從未送過康妮任何貴重的東西，只道她是個會賺錢自己買東西的好強女子，如今母親送給她的不是物質上的「貴重」而是家族的「認同」。

過了淩晨，馮力送兒子回到飯店，順便拿出提袋交給兒子。

「玉鐲是你奶奶送給你母親的，大信封裡的東西交給你媽保管，她看了就知道，放在我這不安全……」順便提醒明天來接他們祭祖的事。

回程的路上非常寂靜，馮力想到自己從小到大比周圍的同學同事幸運得太多了，尤其在那個年代，上山下鄉，南北串連，沸沸揚揚的動盪中，他卻抓住千載難逢的機會去國外念書，又遇到心儀的女孩，雖然兩人無法共度春秋，那份情意卻滋潤他，讓他體驗到愛情的美好。擺在眼前的又是疼他的父母及姊姊和姊夫，程蓉蓉也算是賢內助，雖然對他隱瞞在美的往事不悅，可從沒大吵大鬧過。康妮不忮不求，無怨無悔地看待他倆的感情，四周的親人愛他助他，大半歲月大都在順境中度過，沒吃過什麼苦；想到這些就心存感恩，何況兩個兒子又那麼貼心。

人生不可能事事如意，也不能占盡便宜及優勢，留一道感情的遺憾當作自我約束，增益能耐。多年底事浮出後，馮力積壓的內疚也逐一釋出，真要說憾事也唯有一樁，沉思前事，似夢裡，春水東流。

## 十九

康晉康原回到L城家裡，一切都歸位後，拿了一包東西給康妮，一個玉手鐲和一個信封袋。

兩人很神祕的跟康妮說：「我們一看到爹地的太太就……」

「跟我長得很像是嗎？」

「媽咪，妳怎麼知道？」

「那年我去SF區時，你爹地拿他們全家照給我看，那時我就知道了，所以我不接受他們的邀請，馮敏教授來我也拒不照相。你們應該了解，如果你們爹地的太太知道，後果是什麼？他後半輩子會在痛苦中度過。」

「媽咪，爹地的女兒叫馮慧芬，家裡都喚她小芬。」

「還好我早已改名了。」

康妮看到手鐲知道是給她的，兒子說奶奶有一對，一個早已給小芬她媽了，這個給妳，還說把媽咪當馮家的女兒。

「我以後還是要給你們的，馮家的東西我珍藏在心裡，實體物屬於你們。」

跟馮家有關的實體物，她一樣都無法攬在身邊，全數隱藏心海。兒子遲早也會因結婚離她而去，將來陪她度日的除了信仰外，就是伴隨新事物而來的朝陽，以更新的心思變化自己。

康妮當著兒子的面打開信封，裡面盡是以前兩人傳來傳去寫的字條，其他兩人的照片家裡相冊也有，不同的是照片背面寫了一些當年他的心曲。

康原把馮力跟他們說的話轉述一遍，「當年爹地給他姊姊看過後就封了起來，他要結婚前請他姊姊保管，現在他怕不小心外流，給妳比較保險。他寫的日記差點被人清走，好在奶奶把日記給燒了。」不過康妮聽到日記被燒掉給了她一個啟示。

她將這些字條和照片收攏，發現有一張他的新照，原來是最近拍的，後面只寫了日期而已，照片大小剛好跟用來「鎮妖魔鬼怪的畫符」那張尺寸相同，其意不言而喻。康妮將這張照片遞給康晉，拿給兒子放在他們的房間最合適。

物質的東西越多越累贅，跟他有關的事也該劃清界線。

感情上她一直是作繭自縛，三、四十歲營營汲汲於孔方兄無暇顧東顧西，如今盆滿缽滿，衣食豐盛，兒子有自己的世界，不再操煩。

然而，他的影子常一閃而過干擾平靜生活，這種感覺上的糾纏讓她想破繭而出，不再陷溺。

隨著歲月累積的人生經驗，她有了不同以往的頓悟，人生如春蠶，作繭自纏裹；一朝眉羽成，鑽破亦在我。

如是以前，她會一張張的細讀馮力寫的片言隻字，然後回味思索，留連往返於當時的情景中；這麼多年走過的歲月並沒虛擲，每一段路程都有斬獲；壓力的承受隨年齡而益發堅韌，事物的詮釋也展現了更廣的視野，身心上的安祥取代了過往的期盼和憧憬，尚存的一絲波動都漸趨平和。

每一段不堪的風景，也許有其深意，促使自己拿起筆修補，將苦澀揮灑成繽紛。馮力的字跡不再牽絆，只是轉化為精神上的力量。

想到此，她不再心繫或珍藏什麼狹隘惱人的雜物，讓胸襟融入更多的關懷，尤其是年少時的朋友。那個出生悲慘家庭的邱台生不知現今如何，自己也該回鄉探視那些曾陪她一起成長的青春友伴。

她終於做了一個決定！

將所有兩人的照片及擁有的小物件統統一把火給燒了，頓時灰飛煙滅，無跡可尋。

這些有形的東西不再出現日後的生活中，對馮力的愛始終如一，珍藏於心；俞老師的兩幅畫捲起來當墨寶收妥，至於那把傘就從立燈中抽出移入垃圾箱。

房間不再有他的物件穿梭，清風明月還諸自然。

康妮的人生就像拼圖，從一把傘開始，剛開始出奇的順利，每一小塊都唾手可得，不費吹灰之力的拼出她想要的風采，亮彩動人的畫面讓她如醉如癡。隨著馮力的離去，要找的圖塊越來越費神，尋尋覓覓始終找不到適合的圖片，整個人在跌宕中徘徊，那時的情景猶如獨上高樓，望盡天涯路，滿腹愁緒，不知生機在何處？

懷孕期間精神上的煎熬更是一言難盡，獨自蕭索獨自眠，這種無處話淒涼的歲月只有經歷過的人才識得滋味。短暫甜美的愛情換來無止盡的催迫，幾經消沉才因「為母則強」奮然崛起，二十多年來憑藉著不懈怠的毅力一小塊一小塊的慢慢拼湊，才完成了這張父子團圓、祖孫相認的歸宗圖像。

完形心理的「未竟事宜」在康妮力搏下總算完成了。這一路走來有貴人相助於先，自己努力於後，想要的事業也如願以償。

在漫長看似空虛孤獨的歲月中，馮力並沒真正的離開過她，當年那份初心始終綻放在心靈深處，綿延不絕的情意伴著她度過朝夕春秋。衣帶漸寬終不悔的這份執著讓她滌除了感情的雜質，萃取生命中的精華。

「回首向來蕭瑟處　也無風雨也無晴」。

也無風雨也無晴

# 後記

人生七十才開始，給自己一個從心所欲的生日禮物。禮物不一定要在生日當天收取，七十歲這一整年隨時都可把玩。

退休後閒來無事又沒啥嗜好，生平也未做過什麼超出能力的事，這次異想天開寫本小說來自娛，也算突破自己乏善可陳的歲月。

這本小說也能成書，無形中給從未書寫的退休族群莫大的鼓勵。文筆如此淺陋亦能累積十多萬言，有為者亦若是；你不妨也提筆，當你觸到紙本或電腦後，下筆不能自休，自成一格。

該本小說是用電腦逐字逐句敲打出來的，當年職場雖有左右手可代勞，本著活到老學到老，能不假他人的都從做中學（learning by doing）。

年輕人已少用筆了，這實在是一種自我學習的損失，年紀大的拒絕電腦也是一種損失，任何時間想學什麼都不晚。電腦「書寫」實在是方便又省事，唯獨較傷眼睛，所以寫寫停停，半年才告完成。

文中談到「夢」時又看了一遍由賴其萬先生、符傳孝先生翻譯《夢的解析》這本書。當年讀書要寫報告不得不看，身在職場時也偶爾翻閱，這次倒是從頭看到尾。拜退休所賜，好整以暇的看完這本厚實的「夢」；「意義治療」也再度翻看，重溫舊夢一樂也！

隨著年歲日增，記憶逐漸模糊之際，及時回顧尚存的陳年舊事，無論是報章看到的或耳聞或身邊類似的逸聞，都可將它編寫成故事，除了自娛也可與他人分享，何樂不為？

退休是人生另一段生活的開始，如體力許可，不妨走訪他鄉，識些新事物，學些新花樣，挑戰自己的能耐，即使每天都得按時吃藥，也別蹉跎退休時光，抓緊可思可走可說可寫的日子。

國家圖書館出版品預行編目資料

也無風雨也無晴／倪子勤著. --初版. --臺中市：白象文化，2020. 2
面；　公分.（說，故事；86）
ISBN 978-986-358-931-0（平裝）

863.57　　108020658

# 也無風雨也無晴

作　　者　倪子勤
校　　對　倪子勤、雯子
專案主編　黃麗穎
出版編印　吳適意、林榮威、林孟侃、陳逸儒、黃麗穎
設計創意　張禮南、何佳諠
經銷推廣　李莉吟、莊博亞、劉育姍、李如玉
經紀企劃　張輝潭、洪怡欣、徐錦淳、黃姿虹
營運管理　林金郎、曾千熏
發 行 人　張輝潭
出版發行　白象文化事業有限公司
412臺中市大里區科技路1號8樓之2（臺中軟體園區）
出版專線：（04）2496-5995　傳真：（04）2496-9901
401臺中市東區和平街228巷44號（經銷部）
購書專線：（04）2220-8589　傳真：（04）2220-8505
印　　刷　基盛印刷工場
初版一刷　2020 年 2 月
定　　價　350 元